一场后青春期的出走

谨以此书献给我的父亲

臧书第 / 著

北京·旅游教育出版社

推荐序

前几日,京东上抢到了最后一本方召麐的画集,心下欢喜。现在看书看画,读词阅文,甚或交友谈天,渐渐地只趋向了一个特点,便是:真纯。能有真纯之性的东西,往往有种生机斐然的魂魄,那画那文根本就是活的,每阅每赏,都是与欢快自在的家伙说话嬉戏,舒畅自在得紧。

其实人,也是要活的。这个活,不是指一呼一息动胳膊动腿的生理之活,实在,是指一个人的灵魂是否苏醒着、雀跃着。每个人都带着精神胚胎而来,它借由体验而变成生活,完成了实体化。有时候,有好的机缘环境,它完成得顺利自在些,这个人便成为了一个较为完整通透的人。若发育得不顺,甚至被伤害扭曲,那么,往往会有一个内心困苦怨愤的人。而若再麻木死灭,那么,就应了"行尸走肉"这个词。灵魂死灭,而身体尚活,是最为可怕的一种生物。不晓得最初僵尸这个意象是何处而来的,却是极为准确地将其特性概括了出来。一个活人,若被僵尸袭击,就变成了另一具僵尸,而它存在的目的,就是去袭击活人。僵尸的毒,就是死灭灵魂。古今中外,有多少死灭灵魂的人和文化,且不多说了,略一注意,依然可时时见到。所以,对于任何努力着让自己灵魂充盈奋发而活的人,都让我由衷地欣赏尊重。而这样的人,也因着生命力的充盈,身上有种真纯的东西。

这本书，是游记，更确切地说，是作者借由旅行体验而让自己的灵魂生长的一段生命历程。真切的体验，体验不同的环境不同的人，远行万里；真切的体察，体察自己内心的每分感受每种情怀，时时归家。因着与作者的生命体验联系在一起，所以这游记并不是一个简单的"旅行指南"抑或"异域见闻"，在我看来作为一个年轻人生命成长之旅读来，更加确切。

　　面对真相，将使人得到解脱。作者屡屡谈及的与父母之间关系认知的转化，其实也是这一代年轻人必须要完成的生命课题。我们的国家，曾在几千年未有的变革中茫然、焦躁、寻觅、破坏；又在超越几千年的机会中重建、振奋与升扬，这必然是要影响很多代人的。父母那一代，多经历了飘零与幻灭，又习惯于背负着各种言教口号，青春时代的身不由己没有自我，常会让人与真实的生命感受相距甚远。落在与孩子的关系上，很多时候，爱变成了执着，关心变成了控制，相亲变成了依附。在家庭表面和乐的涂抹中，内在的伤痕却时时作痛，这并非个别的现象。觉知的孩子，必得要认知、解读、疗治，这其实也是在帮助父母完成生命的滋长。

　　人的成长，有一种自然法则，就是不断地、从不停止地发展生命。但凡是灵魂醒着的人，没有一秒钟会放弃这种发展。就此而言，我们每个人，都时时在路上。作者的下一段路在呼吸之间从未停止，我们的路，在看这本书时也从未停止。

佟宇（职业经理人）
2015 年 12 月于哈尔滨

前言

　　内心敏感丰富的人,大抵都需要一个情感的出口,尽管形式不同但都非同寻常。有人写小说,有人拍电影,我选择了旅行。其实都是自我意识的需要,非做不可。童年对一个人影响深远,它很大程度上决定了我们是谁以及未来的走向,因为青春期没过透彻,成年以后的叛逆于我来说似乎就成了顺理成章的事。

　　我的爸爸从来没有把我当成女孩,我从小是被他当作假小子忽悠大的,我的童年充满了爬高上低和奇趣探险,从小学开始即被要求在晚饭的时候喝啤酒,此外的记忆,一半是和父亲一起郊游时夕阳下的乡村公路和夏日雨后的迷蒙山头,一半是严酷的家教和权威式的教育。青春期之后,自我意识开始觉醒,我日渐感受到由父亲带来的压抑和混乱,那时的我很想在冬日的早晨和他再去打次猎,可在他眼里我已经是一个他再也无法掌控的怪物。

　　曾经读了一本关于旅行的书,孙东纯的《迟到的间隔年》,然后我给作者写了一封信。当时孙东纯问了我两个问题:是心想去吗?就算失去一切也要去吗?我给了他肯定的答案。同年,我背上背包坐上了开往曼谷的飞机,由此开启了我在亚洲的旅行。我用了半年时间,走过泰国、柬埔寨、越南、老挝、马来西亚、斯里兰卡、印度、尼泊尔 8 个国家,用心在路上去寻找那个最真实的自我。而旅行仿佛一双冷静而又温暖的手,缓缓触动并抚平心底最深处的伤痛,并且使我找寻到人生本来的意义。

长久以来,我与父亲之间似乎隔着些什么,他的强势、他的说一不二,让我从来不曾和他有过真正意义上的沟通,而旅行使这种沟通成为可能。在路上,我卸下枷锁,通过短信和他进行过深度的交流,而他也终于接受他给我造成的伤害这个事实。旅行结束,我们也最终达成和解。后来,父亲再三鼓励我把旅行的故事写出来,于是,我写了一个后青春期女青年关于旅行、父女关系和自我探索的出走故事。

不记得是在哪儿看到过一句话:"这点人生际遇,远远比不上我从一个懵懂少年、逐渐打开心智、找到自己、定义人生的心灵之路的瑰丽大观、美妙神奇。"我想,用这句话来形容我的旅行,再好不过。

不管怎样,这是完全私人化的写作,也是个人的、内心的剖白。第一次写作,还请各位读者批评指正。

臧书第
2015 年 11 月于郑州

目 录

推荐序
前言
引子
　父女之间的冲撞 /001

一　徜徉在佛的国度——泰国
　贴着面膜在曼谷机场过夜 /008
　见识亚洲最大的背包客聚集地——考山路 /013
　家庭旅馆里结识新朋友 /025
　落雨天气蜗居读书 /031
　告别曼谷，启程继续上路 /037

二　原生态的柬埔寨
　与人结伴，入境柬埔寨 /042
　时光静止在洞里萨湖上 /048
　废墟里的沧海桑田——吴哥窟 /060
　三个来自不同国家的城里人 /070
　西哈努克市的酒保生活 /077
　他乡遇同胞——玉珍 /086
　难忘的深夜浮潜和莎莎舞之夜 /094

三 匆匆越南
　　似曾相识的城市 /104

四 可爱的老挝人
　　琅勃拉邦的不快与意外 /112

五 重返泰国
　　开往清迈的巴士 /120
　　梦回曼谷 /128

六 马来西亚,想说爱你不容易
　　吉隆坡唐人街 /134

七 美丽的斯里兰卡
　　初到斯里兰卡古怪见闻录 /140
　　父母的短信 /146
　　冲浪圣地——希卡杜瓦 /154

八 印度,我来了!

大象孤儿院 /190

另一个世界尽头——霍顿国家公园 /185

异国他乡过春节 /181

汉班拖特——总统的故乡 /173

世界尽头的灯塔 /168

香蕉海滩午夜惊魂记 /160

九 与想象中不一样的尼泊尔

神话般的瓦拉纳西 /214

修女之家做义工 /206

背包客最后的天堂——果阿 /202

印度初印象 /198

尾声

费瓦湖——我的瓦尔登湖 /229

加德满都短暂停留 /224

后记

父亲在拉萨等着我 /238

吴哥窟

引子

父女之间的冲撞

这么多年了,我感觉和父亲之间始终缺少有效、必要的沟通。不是我不愿意沟通,而是他的方式和他的态度让沟通几无可能……读万卷书不如行万里路,既然现在不清楚自己究竟想要什么样的生活,不如在路上慢慢摸索,也看一看外面的世界和各地的风俗文化。

27岁生日那年,我第一次出境旅行,而且还是一个人进行了一次为时不短的长途旅行。

清楚地记得,返回时乘坐的波音客机从尼泊尔边境飞过珠穆朗玛峰要着陆时,一阵巨大的轰鸣声将我从梦中惊醒。待慢慢清醒后,我稍微坐直身体,回过神来。刚才应该是做了个美梦,一个奇妙又悠长的好梦,所以才会留恋着不愿醒来吧。

梦见什么了呢？好像有高山、瀑布、草原、海岛、沙漠……山上绿草丛生，叮咚的泉水声从山谷中传来，掠过萋萋的芳草地。蝴蝶起舞，虫鸟鸣唱，溪水欢快地向着远方奔去，越汇越多，终于在悬崖峭壁处陡然垂落形成一道瀑布，在山底的巨石上激起震天的声响和数丈远的水雾，顿时淹没了周围的人声。迷蒙的水雾尽头是湿漉漉的旷野，长满了茂盛无边的蒿草，微风抚过柔软的草叶，漾起阵阵波浪。在这样的草丛中打滚想必惬意之极吧。总之，那是一片美丽神秘的土地，我的心深深为之牵动，驻足良久也不愿离去，只身陶醉在那自然美景当中。

不过机舱里真真切切的声响将我的思绪彻底拉回。乘客们开始伸着懒腰活动身体，广播里也适时响起节奏舒缓、应情应景的萨克斯音乐——肯尼·基演奏的《回家》。一曲过后，乘务员以轻快的语调开始播报飞行信息。窗外，飞机正从跑道缓缓驶向停机坪，已经能看见航站楼玻璃上倒映的蓝天白云了。中文广播播报完毕，乘务员又改用英文播报一遍，周围的人们纷纷打开手机联络亲友，说些"我到拉萨了，刚落地"等报平安的话语。

这一切都在告诉我，这里是西藏，是中国——没错，我回家了！和父亲已经快一年没见面了。自从上次我和他大吵一架后，我就出门远游了。在我生命的二十多年里，父亲经常对我提出各种严格的要求，对不符合他期望的言行毫不留情地予以批判和打压。在人生最初的十几年里，因为对世界的好奇和对父亲的崇拜，对此我并没有感觉受不了。然而，随着青春期的到来和自我意识的觉醒，越是长大，我的窒息感就越强烈。

父亲经常告诉我：你应该做什么，不应该做什么。我的人生只能是 A→B 而不能指向其他目的地，连 A→C→B 都不行。甚至有时他完全以自己的喜好来决定我的行为和选择。他就好似一个行军打仗的将军，拖着我的手臂大步往前走，而我却一路东张西望地想多看一看沿途的风景。我身心疲累，早已跟不上他的脚步，而他却从不曾问过我是否真正快乐与幸福。我钟爱的艺术和文学书籍被他换成了成功学教科书，有些书还被他反感地扔掉。

他一直在以爱之名，行使着自己当家长的控制欲，把自己的观点强加于我，以命令的方式对待我的成长，说"你应该怎么样，否则会摔得很痛"。相反，这种怕我受伤、过分保护的教育方式更激发了我叛逆的心理。

这么多年了，我感觉和父亲之间始终缺少有效、必要的沟通。不是我不愿意沟通，而是他的方式和他的态度让沟通几无可能。甚至，我心中对他有种怨恨。可以说，他的强势和不容置疑给我的成长带来了另一种痛苦。我似乎停止了自己的成长，在成人的外表下，隐匿着一颗巨大的童心。

然而，成长的原始本能又在我体内激烈冲撞。我试图反抗，可每次都在父亲的强势中败下阵来，不得不妥协，其结果当然是我在他给我规划的路上越走越逆反。

一次次的反抗和妥协让我们父女之间的鸿沟越来越深，我甚至屡屡从父亲愤怒、抱怨的表情中解读出一丝丝的厌弃。我感到被深深地伤害了，前所未有地萌生出一种被抛弃的感觉。我再也找不到以前那个让我崇拜和敬爱的父亲，再也找不到以前那个阳光灿烂的自己了。好像有只无形的大手扼住了我命运的咽喉，使我动弹不得。站在茫茫宇宙中的我是那么迷茫、无助、孤独，就像一个游魂。

失去了所有内心的灵性和生活的激情，我不知道奋斗的目标和生活的意义到底是什么。面前似乎有条一眼就能看到尽头的路，道路虽笔直，路上却乌黑一片，什么都看不见，让人心生绝望。人若是无法找到成长和滋养自己的力量，活着便是一种消耗。我一次又一次站在星空下，思索着那些哲学大命题："我是谁？""我从哪里来，要到哪里去？"……我反抗的意识越来越强烈。

以前有个同事对我说，在平静的外表下，你心里住着一只小狮子。后来，那只狮子终于跑了出来。"战争"在我和父亲之间爆发，持续不停的争吵和冷战。我们就像两只靠在一起的刺猬，在自己被刺伤的同时又刺痛着对方，于是不得不在一次次遍体鳞伤之后远离彼此。我告诉父亲，人生这条路是我在走而不是他来替我走，他无法永远替我做所有的决定，也没有权利去改变别人的自我。

我想逃离这一切，想彻底背离他的期望、一切从头开始，找到真正的自我，走出一条属于自己的路来，哪怕是浪迹天涯。就是在那时，我暗下决心要出门远游。

读万卷书不如行万里路，既然现在不清楚自己究竟想要什么样的生活，不如在路上慢慢摸索，也看一看外面的世界和各地的风俗文化。我知道，如果父亲知道这一切的话是万万不会允许的。他那时不明白我的内心是怎么一回事，不明白有些道理不是说一说我就能懂，有些观点不是讲一讲我就认同的。有些坎坷，必须自己经历；有些探索，必须自己完成；有些事情，只能单枪匹马自己去进行。凡·高说过："如果我对意图是经过深思熟虑的，那么它们就有存在的理由。"也正因如此，才有了我这次的长途旅行。

想起了电影《荒野生存》，里面的每个镜头都让我感动，每段音乐都扣我心扉，每句台词我都感觉是哲理诗。喜欢这部片子可能是因为我丢弃了某种在一些人看来遥不可及、但对自己已失去价值的生活。就像主人公烧掉身上所有的美元，那个场景深深打动了我，太容易得来的生活对我来说反而失去了意义。当叔本华的钟摆摆向无意义的时候，归零是最好的选择。然后，一无所有，重新上路。

那时，我虽身心疲惫，却欣慰而满足。泰国→柬埔寨→越南→老挝→泰国→马来西亚→斯里兰卡→印度→尼泊尔，不断行走的脚步暂停下来，美妙的东南亚旅程此刻已经结束，我也找到了内心的宁静和清明。

旅馆花园

一 徜徉在佛的国度——泰国

贴着面膜在曼谷机场过夜

第一次出境，我乘坐的是亚航的空中客机，心中难免有些好奇。坐惯了波音，一时竟有些无所适从，不过要说究竟是哪里不习惯，还真说不上来。仅从客舱来看，行李舱的设计也好座椅布局也罢，都与波音737毫无二致，但感觉就是不一样。

不一样。真是怪事。

抓耳挠腮了好一阵子，在确认自己再无法找到那困扰我的迥异之处以后，我只得静静地坐好，准备安分守己地度过三个多小时的空中飞行。

飞机上很安静，除了空姐偶尔走过，周围的人不是看航空杂志就是歪斜在座椅上睡觉。此外就是持续不断的发动机轰鸣的声响。虽说不是什么悦耳动听的旋律，但平稳的声波却足以让人安心。

仔细聆听，发动机也有可爱之处。若是在飞行途中这声音突然消失，后果将不堪设想，所以大部分时间人们都还心安理得地享受这种巨响。想到这点内心豁然开朗，不过立刻又觉得困惑起来，怎么以前坐波音时就从来没有这种念头出现呢？还是说波音没有发动机这回事？显然不可能。沉思了片刻，终于得出结论：空客的发动机比波音听起来更可爱。

嗯，空客比波音可爱。

这样想着，很快便坠入梦乡……

凌晨一点的时候空姐开始发放出入境卡，睡醒填妥后飞机刚好开始下降。于是在这个过程中，我再次聆听了发动机的声响——可爱至极。

在欣赏了3个多小时可爱的发动机奏鸣曲之后,我双脚稳稳当当地踩在曼谷索万那普国际机场的水泥地面上。可能是仍然对发动机抱有好奇,此时我的大脑中并没有任何异国他乡的概念,也没有任何激动兴奋的心情,只是回过头去观察了空客那红白相间的机身和驾驶舱,再次为亚航飞机卡通玩具般的可爱造型欢快不已。

凌晨的曼谷机场相当热闹。第一次独自出境旅行,因为会说几句"三脚猫水平"的英文,入境比我想象的要容易得多。

入关后取行李,20公斤重的背包花了我不少时间整理,真担心过安检时会被翻个底朝天,到时对着满地的行李我可要哭了。不过安检处似乎十分宽松,工作人员只是象征性地抽查了一两个乘客,其他一律放行。估计也是"看人下菜",像我这种一看就是背包客的瘦弱女子,想必也不会是什么坏人,所以就直接通过。

折腾一番之后已经是当地时间凌晨3:30了,这时候一个人打车去市区实在不明智,我可不想下了车像流浪汉一样游荡在凌晨的曼谷街头。本着背包客的穷游精神,我直奔三楼候机厅,无数深夜抵达的背包客的旅行经验告诉我,曼谷机场是个过夜的好地方。

下了电梯,发现已经有人躺倒在椅子上呼呼大睡了,大背包就绑在手臂上,周围不时有机场保安来回走动。果然如前辈们所说,这里的治安相当好。我找了个电梯口的位置放下背包,摸出一把密码锁,把背包锁在椅子靠背上就躺下休息了。

困意袭来,本想着睡个好觉,但铁质的椅子却硌的人难受,索性坐起来贴面膜,机场冷气强劲,皮肤干燥得难受。旁边不时有人经过,有几个不知是哪国人还边走边冲我笑,其中一人嘴里用英文念叨着:"嘿,真是惬意,还做面膜呢。"我贴着面膜懒得说话,只得眨几下眼睛算作回答。扔掉面膜,重新躺下,仍然昏昏欲睡,可就是睡不着。

回想起在国内的历次旅行，好像从来没有在机场或是车站过过夜，更不要说在这种场合贴面膜睡大觉了。想想觉得好笑，人生第一次如此远距离的旅行，竟是以睡机场开端，实在是有趣。此时心中又不免一沉——漫漫长路，我这一路会顺利吗？会不会发生什么意外？天灾？人祸？而且我并无确切详尽的计划，甚至连旅程的终点都不确定，身上只带了一本好友梦梦送我的东南亚旅行指南书，签证也只有一个泰国，我会走到哪里，又能去往何方？一切都是未知数，一切都在明天等我去探索。

不，现在已经是明天了，几个小时之后就可以开始探索此行的第一站——有"天使之城"之称的曼谷。现实中的曼谷，是个什么样的地方呢？以前对泰国的认知似乎只有人妖，对泰国的改观还是在上海参观世博园泰国馆的时候。场馆的一幕 4D 电影从视、听、闻、触等角度多方位展示了泰国的富饶和人民的安康乐业，鸟语花香淡然祥和给我留下了非常好的印象。现在真的到了泰国，但愿不会失望吧。

想着想着，终是抵不过持续袭来的浓浓倦意，昏睡过去。

也不知睡了多久，忽然被此起彼伏的喧嚣声和阵阵寒意给惊醒了。掏出手表看了看，已经是当地时间早上 7 点钟了，对面餐厅里早已人声鼎沸。早就听闻曼谷公共场所冷气强劲，但是夜里刚到时背着大背包很费力，当时也没觉得冷，我就没拿睡袋出来用，结果冻得够呛。

赶紧起来洗了把脸去换泰铢，准备出发。机场货币兑换处的汇率相当糟糕，先换一些应急，到市区再说吧。于是找到机场信息中心，打听到去考山路的机场巴士，随即向 8 号出口走去，一路不忘收集免费的曼谷地图以及各类资讯手册。都是相当实用又方便的资料，让人不得不感慨曼谷的旅游服务如此成熟、细致和人性化。

20 分钟后我上了中巴，车上除了我还有另外一个亚洲面孔。大家都默不作声地坐着，我也打消了搭讪攀谈的念头。正好，可以欣赏下窗外的风景。

车窗外的曼谷，一派毫无新意的热带景象，一路上既没有太多的高楼林立，也没有繁荣浓郁的商业气息。若是论城市气质的话，倒是很像二十多年前的广州，连立交桥路面的质感都没什么两样。不过这不正是我所希望的吗？比起飞速发展的现代社会，还是"复古"的城市更合我意。不过，也有可能是通往机场的这条线路避开了市区的繁华地段也说不定。

不管怎样，初来乍到我并无格格不入的感觉，反倒有种亲切感。太好了！

越过铁轨般永无尽头的高架桥，穿过熙来攘往的街道，又经过一个热闹的市场，40分钟后，车子终于七拐八绕地到了终点站。

一到站，心里立刻莫名兴奋，这就是我此行的第一个目的地——考山路！还没来得及打量下四周，就被突突车（一种当地的三轮车）司机一哄而上围住，说是有物美价廉的旅馆推荐。眼前就是背包客聚集地，哪还需要坐车？这些司机们真当我是菜鸟了。我只管低头走路，假装听不懂他们说什么，司机们见无好处可捞，便也随即散去。

没走几步就看到一个旅馆的蓝色灯箱，上面用白色字体写着"New Joe Guesthouse"，下面一个大大的红色箭头直指路边一条小巷。New Joe，我喜欢这个名字，念起来朗朗上口，听上去清新脱俗。就这家了！

走进巷子，一股油炸食品的味道直窜鼻腔，右手边卖食物和手工艺品的摊位占去巷子的一半，人来人往异常拥挤。各种食物，各种冷饮，全都怪异得很，叫不上名字，味道也是闻所未闻。但眼下显然不是停下来品尝美食的好时机，背着沉重的行李，我脑袋昏沉，尽管早已饥肠辘辘，人却还是一刻不停地往巷子深处走。走了几分钟，果然看到"New Joe"的招牌，隔壁还有一个花园小餐厅，看上去相当不错。

穿过一条过道，拐进旅馆，古色古香的大厅虽有些陈旧，但还算整洁。接待处有几个西方年轻人，旁边地上堆着几个大背包，看样子是准备离开。我掏出护照办理入住手续，规定的入住时间是中午 12 点钟，现在才刚过十点一刻，好心的店长按 12 点入住，算我一天的房钱。

不过房间可就没有外面看上去这么光鲜了。家具除了一张床、一把椅子和一个床头柜之外什么都没有，没有热水，没有洗漱用品，没有拖鞋，床上连被子和毯子都没有。此外只有一个卫生间和一个小阳台，简陋至极。好在出发前对东南亚背包客住宿环境的恶劣早有耳闻，我装备齐全，而且这鬼天气看起来也不像是用得着热水的样子，倒也没什么可担心的。

放下行李，我头痛欲裂，估计是乘夜航班机的后遗症，再不就是在机场给冻的，总之需要赶紧躺下休息。"出师未捷身先死"，这个时候身体出问题可不是什么好彩头。于是我赶紧洗了个澡，找出睡袋睡了过去。

见识亚洲最大的背包客聚集地
——考山路

一觉醒来我精神好多了，肚子也叫嚣个不停。我决定立刻到考山路去，见识一下亚洲最大的背包客聚集地的景象。

走出巷子对照地图才发现，当时下车的这条路并非考山路，而是和考山路平行的另外一条路，难怪如此安静，怎么看都不像网上描述的那般热闹。不过，走在这条路上多少也感受到一些不一样的气息。身边不时走过一些闲逛的西方人，扎小辫的、留莫西干头的、穿性感衣裙的，三五成群，也有像我这样的独行侠。

不管怎样，考山路已不远。我掏出指南针，钻进一条小巷，三拐两绕之后穿过一个小门，到了个有些中国风格的寺庙，只见旁边地上有块不起眼的石头，上面用中文写着"女娲宫"。

从女娲宫出来左转，不远处看到路口有一个警察局，就这样闲逛着到了考山路。果不其然，街上到处都是背包客，除了做生意的小贩，其他大多是金发碧眼的西方人，身上是各式各样的装扮。也有一些亚洲面孔，日本人居多。露天酒吧坐满了人，其中不乏嬉皮士沿街席地而坐，无所事事，或是喝酒打牌。

烈日当头，街边小吃摊冒着呼呼热气，到处都闹哄哄乱糟糟的，与破旧的路边建筑相得益彰。如果说曼谷是"天使之城"的话，那么考山路就是"魔鬼之地——群魔乱舞"。不过，在这闹腾之中，却有着一种莫名其妙的和谐，似乎那些杂乱和喧嚣就是为此地而生，唯其如此，才对得起考山路"背包客天堂""亚洲背包客基地"这些称号吧。

一阵香味飘来，我才意识到自己已经饿得快要走不动了。路边一个摊位上,老板正掀开锅盖在一个大锅里搅拌着,刚才的香味就是从这锅里散发出来的。那是一种叫作"Sea seed soup"的东西,是用青菜、胡萝卜、日本豆腐和肉等混在一起炖的汤,加入了泰国特有的香料,味道甚是鲜美。我当下认定这是我有生之年吃到的最美味的食物,完全忘记了饥饿也会为美味加分。

因之前泰国发大水,一些人家和店铺门外的沙袋还没有撤去。我暗自庆幸自己来得正是时候,错过了雨季。

泰国这个佛教国家到处都是寺庙,路边人家门口也有很多神龛和佛像。因为不杀生,这里猫猫狗狗特别多。

路过一家裁缝店的时候,一只大猫吸引了我的注意。猫身上蓝灰色的毛软软的,肚皮上的毛却是白的,煞是有趣。我生性爱猫,就拿出相机打算拍张照。店老板看到了,主动走出来抱起猫咪让我拍,很是热心。早就听说曼谷人民很友好,又乐于助人,现在看来果然不假。那猫也不怕人,只是样子呆呆萌萌的透着股羞涩,可爱极了。

摸了摸猫的脑袋,跟老板道过谢,我转身进了路边一家旅行社。这条街上旅馆和旅行社一个挨着一个,随便找了几家进去,发现他们提供的服务都极尽便捷和细致,态度不错,价格也很公道。不得不说,泰国的旅游业发展得相当成熟,正是因为如此,才会有这么多人来泰国旅行吧。

沿着与来时路相反的方向走是湄南河,河面宽阔平静,偶尔有船只经过,漾起一圈圈的水波。河边有一个小广场,我想起有本关于旅行的书叫作《迟到的间隔年》,书中所写的临江广场应该就是这里。广场临时搭建的舞台上,学生们正在排练舞台剧,看了看入口的宣传海报,原来赶上了学生的文化艺术节。

想当初《迟到的间隔年》的作者孙东纯也是在这个广场看学生们

表演舞台剧，整整隔了四年，他走了，我来了，背包客换了一拨又一拨，那时的学生也早就毕业了，我整整落后了四年。想到这里不禁感慨，总有前辈在未知的路上探索，也总有后来人，沿着他们的道路勇往直前。

离开临江广场，附近有条弯弯曲曲的小巷子吸引了我。小心翼翼走了进去，巷子两旁是泰国寻常人家的住宅，拐角处是一间外国人经营的酒吧和桌球室。巷子在尽头的拐弯处陡然变窄，露天下水道占去半边路面，甚至差点找不到路的出口，颇有些山重水复疑无路的感觉。

踮起脚踩着残破的石子路面向左拐进去，走了一段路，突然豁然开朗，拐角处"The Riverline Guesthouse"的指示牌赫然映入眼帘。顺着指示牌继续往深处走，在又一个拐弯处，出现了一栋别致的四层楼独门小院。原来在这僻静之地还有这样一处居所。我很是中意这里，心里头很想搬过来住。

推开写着"COME IN"的大门走进院子，一个四十多岁模样的泰国男子正坐在门后高高的石阶上，看到我后微微点头，双手合十，友好地用泰语对我说"你好"。我用英文告诉他我想要一个房间，男子仍旧用泰语说着什么，并用手势示意我到正对大门的接待处去，对着一楼小格子间的一位中年妇女叫了一声。中年妇女告诉我，今天已经没有房间了，让我明天再来看看。失望之余，我决定明天再来碰碰运气。因为我实在是太喜欢这里了。

第二天一大早，吃过早饭我便去了The Riverline。中年妇女很客气地告诉我等一下有客人会离开，让我10点钟再带行李过来办理入住手续，我满心欢喜地回New Joe办退房手续了。

10点过后，在背着背包去The Riverline的路上，有个西方大叔一直我前面走着，满头卷曲的银发，有些像爱因斯坦。我们在巷子口偶遇，互相点了点头算是打过招呼，之后我循着小路一路走到这家旅馆，他走去了另一条岔路。就在我拿出护照登记入住的时候，他再一次出现在我面前。再次相遇，两人不禁相视而笑。我估摸着他是没找着别的合适的住处吧。

The Riverline 的房间不是很大，但很干净，环境清幽，很是舒服。一楼有个铺满石子的小花园，围墙下种植着大片的绿色植物，青翠欲滴，靠近楼房墙壁一侧是用长木建起的廊檐，廊檐下吊着吊扇和顶灯，下面整齐地摆放着舒适的桌子和木椅。除了蚊子扰人之外，这里还真是个看书喝茶的好去处。

放下背包，我又溜了出去。

在紧挨考山路的另一条巷子里，有一家 Thai Boxing，是人气很高的泰拳俱乐部，慕名前来学泰拳的大多是旅居此地的西方游客，也有几个日本人，打得都很好。只见一个皮肤白皙的美国人正和泰国教练对打，出拳，扫腿，竟然几下就差点把教练给打趴下了。教练口中不停地说着"Good""Come on"之类的话，美国人就继续出拳踢腿，动作娴熟到位。大滴大滴的汗水顺着他的脸颊滴在地板上，润湿了一片。我几乎看呆。美国人赤裸着上身只穿一条运动裤，胸前文了一个汉字"布"，我心里头琢磨着这人想要表达什么，是想说文了这个布字就可以不穿上衣了吗？想到这里不禁有些想笑。

打了有半小时的光景，两人终于气喘吁吁地停下来休息了。这时，一直站在旁边的黑人姑娘正戴好了手套翻身上了拳击台，对着另一个教练摩拳擦掌跃跃欲试。就这样，我坐在巷子路对面的长椅上看了一下午。巷子里不时有游客经过，偶尔停下坐在我旁边驻足观看，有时也聊上几句，内容不外乎你是哪国人、来泰国多久了，等等。

天色渐晚，我起身朝着昨天投宿的 New Joe 旅馆方向走去，因为心里头一直惦记着 New Joe 隔壁那个花园式餐厅,不如去试试那里的菜品。

餐厅名叫 Ranee's,经营着各种西餐和泰国菜。我叫了一份泰国特色咖喱饭和新鲜果汁,很快,侍应生就把做好的饭菜端了上来。咖喱饭是餐厅的招牌菜,味道很特别,有椰蓉的香味和酸酸甜甜的味道在里面,果汁则是用一种不知名的当地水果榨的。我品尝着可口的异国美食,不时抬头环顾四周的食客。

餐厅出口正对着我的座位,从我这里望出去,可以看到整个花园的情景。餐厅生意很好,清一色全是外国人,三五成群地坐在一起边吃边聊,厨师和侍应生轻声招呼着,热闹却不嘈杂。头顶的星空隐隐淹没在热腾腾的饭菜和人声之中,只觉得十分宁静舒适。一个四十多岁、皮肤黝黑的女流浪者正坐在餐厅外的走廊地板上,和她的流浪猫一起吃饭。

吃完主食,我一边啜饮着果汁,一边问侍应生 Wi-Fi 密码,侍应生说这个要问老板,并伸手向操作台的方向指了指:"瞧,那个就是我们老板。"说完,端起托盘就走到旁边送餐去了。

我循着他指的方向望去,看到一个四十岁左右的西方男子正在料理台后忙碌着,也不知是哪里人,可能曾经也是个背包客,然后爱上这里不走了。

我朝老板招呼了一声,他看到我招手,利索地处理完手里的食材,向我走来:

"有什么事吗?"

"这里的 Wi-Fi 密码是什么?"

"打我吧。"

"什么?!"我被他的回答惊呆了。

"打我吧。"

"你疯了吗？"我瞪大眼睛看着他，因为英文不够娴熟，我想不出更多的词来表达我的惊讶，为什么让我打他？

他微微一笑说道："这里的 Wi-Fi 密码是 hit me right，h-i-t-m-e-r-i-g-h-t。"他一个字母一个字母地拼了一遍。

我愣了一下，随即明白了，连连点头，脸上仍是一副不可思议的表情。他也不解释，对着我笑了一下就走了，只剩下我在那里百思不得其解。

等到一杯果汁快喝完了我才反应过来，hit me right，直译是"打我吧"，俗语应该是"突然"的意思。结合餐厅的环境，应该是"来我这里就对了"。啊，因为英文不好，我差点闹出大笑话！想到这里不禁自嘲地笑起来，幸好没有打他。

走出餐厅，女流浪者已经离开了，那只黄白相间的流浪猫也不知所踪。时间已不早，我于是散着步回了旅馆。

旅馆里静悄悄的，只隐约听到几十米外大街上的嘈杂。一楼宽敞的大厅里坐着几个房客，有的在用笔记本上网，有的在看书。我蹑手蹑脚地上了楼。

走廊里空无一人，两旁客房的窗子里全都熄着灯，我一步一步走向走廊尽头的房间，好像那里就是自己的家。

打开门锁，关门，开灯，房间里顿时明亮起来。四下里寂静无声。我背靠着门缓缓蹲下，竟有些想哭。现在是 11 月，我在离家千里之外的曼谷，在北半球炙热的热带地区过着遥遥无期的夏季，独自一人。我想起过往的时光，与父亲的争执，母亲的唠叨，加班的周末，为单位的新年晚会排练《嘻唰唰》的夜晚，下班后和 Lily 走在大雪纷飞的午夜，还有在我们喜爱的比萨店里度过的无数美好时刻……国内的生活看似很热闹，忙碌的工作之余，听音乐会，看话剧，参加读书会，与密友聚会，甚至还跑到另一个城市去见我仰慕已久的作者。所有这一切，都填补不了内心的一处空洞，仿佛往那个洞里填得越多，洞就会越深，深得不能再深，深不见底。然而这一刻，我却如此自如地沉浸在孤独之中，安然地享受着孤独带给我的愉悦。是的，这是我的选择。那是一种复杂的、难以用语言表达的情绪，有一丝隐隐的感动，平静中带着神圣、伤感，却并不悲伤。

房间里闷热难耐，洗了个冷水澡，我关灯躺下。外面的嘈杂声慢慢安静下去，只听得到低低的虫鸣和走廊上偶尔传来的轻微的脚步声。月色温柔，月光如水银一般倾泻在这小小的房间里，在墙壁上投下树枝的暗影，更显得周遭格外静谧。有蚊子在手臂和耳边不停地叮咬，我把吊扇开大一档，洒上驱蚊液，裹紧睡袋，沉沉睡了过去。

半夜，突然在阵阵寒意中醒来，有凉凉的风吹进窗子，捎带着几声猫儿叫。原来曼谷的夜也会这么冷。睡袋薄得很，并不怎么御寒。翻遍整个房间，也没有找到一条毯子或是床单之类的东西，关掉风扇又有蚊子。我只得找出长衣长裤穿上，重又躺了下去。就这样瑟瑟发抖地一觉睡到天亮。

清晨的阳光依然猛烈，空气中仍弥漫着火热的气息。我梳洗一番走出房间，正巧隔壁的房门也打开来，一个嬉皮士打扮的年轻人走了出来，看到对方都稍稍有些发愣。我愣住是因为在这样的家庭旅馆竟然遇到了嬉皮士，他愣住估计是因为我的东方面孔。

"早上好！"他率先打破沉默。

"早上好！"

"你是刚住进来的吧？以前好像没见过你。"

"是的，昨天才到。"

"我叫Peter，来这儿已经一个星期了。"

"你好 Peter，我是 DD。"

又是一阵沉默。为免尴尬，我没话找话地说："那个……昨天夜里真冷啊，我几乎要感冒了。"

"哦，是啊，有时夜里是有点冷。"他耸耸肩。

我的目光不经意间越过他，发现他房间的床上有条薄毯，"怎么我的房间没有毯子呢？可真冻死人了。"

"其他房间也没有。听隔壁那个房客问过老板，说是这里的房间都不提供。就只有我这里有，还真是奇怪。我想是以前的客人留下的吧。"他指了指另一间客房。

我点点头。这时他已经走进房间拿着那条毯子出来了。

"给你！"他一把扔给我，"我下午就要走了，有了这个你会暖和一点。"

"谢谢！"我抱着毯子连忙道谢。

"要去吃早餐吗，一起吧？"

"好呀，我也饿了。"

我和他一起走下楼去，在一楼的餐厅里坐了下来，一人点了一份吐司和煎蛋，外加一杯牛奶。

旅馆老板仍坐在大门口的石阶上，这会儿正捧着托盘吃手抓饭，手上满是黄黄的咖喱。老板娘在接待处那个狭小的格子间里忙活，不时地接打电话。不过是等早餐的空当儿，她已经接了三个订房电话了。

吃完早餐，Peter 要去考山路与朋友会合，我则打算在曼谷市区逛一逛，于是再次道谢后跟他道别。Peter 叫我不必客气，潇洒地挥挥手走了。

告别了 Peter，我顺着附近一条大路往南走。大约半个钟头的光景，就到了泰国国家博物馆。和世界上所有的国家博物馆一样，馆里陈列着自古以来代表本国文化的卷宗和文物，讲述和展示着这个国家的历史和文化。

从博物馆出来已近正午，烈日当头，我在热带高温的烘烤下只顾低头继续往南走，不经意间一片富丽堂皇的建筑群赫然出现在眼前，各色人种从大门口进进出出，几名警卫站在两旁关注着秩序。既然到了这里，没理由不进去参观一下泰式建筑，于是抬起脚步往里走。刚刚走到大门口，其中一名警卫就走上前来拦住我，用略带泰国口音的英文对我说，这里是泰国大皇宫，我穿着短裤不得入内，按照规定，游客要穿到膝盖以下的裤子或长裙才可以进去参观，露出肩膀的衣服也不能穿，最后面带歉意对我说了声抱歉。我低头看了看身上的短裤，遗憾地离开了。

远离了考山路，我已经深入到曼谷人民生活的区域了。此时的我饥肠辘辘，很想到附近的餐馆去尝尝当地人的食物，就进了路边一个小餐馆。

餐馆很小，只有一间屋子那么大，食客却不少，全都是当地人。我看着菜单上莫名其妙的泰文，皱着眉头跟店伙计随便点了一道。等饭菜的当儿，店里的食客纷纷向我投来探寻的目光，有些人看着我互相用泰语交谈着什么，很友好地笑着。也有几个懂英文的跟我搭讪，问我是从哪个国家来的，我如实以告并报以同样友好的微笑。

不久，食物端上来了，仅从外观来看，盘子里的东西很像中国南方的炒河粉，然而吃到口中却酸酸甜甜，有点香肠腐烂的味道。我皱了皱眉，内心挣扎着要不要吃下去。刚才跟我搭讪的一位中年大叔笑着对我说，那个酱汁是泰国的特色，多吃两口就会爱上这种味道。我匪夷所思地看着他，又低下头看看盘中的食物，拿起叉子又送到口中。吃到最后，我已经停不下来了。果不其然，就像臭豆腐一样，世间有些东西的确是需要慢慢品味的，刚开始可能不合胃口，深入其中之后却发现其美妙之处，甚至让人欲罢不能。

吃过午饭打开地图，发现大皇宫旁边不远处就是湄南河，与之隔岸相对的是郑王庙，我被地图上的图画所吸引，坐了渡船到河对岸去。

郑王庙由一座主塔和四座辅塔构成，主塔直冲云霄，足足有79米，青黑色的石砖看起来足够沧桑，存在感十足，塔尖外装饰着复杂的雕刻，此外还镶嵌着各种彩色陶瓷片和玻璃，还有贝壳。我不禁好奇，这样雄伟的建筑是干什么用的。打开手机连接网络，上网查询了郑王庙的历史，原来这里是纪念泰国第41代君王、华裔民族英雄郑昭的寺庙，又叫黎明寺，是泰国王家寺庙之一，有"泰国埃菲尔铁塔"的美称。如此巍峨的美景，如此悠久的历史，怎样都要拜上一拜的吧。好在郑王庙入口处有长裙出租，我不必担心身穿短裤，就租了长裙爬上高塔祭拜，以表缅怀之心。

在郑王庙外可以坐船到湄南河沿岸的各个码头，我买好票，跟着人潮上了船。船上很拥挤，周围大多是泰国人，我站在船尾连转身的空间都没有。船行至River City码头，船上的当地人热情地告诉我，中国城就在这不远处，若是想去的话就在这里下船。我谢过他下了船，沿着码头附近的一条大路向东走去。

走了大概三十分钟，唐人街巨大的红色牌坊出现在面前，满街都是美食店铺，海鲜丰盛，价格公道，可谓是吃货的天堂。虽然曼谷是美食之都，但在异国他乡能吃到故乡菜，终归是件很亲切的事，我激动不已。进了一家华人餐厅，点了地道的中餐，在等饭菜的工夫，和餐厅里的泰国侍应生聊了几句，让他们教了我几句泰语。你好是sawadika，谢谢是kaogunka，对不起是kaotaoka，再见是lagon。可能是我发音实在不标准，他们乐得想笑又不敢大笑，一个个涨红了脸。

第二天，我朝着另一个方向走去，在考山路东边不远处一个叫王孙庙的地方停了下来。这里是当地居民拜佛的地方，不用门票，也很少有游客，算得上是闹市中的一处清净之地。

王孙庙是哥特式建筑，多重尖顶结构，有很多长廊和拱形门洞，横截面是向外辐射的"回"字，最外面一圈摆满了各式佛像，红漆木梯盘旋而上直达塔顶，这一带的美景在寺庙顶部可一览无余。走在最外圈的长廊上，温润的风穿堂而过，耳边是从塔的四角传来的叮咚作响的铜铃声。

寺里的僧侣英文说得很不错，帮我拍完照后很小心地把相机放在一旁的围栏上，并不直接递与我。在泰国，僧侣和女性是不可以有身体碰触的。

从王孙庙出来沿着门前的大路继续朝东走，远远地看到前方有一座小山，山顶上有座建筑闪闪发光，圆身尖顶的金色佛塔在太阳的照耀下放出金光。我像是发现了宝藏一样，循着山坡上的石阶爬了上去。原来这里是刚刚修葺一新的金山寺，这天正赶上新佛塔揭顶，山下是各种庆祝活动和售卖美味小吃的人群，山上也人山人海。

路过半山一个小寺院，寺院里的僧侣送给我一个密封在透明容器里的小佛像，可以挂在脖子上，说是保平安。我虽是无神论者，却也不愿辜负了僧人的好意，便谢过收下戴了起来。红蓝相间的绳子，小巧精致的佛像，倒也十分漂亮。

机场换的泰铢很快就用完了。曾经到过泰国的梦梦告诉我一个叫作"super rich"的地方，在世贸中心旁边，说那里的汇率在曼谷是最好的。我不知道 super rich 是个什么地方，以为是银行，就拿着银联卡问工作人员哪里有 super rich 的 ATM，结果工作人员用很怪异的表情看着我，摇了摇头，转而又忍住笑意告诉我说，super rich 只提供货币兑换业务，不提供现金提款服务。我这才恍然大悟，拿出人民币兑换了泰铢。

世贸中心附近有座很出名的四面佛，也叫有求必应佛，据说非常灵验，很多香港明星常常来此许愿。我原来一直以为四面佛是佛教的，事实上四面佛是对印度教、婆罗门教三大主神之一梵天的俗称，佛教称其为大梵天王。婆罗门教认为创造神梵天创造了世界万物。不过梵天信仰在印度并未发扬光大，在泰国却相当有影响力，华人俗称四面佛，泰国人叫他四面神，有四尊佛面，分别朝向东南西北，供信众祈福，分别代表爱情、事业、健康与财运，掌管人间的一切事务。在东南亚，特别是泰国，四面佛被认为是法力无边，是泰国香火最旺的佛像之一，一些泰国人家里的神龛里供奉的就是四面佛。对信奉佛教的人来说，到曼谷来不拜四面佛，就如入庙不拜佛一样。

本以为如此出名的佛像会在一个很大的寺庙里，没想到就在街角一个购物商场的广场旁边，很小的一个角落，露天开放，香火可以自行取来用，没有人看管，也没有人收费。看来在这个佛像无处不在的国度，佛祖也是无时无刻不与人同在的。

我很少拜佛，即便是为数不多的几次，都只是默然伫立在人来人往的佛堂一角，平静地注视佛像的双眼。出于对文明的虔诚和好奇以及敬畏之心，我绕着这尊著名的四面佛虔诚地拜了一圈，只拜托他老人家祝愿我的父母家人身体健康，祝愿我旅途平安顺遂，并不多求。随后取香奉上。

就这样，我每天走街串巷，几乎把曼谷的地形摸了个遍，也尝遍了周边的美食。天气不那么热的时候，我就带上地图和指南针走到更远的一些地方去，有时也入乡随俗地拜拜佛。

家庭旅馆里结识新朋友

从 The Riverline 旅馆出去每次都要经过一座小桥,桥头有一户人家,住在很破旧的简陋窝棚里。有一次我无意间发现桥下的小河沟里有几条不明生物,大的一只有差不多一米长,小的也有五六十厘米,它们有时会爬上那户人家的窝棚栏杆旁晒太阳,也不知道是不是这家人特意养的。我每次经过都要扒着栏杆看一会儿。

这天早上,一个刚刚抵达的美国背包客向我问路,看我目不转睛地盯着桥下看,也好奇地凑了过来。

"那是什么,鳄鱼吗?"他惊讶不已地叫了起来。

"不知道,看起来更像蜥蜴,没准是别的什么爬行动物。"

"哦,看上去的确如此。应该是一只蜥蜴妈妈带着三只蜥蜴宝宝。"

就在这时,只听扑通一声,一个十一二岁的男孩从对岸跳入河中,扑腾了一会儿,不久便抱着一条白花花的大鱼上了岸,把鱼放进网兜里拖着走了。那几只蜥蜴也不见动静,一直在河边的碎石堆上待着晒太阳。我盯着小男孩的背影惊呆了,那背包客也是目瞪口呆。

愣了好一会儿,他才开口对我说:"瞧我,原本是要向你问路的。你知道这附近哪有旅馆吗?"

"旅馆多得是,看你想住什么样的,热闹的还是清净的,酒店还是家庭式的?"

"要人多一点,便宜一点的,最好是青年旅社,我想住多人间,这样可以得到很多旅行信息。"

"青年旅社我倒是没见着,不过顺着这条巷子进去有很多家庭旅馆，有些也有多人间，住的全是背包客，价格公道得很。我住的那个 The Riverline 就很不错，可惜今天已经客满了。"

"吃饭呢，附近有餐馆吗？"他又问。

"考山路上多得是，如果不想出去，投宿的旅馆里也大都有餐厅。"

我跟他讲起考山路附近好吃好玩的地方，他听得神采飞扬。两人聊得十分愉快，不知不觉已经到了中午。我告诉他我要去吃饭了，而他也要去找旅馆投宿，于是愉快地向对方告别。

刚走几步，忽听得背后响起一声："嘿！"

我转过头去，猜测着他是否还有其他事情要跟我打听。

他眼睛里闪着熠熠的光，只是对我说："Enjoy！"

突然之间我有些感动，对他点了点头："你也是，玩得开心！"

之后，再次分别。

天天在烈日下暴晒，我皮肤都快晒伤了，也黑了不少。眼看着快到 12 月了，曼谷丝毫看不出要凉快下来的节奏。我终于受不了持续的高温，出现了中暑的迹象，晕晕乎乎，不敢再到外面去，整日待在旅馆里看书上网。

旅馆里住着各个国家的人，那个在巷子口遇到的西方大叔 Steve 也还在，路上遇见也常常打招呼。每次相遇我们都会相视一笑，仿佛在说"原来你也还在这儿啊"，时间久了，彼此之间似乎已经形成了一种默契。

有一天我和 Steve 一起坐在一楼大厅吃饭，吃完起身的时候他一下子撞到了装在墙壁上的电视机，疼得龇牙咧嘴，我笑着让他小心，而后对他说，你之所以撞到是因为你太高了，换做是我的话就没事。说完站起来伸出手在头顶上比了一下，然后坐下来哈哈大笑，Steve 揉着脑袋直骂我淘气。

Martin一家三口来自阿根廷,爸爸Martin又高又帅,妈妈Sandra美丽优雅,儿子漂亮可爱,四五岁的样子,很调皮,之前我一直以为他们是意大利人。

有一天吃饭的时候Martin一家也在,我问Sandra:"你是不是意大利人?"

"我们是从阿根廷来的。"她的英文有着浓重的口音。

"什么?"

"我说,阿根廷。"她又重复一遍。

"呃……我不知道这地方。"我还是没有听清楚。

"马拉多纳,足球!"Martin在一旁说道。

我瞬间明白了:"哦,阿根廷,原来你们是阿根廷人!"

"是的。"Martin很是自豪地说。

这时连坐在旁边的一对法国情侣都忍不住赞叹起来。

本以为法国人个个都很优雅,没想到这对瘦瘦小小的情侣不修边幅,简直就像流浪汉。那位男士更是胡子拉碴一头小辫,不拘一格,在大厅里用一台硕大无比的笔记本上网,抽起烟来旁若无人,好像是从哪个没开化的地方来的。

旅馆里还住着一个日本大叔,我住进来之前他就已经住了很久了,每天早睡早起生活很有规律,一身当地人的打扮,一根长烟管。我每天出门时都看到他光脚坐在大门的台阶上和老板聊天,有时看到他帮着做一些清洁工作,打扫房间、拖地什么的,估计是用劳动换房租吧,我知道许多日本人喜欢流浪旅行。但不知是出于对中国人的敌意还是对女性的轻视,他从不与我说话,我每次想和他打招呼都因为他的漠然态度而作罢。

在这个迷宫式的小巷深处,有这样一处清幽的庭院,鸟语花香,恬静淡然,50米开外就是湄南河,傍晚在屋顶还可以看到长河落日的美景。浮生偷得半日闲,在高度发达的现代社会,我把自己放逐在一处完全陌生的所在,颇有些大隐于市的意味。

这些日子,每天一到傍晚,我就到旅馆的天台上看夕阳,还有远处的湄南河和落在树上的飞鸟,没人时干脆躺在长椅上唱歌,孙燕姿、莫文蔚、陈升,把所能想到的歌曲对着曼谷的天空唱了个遍,陈升的《一个人去旅行》更是常常被我挂在嘴边。中国民歌里我最爱的则是《茉莉花》,香港回归时听的是梁咏琪、瞿颖版,但是那个音频好难找,现在一直在听的是黑鸭子版,上初中时还听过一阵子肯尼基的萨克斯风版,啊,又怀念起写字台前看夕阳的青葱岁月了。

这天,我正倚靠在铁质长椅上唱着《茉莉花》,突然背后一阵声响,一转头看到一男一女两个欧洲人模样的年轻人,立刻停了下来,觉得有些不好意思。

"嗨。"我赶紧向他们问好。

"你好。你在唱什么歌?"男孩很友好地问。

"Jasmine Flower,很有名的中国歌曲。"

"噢,听上去很不错。我们就是听到有人唱歌才上来的。"男孩继续说。

这时旁边的女孩也用简单的英文跟我打招呼,并且对着我腼腆地笑了笑。

"我叫Jeremy,这位是DeeDee,她英文不太好,但是交流应该没有问题。"男孩指着女孩对我说。

"真的吗?我叫DD,一样的发音!"我有些惊喜,女孩也是,气氛瞬间热闹了许多。

这时DeeDee用法语叽里咕噜地和Jeremy说了一通,然后Jeremy对我说:"DeeDee让我告诉你,她很高兴认识你。我们来自法国的波尔多地区，就是那个著名的葡萄酒产地。"

我朝 DeeDee 点点头："我是中国人。"

Jeremy 兴奋地用蹩脚的中文说："噢，太好了！我很喜欢中国，去过北京和云南，我在路上学习中文，知道中国很多事情。以后我们可以用中文交流。"

我有些意外，不禁对这个半路的"中国通"流露出惊讶和赞赏，然后你一言我一语地聊了起来。

这个时候我的英文水平还很一般，DeeDee 更是只会几个单词，因此常常需要 Jeremy 用法语和中文给我俩充当翻译。

后来 Jeremy 生气地对我说："你用英语自己跟她说，慢慢练习，你可以的。"

迫于 Jeremy 的压力，我只好硬着头皮费劲地一个单词一个单词拼凑起完整的句子来，内心无比煎熬，想必 DeeDee 也是吧。

但是慢慢地，我跟 DeeDee 也就无话不能谈了。我的口语大概就是这个时候练出来的。

接下来的几天，DeeDee 去了乡下的丛林里徒步，Jeremy 在旅馆里跟着我学了几天中文。日子美好而宁静。

Jeremy 的中文名叫杰小龙，取自他的法国名字和李小龙。

不知道为什么，Jeremy 非常喜欢问为什么。这天他又问我："DD，你有没有男朋友？"

"没有呀。"我说。

"为什么？"

"因为……我是 lonely planet 啊。"我想了想，给了他一个模糊的回答。我本意是想告诉他我是习惯了孤独的旅行者，所以用这本旅行书的名字，一语双关。

"你的意思是,你是背包客?"Jeremy愣了一会儿,困惑地问。

"这样理解的话也对。"

接着他又开始了新一轮的询问:"你喝不喝啤酒?"

"不喝。"

"为什么?"

"呃,其实以前工作的时候喝过,但说句实在的,我真的不喜欢喝。"

"对!你们工作人喝白酒,我不喜欢白酒,不好喝,"他激动地用中文继续说,"在我们法国,工作人会吸食可卡因。"

顿了一下,他又强调:"只是在谈生意的时候吸。"

我笑着对他说:"是工作的人,不是工作人。"

他赶紧纠正:"对对,是工作的人。"

不过Jeremy的热情态度直叫我起疑心,他总是问我很多问题,可是当我问他的时候他就顾左右而言他。也可能是我多想了,也许他本身并无恶意,他也只是自我保护而已。但是不管怎么说,出门在外多个心眼总没错,安全第一。这件事让我颇有些不安,想到Jeremy的防范态度,心里总是有些不舒服。

想了一晚上,我终于知道Jeremy为什么表现异常了。前天晚上我拿了清凉油和驱蚊液给他,他当时一直拒绝没有用,后来没过多大会儿Jeremy就回自个儿房间了。我还以为他是因为不好意思,现在想来,不接受陌生人的食物、药品、酒精以及香烟,这应该是安全旅行的潜规则吧?心下暗骂自己一声菜鸟!也许这就是不必要的善意。

第二天,路过巷子口的理发店时我看到Jeremy正在里面理发,他又像以前一样笑着用中文大声对我说"你好",然后用一双充满活力的眼睛看着我。我总感觉这家伙好奇心实在旺盛,什么都要学一学,什么都要试一试,精力很是充沛。昨夜的猜忌随之一扫而光。

落雨天气蜗居读书

天气闷热得厉害。

傍晚吃完饭,我一边坐在大厅里吹着风扇发呆,一边看着外面阴沉沉的天,担心会不会下雨。

两个小时前刮了一场大风,估摸着有7级,我问在一旁看书的Steve是不是台风来了,他很开心地说,不是,但是大风可以把讨厌的mosquito吹跑。

我并不知道mosquito这个单词,就问他,"mosquito"是什么意思?

Steve想了想,说,是非常讨厌的一种东西,会在夏天咬你。

我一下子没有反应过来,Steve就用手指模仿了一种飞行物,然后落在手臂上使劲拧了一下,嘴里还发出嗡嗡的声音,我这才明白。这下我又学会一个新单词:mosquito,蚊子。

没过多久就下了一场大雨,雨和着风声噼里啪啦简直要把房子掀起来。不过雨一下倒是凉快了很多,蚊子也的确不怎么咬人了。东南亚闷热的高温天气我算是领教了。

Jeremy一个人拎了瓶啤酒去了考山路,结果被大雨淋成了落汤鸡,回到旅馆就钻进了他的房间。

8点钟的时候,雨渐渐停下来。我待在旅馆实在无聊,就决定到夜晚的考山路去看一看。

路过临江广场,一个奇怪的人影在我前面一晃而过向江边走去,直觉让我立刻跟了上去。加快脚步走上前,才看清楚那是怎样一个人。只见那人剃着光头,穿着T恤短裤人字拖,从头顶到双脚,身体皮肤从中间分成两种颜色，左边一半是正常的肤色，右边一半密密麻麻文满了墨蓝色的图腾和看不懂的符号，连脸上和头皮上都是文身，左右两半，泾渭分明，可谓是地地道道的"阴阳人"。我顿时在心里叹道，世间竟有这号人物，真是无奇不有！可那文身狂人却自在得很，丝毫不理会路人投向他的或怪异或惊羡的目光，自顾自地在江边的石凳上坐下来欣赏夜景了。

我三步一回头地离开广场向着考山路走去，心中还是惊叹。

大雨过后的考山路一片泥泞，但是丝毫没有影响熙来攘往的人群，由于空气凉爽，人反而更多，路口处还有流浪艺人在表演魔法水晶球。

因为还在想着刚才那个文身狂人，我心不在焉地随意逛着，忽然发现了白天不曾注意到的满街的文身店。原来"tattoo"这个词是文身的意思。我鬼使神差地走进一家文身店，盯着门口处挂着的图案挪不动脚步。那些图案千奇百怪，有骷髅，有动物，还有抽象的符号和藤蔓植物。其中一个蔷薇植物的图案吸引了我的注意，我站在那里欣赏了很久不愿意离去。年轻的店员姑娘从屋里走出来，用英文问我想不想要一个文身，我赶紧摇摇头说不用了，心想这还了得，真文一个回去是要挨揍的。但心里有个声音突然紧紧地拖拽住我的脚步——我此行的目的不就是为了冲破父母的樊篱么？

姑娘热情地向我介绍，这种海娜文身可以用一种特殊的植物颜料画在身上，最久保持两个星期不褪色。我一听大喜，内心蠢蠢欲动。姑娘不失时机地向我推荐合适的图案，我彻底动心了，心想着反正过一两个星期就没了，何不尝试一下？再说有了文身看起来总是剽悍一些，一般人总是惹不起刺青女的，岂不是又增加了安全系数？

说服了自己，当下决定大胆一试，就让姑娘在我左腿上画了那株蔷薇，又画了缠绕整个右手臂的藤蔓植物。黑色的颜料看上去十分诡异，我对文身效果非常满意，当即付了钱回旅馆去。

原以为画了文身就可以什么都不怕，谁知那些文身不但没有起到震慑他人的作用，反倒给我惹来了新的麻烦。回去的路上身边路过几个当地人，看到我的文身居然上前来就要伸手去摸，幸好我反应快，马上跳到了一旁。不过那几个人只是说文身很漂亮，也都并无恶意，完全是出于泰国人的热情和好奇而已，说了几句就走开了。

我呼出一口气，心想为了配合这文身非得找出人字拖装出一副吊儿郎当的模样才好。总之，出门在外，一定要让自己看起来像个老江湖嬉皮士就对了。

第二日，天空依然没有放晴，闷闷的。我窝在旅馆里学了会儿英语。"live here"是长期居住，"stay here"是短时停留，我就这样 live 在这个不起眼的小旅馆里，除了四处游荡，就是坐在静静的大厅里看书，或是和旅馆里的背包客们聊世界各地的文化，收获颇丰。

日本大叔的确是在这里工作的，估计这天休息，一整天都没有看到他出现。在这里住久了，他倒也对我渐渐有了善意，见面也开始打招呼了。

大厅落地窗旁的角落里有一张桌子，上面堆满了各种语言的书籍，估计是南来北往的背包客们留下的。翻了翻，中文书还不少，《哲学对抗文学》《伟人的人格——孤独的心》《正义和真理》，诸如此类。日文书基本都是文学类，村上春树居多，还有一些英文的小说和散文集，也有旅行工具书。想必在这里停留过的人，都是和我一样孤独自省又爱跑出来思考人生的怪咖吧。

《伟大的人格——孤独的心》非常好看，是一个叫佩贤的人留在这里的。单是封皮上的摘录就足以让我直呼"这就是我要的书"——凡·高：我发狂地渴望与别人矛盾对立；波德莱尔：他不再生活而变成了生活的观察者；叶赛宁：死没什么了不起，活着也同样……

这是一本讲伟人和英雄的书，同时也是一本探讨死亡和孤独的书，一本对人类每个个体灵魂拷问的书。书中写道：

"孟子说'食色，性也'，但除了'食'与'色'之外，人类天性中还有一种根深蒂固、极为强烈的欲望，那就是追求优越，企图超拔于芸芸众生。幼儿园里拖鼻涕的顽童期待老师的表扬，与贤达名流洋洋自得于社会的颂扬，其心理根源同在于此，并无二致。"

无论我们是否意识到，我们中的大多数人终将混同在平庸的大流中追求卓越，我们也在这种本能欲望的驱使下，竭尽所能地挖掘自身的独特性，并且很多时候，这种行为甚至不自知。"而伟人，正是把自身的独特性发挥到极致的典范，他们是自身有生命力的光源。"

我这个人骨子里是有着英雄主义情结的，否则也不会怀了仗剑走天涯的梦想。而伟人和英雄往往是孤独的，孤独是"一切真正的精神创造活动的基础，在真正的孤寂中，既有纯洁、自得的享受，又有一种始终伴随而至的力量"。逃避孤独，这是大众的选择，我自知此生成就不了伟业，却还是选择了孤独，出于自身的需要，出于对力量源泉的追逐。所以，我背上背包开始行走，有对内心的探询，有对远方的渴望，有对父亲的反抗，也有对钢筋水泥现代生活的对抗，试图于茫茫天地间寻找到一处心灵的圣城。

正如书中所写："孤独，在我们这里，获取的是一种形而上的本体的意义。因为我们的孤独超越了电石光火中的争长竞短，超越了蜗牛角上的较雌论雄，而达到对历史、对宇宙、对人生的本质的追求和终极的探讨。这种人类心智的最高层次上的活动只能靠单枪匹马去进行。唯其如此，才能真正沉潜到生命本质的深处去思考人的存在与人的处境。"

说到伟人和英雄，我心中的英雄当然是凡·高。

可能没有人知道凡·高对我的影响有多深远。我从小没有画画的天赋，小学美术课上那些静物画从来画不像，交上去的作业都是从海里钓出的一串闪闪发光的鱼、麦田或森林旁的村庄、巨型树洞里的群居生活之类，反正都乱七八糟的，很少得过好成绩。尽管这样，我也曾一脸憧憬地跟父亲说我以后要当个画家。

这个理想在父亲功利的一句"画家又不能挣大钱"之后彻底破灭。其实那时候根本不懂得"挣大钱"是什么，也不知道"挣了大钱"之后能干什么，但小女孩很在乎爸爸的态度。这也是这么多年来我与父亲始终隔着一堵看不见的墙的原因，在精神层面上，我们始终是两个世界的人。

记得二十多年前，在家乡小城东边的一个地下通道里，有个人给人画肖像画了好多年，一画就是一下午，每次他给人画的时候都美极了，仿佛时光也跟着一起静止，那个画面我至今记得。我很想停下来仔细看看那个画家，看他如何在白纸上勾勒出栩栩如生的线条来，但每次都被父亲拖拽着走开。也不知道那个人现在在哪里，是否还在继续画画。其实我也该庆幸自己没有走上画画这条路，因为我那时对艺术实在没有什么鉴赏力，对于图画只会觉得好看或是不好看，看不懂作者想要表达的意图，也不知道那些或浓或淡的色彩背后的故事。

曾经我也看不懂凡·高的油画，直到在贝塔斯曼书友会上买到那本欧文斯通的凡·高传记，名字叫作《渴望生活》。那个时候我刚上大学没多久，脑袋里装的仍然是浩瀚星空的宇宙孤独和哈姆雷特式的哲学大命题，苦于精神上找不到出口。《渴望生活》犹如一壶酒精达到极致的伏特加将我灌翻，仿佛干涸的荒漠中出现了一座金光闪闪的黄金圣城。我彻底沦陷。从来不曾见过那样浓郁和极致的生命啊！

后来我慢慢懂得，伏特加让人兴奋，让人有力量，但也最伤身。悲情的英雄在现实和时代面前总是那样苍白无力，况且我甚至连父亲的枷锁都无法挣脱，以至于《渴望生活》在焚书事件中被我撕成碎片投入到城市尽头的火光之中。有好几年，我都不敢回想《渴望生活》里的内容，也不敢再看凡·高的画，Lily 送我的那幅《向日葵》一直被藏在角落里。画框里的向日葵，色彩那么浓烈，那么富有生机。透过那色彩，我依稀看到凡·高在俗世的泥沼里挣扎，带着心底燃烧的火焰，释放着熊熊不灭的能量。

我们喜欢荡气回肠的悲剧，却不希望凡·高的剧本在你我的人生上演。但是宇宙那么大，匆匆消逝的过客啊，难道我们真的不需要这样的悲情英雄么？那些英雄所散发出的炽热能量和人性的光辉，点燃了宇宙，照亮了人生，眼睛都要被那光芒所刺瞎。唯其如此，才有"活着"的感觉，唯其如此，那些束缚，那些枷锁，无论如何沉重，都无法阻止我将心中那个荒漠中的黄金圣城推倒，重建，再推倒，再重建。那是能量之地，汨汨源泉。也终于明白，支撑我一路往前走的，就是那股不灭的能量。Struggle！如果圣城沉陷，那么日月倾覆，星空倒塌，整个宇宙都会"蒸发"。

"人生天地间，忽如远行客。万岁更相迭，圣贤莫能度。遥远的地平线，逗引着我们，代代相沿的意志，裹在呼啸而过的风上，继续一个不完的魇梦。此情此景，欲与谁说？无边落木萧萧下，不尽长江滚滚来。"

异国他乡，读着本国的文字，思考着如此形而上的命题，别有一番滋味在心头。

今天天气阴沉，不知是否会有另一场大雨不期而至。

告别曼谷，启程继续上路

　　旅馆里住进来几个俄罗斯人，其中一个叫 Elie 的年轻人到处在问柬埔寨签证的事，刚好我在计划去柬埔寨的行程，就告诉他如果是去吴哥窟的话，可以直接去亚兰口岸办理，签证费 20 美元，比委托旅行社要便宜得多，手续并不麻烦。Elie 英文非常不好，我花了好大的劲儿连写带比画才跟他说清楚。一个不懂英文的人在外面行走的确很不方便，所幸他在机场遇见了那几个俄罗斯人，这才顺利地找到了旅馆。

　　听说我要去柬埔寨，Elie 很想和我一起结伴而行，可是他要先去普吉岛与父母会合，时间上并不合适。我只好嘱咐他出发前多做功课，有什么问题可以和旅馆里的背包客交流，告诉他这样做可以得到很多有用的信息，还可以提高英文水平。

　　蛰伏了几日，外面天气终于放晴了。

　　也不知道 Jeremy 去了哪里，好几天没见到他了。

　　中午吃饭时我看到 DeeDee 背着大背包从院子里走进来，赶紧叫住她，问她玩得可开心，DeeDee 伸出被蚊虫叮咬得惨不忍睹的胳膊给我看，说丛林徒步简直太美妙了，虽然蚊子猖獗，但是那种与大自然融为一体的感觉真是无与伦比，很久没有这么舒畅过了。说这些时，DeeDee 的神情中是深深的满足，看着她神采飞扬的笑脸，我也被那种情绪给感染了，不免心生向往。

　　DeeDee 回房间时告诉我，Jeremy 这会儿估计已经在伦敦了，而她很快也要回法国了。听到这个消息我很是惆怅。旅馆里的客人走了一拨又一拨，走了来，来了走，相比之下我算是这里的长住户了。

Steve三天前离开了，Martin他们也要走了，要去泰国北部的清迈。这一家在这儿住了也挺长时间了，我已经习惯了孩子的吵闹、Sandra的沉默以及和Martin一起上网的夜晚，看到他们提着两个超级大的行李箱，突然就挺伤感的。

这天是DeeDee在泰国的最后一天，我们一起在大厅吃饭，聊了很多法国的趣事，聊电影、音乐，聊她上学的事情，还有她在肯尼亚做过志愿者的姐姐。我想起《迟到的间隔年》里，作者孙东纯也是在旅行途中到印度做了一段时间的义工。DeeDee说，在欧洲，年轻人参加工作之前都有到志愿者组织做义工的习惯，在高度发达的现代社会，习惯了索取和物质享受，年轻人们需要通过忘我的付出培养自己的责任感，在为别人服务的过程中体验生活、感悟人生。而她明年大学毕业之后也打算到肯尼亚做志愿者，因为肯尼亚不仅有国际化的义工项目，还有原生态的自然景观和珍贵的野生动物。我暗自做了前往肯尼亚做志愿者的决定，就请她多讲了一些关于非洲的故事。

DeeDee喝了瓶曼谷当地的啤酒，不知道是因为酒精的作用，还是因为马上就能回法国见到两月未见的亲人朋友，她有些兴奋，表情和肢体语言也越来越丰富，张牙舞爪地跳来跳去，场面一度很滑稽。突然，DeeDee转过头来问我：

"DD，像你这样的中国人不多吧？"

我一时有些愣怔，张口问道："我这样的，是什么样？"

"辞掉工作，长途旅行。"

我若有所思地低下头，想了想，说："有，但确实不多。"

"所以，你是个'例外'喽？"

"什么？"我不明所以地看着她，不知道她想要说什么。

"DD，你知道吗？你很不一样。Jeremy给我讲他在中国的见闻时说,中国人总是一个样子,他们通常很害羞,很严肃,很少看到他们哈哈大笑,但是你不一样,你很特殊。我喜欢你这一点,做你自己。嗯,我喜欢你的'例外'。"

我心想,其实现在的中国人早就开始习惯哈哈大笑了,也许Jeremy去中国的时候已经是很久很久以前了吧。于是傻傻地笑着对她说:"也许,我就是个'例外'吧。"

事实上以前的我并不是这样,也许是异国他乡遇到了可以开怀畅谈的朋友,也许是完全陌生的环境让我放开了身上所有的枷锁,天性中本真的那一面才被解放了吧。嗯,就是找到自我的感觉。

第二天下午,和DeeDee在旅馆一楼等机场巴士的时间里,我们仍旧聊个不停,似乎都想在离别前多留下些回忆。我们拿出自己国家的货币互相交换,彼此给对方讲述钱币上印制的风景,还各自拿出了护照互相欣赏。

然而分别的时刻还是到了,DeeDee站起身,眼神中一丝黯淡一闪而过,但是随即又给了我一个大大的微笑。紧紧拥抱了我之后,她看着我的眼睛说:"能遇见你真高兴,DD,我要走了。再见。"

"再见!"

DeeDee背着背包走进巴士,车门缓缓关闭,我看到她从车窗玻璃后面向我摆着手,脸上是一如既往的灿烂笑容,嘴角也不由自主牵了起来,朝着她离去的方向挥了挥手。不一会儿,车子就消失在街角。

送走了DeeDee,心里突然很失落。那些刚熟识的人,那些欢声笑语,一下子就要留在记忆中了,心中顿时无限感伤。人生就像坐公车,上上下下,旅程才刚刚开始,我怎么就多愁善感起来了呢?

我想着心事,漫无目的地四处游荡,丝毫没有注意到路两旁的景致,直到一阵沙沙的鼓声把我从情绪中唤醒。循着声音,我看到一条巷子旁的一间爵士酒吧，小小的很不起眼，里面只容得下十多人。这间酒吧我每天出去吃饭时都要经过，却从来没有进去过，如今在离别的愁云笼罩下，我情不自禁推开门走了进去，坐下点了杯白葡萄酒。

钢琴前坐着一个十来岁的小男孩，正弹奏着一段蓝调，提琴手和爵士鼓手是两个高中生模样的人，年轻的脸庞还很稚嫩，一边演奏一边投入地轻轻晃动着身体。小男孩技巧很娴熟，细细的手指在黑白琴键上起落转承，那么小的小孩，看不出太多表情，只是一脸忧郁模样，却把黑人爵士的精髓演绎得淋漓尽致。男孩的父亲坐在角落默默地注视着他，不时抿一口威士忌，演奏的间歇招呼着男孩过去，告诉他哪里弹的还有欠缺。

低音提琴低沉的嗡鸣和爵士鼓微妙的沙沙声让人有些慵懒，手中酒杯里凛冽的醇香让人微醺。此时正值泰国的水灯节，外面满天的焰火和孔明灯，摇曳的灯火透过落地窗映在人脸上，忽明忽暗。

我想我也该启程了。在家庭旅馆的这些日子，我像一个地道的曼谷人一样，深度体验着当地人的生活和节奏，细细品味着曼谷这座城市。看了那么多风景，遇到了那么多人，心中常常洋溢着感动，那些陌生的感动，来自宗教信仰的撼动，来自自然之物的和谐，来自隔壁房客借我的一条毛毯，还有在街角擦肩而过的背包客。我甚至不记得那个问路的背包客长什么样子，也不知道他的名字，但我永远不会忘记，告别之后他转过身在桥头上说的那句"Enjoy"。

是时候出发了。

二 | 原生态的柬埔寨

与人结伴，入境柬埔寨

第二天一大早我就起了床，收拾好背包，退掉房间，拦了辆的士直奔曼谷北部的 Morchi 车站，准时坐上 10 点钟开往亚兰边境的大巴。

这些日子在旅馆得到了很多旅行信息，再加上 DeeDee 姐姐的经历，我受到了莫大的鼓舞，对后面的行程更有信心了。我计划接下来游历东南亚，从亚兰口岸入境柬埔寨，先到暹粒去看吴哥窟，之后陆路进入越南南部，一路北上到河内，再进入老挝到琅勃拉邦，从老挝南部再次入境泰国，然后坐汽车一路往南回到曼谷。曼谷有亚航的廉价航班到马来西亚，而马来西亚是整个东南亚的交通枢纽，到了吉隆坡，无论下一步去哪里都很方便。我还决定在那之后一路向西，直到非洲的肯尼亚。

泰国和柬埔寨之间的边境口岸有很多个，从曼谷陆路去吴哥窟所在地暹粒的最佳选择是泰国的亚兰口岸，然后坐汽车，两三个小时就可以到达暹粒。

大巴上坐的几乎全是当地人，都是到亚兰做边境贸易的商贩，硕大的包裹把过道挤得满满的，除此之外只有我和另外三个学生模样的西方年轻人。行程我都已计划好，没什么可担心的，只要坐到终点站 Rongkeluea 市场，下车就是亚兰口岸，然后办理出入境手续就可以了。想到接下来还要奔波一天，我放心地在座位上睡了过去。

不知道过了多久，迷迷糊糊中听见一阵喧哗声，睁开眼一看，那三个西方年轻人正在互相招呼着下车，我一骨碌从座位上爬起来就跟着他们走了下去。正当我四下查看周围情况的时候，大巴竟然已经缓缓开走了，我心下大惊——背包还在行李厢里没有拿出来！我赶紧追着大巴边叫边跑，一边跑着一边还举起双臂大摆着叫司机停下。路人见状全都追了上去，帮我拦下了大巴。好在车速并不快，很快就追上了。取下背包，我感激地向那些路人道谢，感谢他们的热心帮助，大伙儿七嘴八舌地笑着散了去。

然而很快我就傻眼了，原来这里并不是终点站，而是 Rongkeluea 市场的前一站亚兰车站，口岸离这里还有十几分钟的车程。那三个外国人更是一头雾水茫然不知，以为到了亚兰车站就是到了亚兰口岸。我有些懊恼自己没有问清楚就稀里糊涂跟着下了车。

没办法，只有坐突突车了。我们都背着巨大的登山包，一辆突突车怎么都塞不下四个人，我只好让他们先走，随后一个人找了辆摩托车追了上去。摩托车要比突突车快得多，很快我就超过了他们，不到十分钟就下车了。可是司机带我去的却是一个连一句英文都没有的地方，凭直觉，我断定这绝不是边检处。看招牌，倒像是一个旅行社之类的地方，再加上之前在网上看过边检处移民局那栋旧楼房的照片，怎么也和印象中的对不上号。又想起有网友说过不要让任何人代办签证，于是我和司机交涉，对他说我要去的是边检处，我可不认为这里就是边检处。

由于司机不懂英文，我们交流得十分困难。他连比带画地告诉我要过境必须先办理签证，而这里就是办签证的地方。但我依然态度坚决地说我要直接去边检处。司机见我坚持要离开，指了指路口一个大牌子，牌子上面有一个大大的箭头，箭头下用英文写着 100 米处是柬埔寨领事馆。我看到牌子上写的领事馆，以为边检处就在领事馆附近，就让司机带我又往前走了大概 50 米，果然看到了柬埔寨领事馆。

然而，领事馆门口的工作人员却告诉我，边检处不在这里。我愤

柬埔寨入境处

怒地骗司机说我已经有签证了，现在只需要到边检处就好，让他必须马上带我去，并请求使馆工作人员翻译成柬埔寨话告诉他。

最终，司机只好让我上车，向着边检处驶去。

刚过旅行社不远就遇上那三个外国人，也是向着我刚才去过的方向驶去，他们冲我挥挥手，我赶紧对着他们大喊："别被骗了！"

终于到了真正的边检处，下车，付钱，我气呼呼地扭头走人，越想越生气。如果不是下错车，如果直接坐到 Rongkeluea 市场下车，就可以直接到边境了，也不会发生这些乱七八糟的事。走了几步转念一想，这中间被忽悠以及交涉的过程也未尝不是一种乐趣。当下释然。

在边检处等到那三个外国人，准备一起办理手续过境。剩下的路程还很远，我需要和人拼车同行。那三个从德国科隆来的大学生分别是男孩 Tim、女孩 YoYo 和 Martina。

在边检处，我们也没有避免臭名昭著的索贿事件，办公人员张口就向我们要 25 美元。不过同行的 Tim 义正词严地说，据官方通告只需要 20 美元。他们倒也没怎么为难我们，最后每人 20 美元，以官方公布的价格搞定，10 分钟后拿到了签证。入境时，我没忘记检查粗心的柬埔寨海关人员有没有在护照上盖入境章，否则会有很大麻烦。

过了亚兰就是波贝口岸,来到有三个吴哥窟著名佛塔标志的城门处,就算到柬埔寨了。四个人饥肠辘辘,在镇子上吃了顿炒面条,就去找前往暹粒的出租车了。等到坐上车出发时,已是下午5点钟。

得知他们是休学半年出来旅行并从印度一路过来,我不可思议地张大了嘴巴:"什么?!"

看着我惊讶的表情,Tim问:"怎么了?"

"这在中国简直难以想象!天啊,你们竟然休学出来旅行,简直比我还疯狂。"

"为什么?"这下轮到他们诧异了,面面相觑异口同声地问我,好像休学旅行在他们看来是再寻常不过的一件事了。

我愣了好一会儿,哑口无言,不知该如何回答他们。想了很久,缓缓说道:"也许,是文化差异吧。"

三个人听了,好像明白了点什么,又好像没明白,若有所思地点了点头。

波贝到暹粒的公路修好之前要四个小时才能到,修好后据说只要两个多小时。车子一路颠簸着,我也不知道这到底是新路还是老路。问司机,他英语不好,叽里咕噜说了一通我也没听明白,索性不说话了。没过多久,Tim他们三人就各自沉沉睡去。

此时窗外已是一片漆黑,田野上空繁星点点,银河清晰可见,始入夜的天空特别美,是一种让人特别舒服的深蓝。真是让人欣喜的夜晚啊,我都好几年没见过这么多的星星和如此清朗的夜空了!繁星流逝,斗转星移,浩瀚的宇宙让人感到个体的无尽渺小和虚无。也许所有的内心探索和自我意识,都不过是为了对抗虚无,对抗个体命运的脆弱,对抗这一切终将归于尘土的无奈结局,而星空,给了我们无限的想象与可能。旅行也是一样。

这样的夜晚，应该会此生难忘吧。

就在我无限感慨的时候，车子缓缓停在了路边，大伙儿都醒了过来，不知道发生了什么事。说来好笑，这辆破旧的老式大众汽车此刻在三个德国人面前罢工了，而此时天已经黑透。我开始有些担心，各种念头在心里涌起。不过 Tim 他们倒是看起来气定神闲，还和路边商店的小朋友聊天玩耍，YoYo 逗着商店外的一只小狗，Martina 买了芭蕉给我们吃。

夜晚的柬埔寨清爽宜人，完全不像我想象的那样酷热难当。经过了曼谷的高温洗礼，我不禁叹道：这里的天气真是舒爽啊。Tim 听到后摇着头笑了，那意思摆明了，你等着瞧吧，这里会很热的。

司机在敞开的引擎盖下摆弄了半天，还叫来商店老板帮忙打火，钥匙点火声一阵一阵地响起，但就是打不着。司机只好打电话求救。我心急如焚，生怕今天晚上会耽搁在这个前不着村后不着店的地方，焦急地凑在引擎盖下问什么时候才能修好。司机又说了一通夹杂着柬埔寨话的英文，我什么都没听懂，只好无奈地蹲在路边等待救援。30 分钟后终于有人过来修车，又过了 30 分钟，只听得一声发动机的轰鸣，车打着了火，我们在等待了一个多小时之后终于又出发了。

到达暹粒时已经 9 点了，我问 Tim 他们打算去哪里投宿，Tim 要我不用担心，然后找到两辆突突车跟司机说了一个旅馆的名字，司机熟门熟路地载着我们到了一个叫作 Garden Village 的地方。

到了之后先去看房间，YoYo 说我们可以选择四人间，我支吾着不知该如何表达，刚刚旅行不久的我还是不习惯和陌生人共处一室，只好对她说抱歉。YoYo 心下了然，对我笑了笑，跟侍应生要了一个三人间，我独自一人住进了他们隔壁。

不管怎样，平安到达了。

洗去满身的风尘，换上一身干净的衣服，我准备出门找东西吃。

隔壁房间的灯暗着,不知道Tim他们去了哪儿。我一个人出了旅馆大门,往右边的路上走去。

走了5分钟,看见前面有个餐馆的招牌还亮着光。夜已深,我不想走太远,就撩起门口的帘子走了进去。我问侍应生还有没有食物,侍应生点点头说有,并拿来菜单给我看。待我点完菜之后,他带着我走到内院一个用帆布搭起的大棚子里。棚子很大,这个时间空无一人,乱七八糟地摆放着圆桌和凳子,墙上挂着一张白色的幕布,正用投影仪播放着柬埔寨MV。我在正对幕布的桌子前坐下,打算用欣赏音乐来对付难熬的饥饿。MV里正在上演老套的爱情故事,百转千回,悲伤缠绵,柬埔寨话听起来像是吴侬软语,和着旋律一句句打在心上,听得我很感动。一瞬间,我仿佛回到了20世纪90年代的中国,回到了那个街头巷尾都在唱卡拉OK的时代。

吃过饭我想起要买水喝,就朝着市区的方向走去,记得过来的路上有家超市。买好水出来往回走,在路口拐弯处遇到一个突突车司机,他问我要不要坐车,我告诉他不用,然后扭头就要走。没想到他又跟了上来,一直跟在我身后,我发觉不妥,转过身来心怀警惕地对他又说一遍,我不需要坐车。结果,他说了一句让我一怔的话:"Can you sleep with me tonight?"我心里强压着愤怒扔给他一句:"不要跟着我!"也许是被我的气势吓到,他识趣地走开了。

郁闷地回到旅馆房间,我琢磨着哪里出了问题,是柬埔寨的治安不好,还是别的原因?躺在床上随手翻着旅行书,看到柬埔寨的风俗和出行提示才明白过来,问题就出在我身上!原来柬埔寨民风还比较保守,女性在夜里单独出行会给人从事不良职业的暗示,尤其我还穿着背心短裤,更加容易让人误会。难怪呢,看来还是要多注意才是。

舟车劳顿一整天,浑身酸软。合上书,我疲惫地一觉睡到天亮。

时光静止在洞里萨湖上

天还没亮,我就被隔壁 Tim 一伙儿给吵醒了,原来他们要去看日出。于是只剩我一个人到处溜达。

昨天夜里匆匆而来,还没有好好看一看旅馆的环境,现在才发现,原来我们住在一个大花园一样的庄园里。庄园占地面积极大,有好多白墙红瓦的房子和郁郁葱葱的花木,偶有四脚蛇从墙缝里爬过。虽然不像 The Riverline 一样有家的感觉,但又别有一番风味,到处都是热带植物,院子里还有一个小足球场。

我所住的这栋房子位于整个庄园的最深处,楼房后面是一块长满了青草的空地,打开房门就是一片碧绿,草地上竖起的木桩挂着绳子,晾晒着旅馆雇员的衣服,风一吹,五颜六色的衣服翩翩起舞。旁边支着两个竹编的箩筐,满满装着晒过的干鱼片,有只猫儿正衔了一片在草地上偷吃。我站在房间外的走廊上,看着这片开阔的天空,心都快要跟着丝丝云彩飘走了。

草地尽头有一排茅草搭起的吊脚屋,从敞开的门窗可以看到茅草棚内简陋的陈设。竹质的地面上只有依次排开的几张席子,除此之外空无一物,靠近墙壁的一边有个硕大的背包从棚子外垂下来,像是背包客的行李。后来听庄园的伙计说那是给终极背包客准备的住处,一个晚上只需要 1 美元,就只是提供一个歇脚的地方。即便如此,也常常有许多旅行者或出于经济考虑或想体验终极穷游而选择这样的住处。

靠近庄园门口的那栋楼是雇员的宿舍,四楼楼顶上有块木板写着"Sunset Bar",是一个用棕榈叶和茅草搭建的酒吧兼餐厅,一早就有房客坐在那里吃饭聊天，彼此交换着旅行信息。

早上客人不是很多，餐厅里只有一个年轻伙计，看到我上来，马上拿来菜单呵呵笑着对我说："早上好，我叫 Pon，你要点些什么？"我要了一份西式早餐，在窗前的藤椅上坐下，准备享受下这清晨难得的凉爽。Pon 写好单子后就坐在窗边一把木质高脚凳上，探出身去把单子放在窗外一个篮子里，然后拉动绳索，那篮子就顺着绳索斜斜滑了下去，之后，他又扯了扯另外一条绳子，楼下立刻传来一阵清脆的铃声。我这才注意到那窗子上也挂着一只铜铃。原来窗子外面有一个滑轮装置，上面有绳索与楼下平房里的厨房相连，他们就是这样传递信息和食物的，也蛮有趣。不到十分钟，楼上的铃铛就响了起来，Pon 闻声立刻从吧台跑过来，拉动绳索把篮子拽了上来，取出丰盛的早餐端到我面前。

我谢过他准备开动。谁知 Pon 并不离开，却在我对面的椅子上坐了下来，双手支头一脸笑意地看着我。

"有什么事吗？"我大惑不解。

"哈哈，你叫什么？"他并不回答我的问题，反而笑着问起了我的名字。

"我问你有什么事？"

"哈哈哈，你从哪儿来的？"对我的问题 Pon 仿佛没有听见。

"中国。"我无奈地回答。

"你是中国人吗？以前我们这里也来过中国人，但是没有独自一个人来旅行的。"

"嗯。"我点点头。

见我点头，他又哈哈笑着问："你叫什么名字？我叫 Pon。"

"我知道你叫 Pon。"我没好气地回他一句，心想这家伙真是奇怪，他到底要干什么呢？

"你呢？"仍旧不依不饶。

"DD。"

"TD？"

"不是TD，是DD，double D！"我懊恼地纠正，不知该拿这个家伙怎么办。

"DD？为什么叫这个名字？"

我用叉子拨着碗里的沙拉，耐下性子跟他解释："D是我名字里其中一个字的发音，我的朋友都叫我DD。"

"哈哈，我知道了，DD。我也叫你DD。" Pon发出他那招牌式的大笑声，一脸真诚。

真是拿他没办法。我索性不再管他，低下头自顾吃起来。

"DD，你几岁了？"

对我的冷淡他丝毫也不介意，我却一个头两个大。虽然中国人对年龄没什么忌讳，但对Pon这个初次见面的陌生人，我还是差点一口饭喷出来，又好气又好笑地看着他。

"呵呵"，这时传来一声轻笑，不知什么时候旁边坐了一位先生，"嘿，伙计，问女孩年龄可是很不礼貌的啊。"

我转过头去，一边在心里感激有人为我解围，一边想看看那个解救我于尴尬中的人是谁。

只见隔壁座位上坐着一位头发灰白的中年人，四五十岁的样子，瘦削的脸庞上眼窝深陷，鼻梁高挺，薄薄的嘴唇，一看就是欧美人。我没来由地对这位先生生出好感。倒不是因为他替我解了围，只是从他身上，我莫名地感受到一股沉静深邃的气息，像是一位饱经风霜世事洞明的智者，然而从他脸上却又看不到一丝沧桑，只看到从他眼睛里闪烁出睿智的光,望着他的眼睛,像是望进了一汪无底的深潭。我只感到自己深陷在那迷人的目光里,如沐春风,愣在那儿忘记了问候。

"你好,我叫Mark,德国人。"好在他先做了自我介绍,我才意识到自己的失态。

"嘿,早上好,我是DD。"我仍有些神情恍惚,赶紧向他问好。

"早上好。"

"你也是来这儿旅行的吗?"

"我吗?是的,我到柬埔寨住一段时间。"我注意到他用了"live"这个词。

"住多久?"

"也许三个月吧,你知道,现在欧洲正在放冬假。"

"哦……"

这时,Pon也加入了我们的对话,三个人你一言我一语地聊了起来,完全忘记了之前那个让人尴尬的问题。Mark有时和Pon说着柬埔寨话,好像在跟一个认识了很久的朋友聊天。

Mark早上刚到,来这里是为了去位于暹粒省的乡下看望一位老朋友,这已经是他第六次到柬埔寨了。Mark说这里的景色和生活让他着迷。

"暹粒可有什么好的去处?"我问他。

没等Mark回答,Pon就说:"当然是吴哥!有了吴哥,你还会想去别的地方吗?"

Mark赞许地点着头:"相信他,你会爱上那里的。"

"嗯,我正要去呢。"

"什么时候?"Mark问。

"明天早上。"

二 原生态的柬埔寨 /051

"吴哥的门票有一天、三天和七天的,你打算去几天?"

"你有什么建议?"我问 Mark。

"要我说的话,三天。一天太短,七天太长。吴哥是世界上最大的宗教建筑群,分大圈和小圈,此外还有散落在偌大森林里的 600 多座庙宇,一天时间只够看大圈或是小圈,七天又会审美疲劳,挑一些有特色的去看,三天时间刚刚好。"

"那就听你的,三天。"

"你要怎么去呢?"Mark 提醒着我。

我又没了主意,一脸求助地望着 Mark。

"坐突突车吧,运气好的话遇到好司机还可以给你做免费导游。"

"我原本还打算租辆单车骑着去呢。"我说着我的想法。

"你会累死的!"Pon 在旁边阴阳怪气地接了一句,"崩密列离暹粒城 70 多公里呢,如果没有累死也会被晒死。"

"哪儿?"我很好奇是什么地方值得跑 70 公里去参观。

"崩密列!"Pon 又重复一遍。

"崩密列……那是什么地方?"

"哈哈,那是我最喜欢的一处吴哥遗址,在吴哥古迹群东面。"

这时 Mark 插了一句:"对,一片迷人的旧石堆。"

以我对废墟的狂热,直觉告诉我,我一定会爱上那里,"在暹粒东边 70 公里,对吗?"

"去吧,就是那儿。"Mark 肯定地说。

过了一会儿,Mark 又想起什么来,转头对我说:"洞里萨湖也不错,那可是东南亚最大的淡水湖泊,离暹粒城也不远,一个下午就可以回来。"

"洞里萨湖?在哪儿呢?"

"暹粒东南方向,坐突突车四十分钟就到了。"

后来 Pon 又和我们聊了些旅馆里近来发生的趣事，哪个雇员回家结婚了，哪个伙计踢球时把嘴角磕破了，哪两个背包客变成情侣了，等等。Pon 除了热情过分外倒不失为一个称职的聊天对象，想来这就是柬埔寨人吧，热情，真诚，质朴，坦诚。Mark 则从爬上餐桌的蚂蚁说开去，称赞这种小东西是多么有智慧，他告诉我们，一只蚂蚁有 25 万个脑细胞，在所有的昆虫中是最聪明的，如果你在餐桌上放了食物，这种只有几毫米长的小东西在几十米之外的巢穴里就可以闻到，并且能在最短的时间内找到食物。说着，他捡起掉落在桌子上的面包屑放进嘴里。接着，又从除虫剂说到化肥，从转基因说到有机作物，为了给我解释这些我听不懂的英文单词，Mark 还举了几个有趣的例子帮助我理解。说完农业又说起工业，各个国家的人口密度，资本家与工人的矛盾，环境污染等问题。

看到我包里掉出来的一本书，Mark 问我是关于哪方面的，我正纠结着哲学的英文是"philosophy"还是"psychology"，Mark 说正好哲学和心理学他都懂一点。于是我和 Mark 又谈论起了生存和生活的意义，Mark 让我不妨读读萨特的无神论存在主义文学作品，从中获得为了光明合理的生活而斗争的勇气，然后又从人的行为举止说到大脑神经元——总之，Mark 的见识让我钦佩不已，他懂得许多理论知识，又总能从生活的细微处发现有趣的道理，既真诚，又不卖弄。就这样，一顿饭被我从 8 点吃到了 11:30。

结束了早餐，告别了 Mark 和 Pon，我打算去市区逛逛，下午去城外的洞里萨湖，然后回来去买吴哥的门票。

刚走出庄园，就看见几辆突突车停在路边，原本在树下乘凉的司机看到我马上围过来，用带着柬埔寨口音的英文问我去不去吴哥，去吴哥每天 20 美元，去洞里萨湖每天 8 美元，还问我是从哪儿来的，七嘴八舌好不热闹，一时间我都不知该先回答哪个问题了。我看到树底下有个样子憨厚的男孩儿正羞涩地看着我，也不说话，就朝他走了过去。

"去洞里萨湖多少钱？"我直接问。

"8美元。"他有些迟疑地说。

"可以便宜点吗？"我用路上学来的口语跟他砍价。

"6美元。"男孩更羞涩了。

看得出他英语并不是很好，话也不多。我问他下午有没有空，我想晚些时候再去洞里萨湖。他点点头算作回答。

约好了下午两点，我转身向着市区的方向走。走出去很远了才想起，他好像没有跟我要定金。就这么口头约定了？如果两点钟我不来或者他不在怎么办？转念一想，反正突突车这么多，到时候再找也还来得及。

虽说是座城市，暹粒市这座暹粒省的首府看起来却更像个镇子，从曼谷过境柬埔寨的人会有种瞬间的不适应，坑坑洼洼的道路上积满了厚厚的灰尘，房屋也大都破旧不堪。只是以柬埔寨的整体发展水平来看，这里仍算得上是一座经济发达的城市。

市区很小，景色也乏善可陈，步行了三十分钟就差不多走完了，只有酒吧街和南边的老市场还值得一逛。市场里的商品琳琅满目，都是些景区常有的土特产和手工艺品，也有当地的服饰和本土小吃。逛了一上午，在各式各样的衣物里淘了一件有着繁复花纹的暗红色扎染长裙，还有一件淡紫色的"阿里巴巴"——那是一种在背包客中很流行的裤腿宽大的束口裤，在东南亚这种地方穿很是凉快。

很快到了两点钟，我返回 Garden Village，远远看见那个突突车司机正站在树底下往我这边看。我冲他挥了挥手，加快脚步跑过去，坐上车对他说："走吧！"他也不多说话，害羞地笑着，发动车子就朝着洞里萨湖的方向驶去。

烈日正当头，突突车的铁质顶棚被晒得发烫，我缩在后座上懒洋洋地看着路两旁的风景，任汗水浸湿衣衫。温热的风吹在身上，不一会儿就蒸发掉了最后一滴汗。

刚一出城就看到路边大片的热带植物，高大的乔木连着茂盛的芭蕉树，一派绿意盎然。路上偶见有人牵着牲口，穿过路边的林子向村落里走去。

车子沿着大路往南行驶了半个小时，拐上一条往东的土路。道路两边是深深的排水沟，沟里长满了青草，排水沟上方是许多用竹竿搭起的桥，桥的另一头连着同样材质的房子。房子悬空建在粗粗的木头上，很像中国南方的吊脚楼，彼此独立，结构很是简陋破旧，有些房子甚至没有门，就那样大敞着。不时有人从屋子里走进走出，还有孩童坐在屋里的地板上玩耍，旁边就是一家人睡觉的床铺。如果不是亲眼见到，我真不敢相信，这世上竟然还有生活这样贫困的人们，但是他们看上去又是那么的幸福和满足。

正想着，车子慢慢减了速，在一处码头停了下来，眼前一片开阔的水域，想必这就是洞里萨湖了。我问司机坐船游湖的话要多久，他说要两个多小时。我嘱咐他5点钟的时候还在这里见，就到码头上找了条小船，谈好价钱坐了上去。

洞里萨湖又名金边湖，意为"巨大的淡水湖"，是柬埔寨人民的"生命之湖"，向东南方向一直延伸到金边市，而暹粒正好位于洞里萨湖的西北角。

开船的是两个十来岁的孩子，瘦瘦小小的，皮肤黝黑，我本来对这两个孩子很是怀疑，但看到他们一个熟练地发动引擎，一个配合默契地掌舵，也就放下心来。小船调整方向，开足马力，向着东南方的腹地驶去。

在开阔的水面上行驶了大约二十分钟之后，水域开始慢慢变窄，两旁的芦苇也越来越深，越来越密，逐渐形成一条水道出来，水底的水草清晰可见。两个孩子关掉引擎，拿起船桨和竹篙一前一后划了起来。

向前望去，水道两旁各有一排悬水而建的木头房子，有些只是些茅草棚，支撑房屋的木桩深深地打入水中，木桩旁拴着一只只小筏子。开船的孩子告诉我这里是浮村，这些都是住在水上的人家，长年生活在这里，靠捕鱼为生，那些小筏子就是他们捕鱼和出行的工具。

越往前走，房屋越多。村落中央，有脑袋活络的人家建了大木屋，屋顶上打着水上餐厅的招牌，湖泊美景和鲜美的鱼肉吸引了不少游客前来就餐。这时对面开过来一艘大船，船上载着十来个西方游客，热情友好地跟我问好，我也摆着手和他们打着招呼，在水上擦肩而过。大船开过，螺旋桨荡起的波浪一波波推过来，撞击在我们的船上，小船摇摇晃晃地向前漂去。我回过头，看到木屋下面驶出一条小筏子，筏子上有两个七八岁的孩子。男孩划着筏子铆足了劲儿靠上大船，女孩脖子上缠着一条蛇，一手抓着蛇头，一手比着剪刀手，声音甜甜地要求和船上的游客合影。看来，那伙游客有得小费付了。

再往前走，木头房子逐渐被船只取代，船顶上晒着花布料子的衣服，船头上摆放着做饭用的盆盆罐罐，有女人正在那儿忙活着什么。船外面的水道里，有几个孩子把泡沫箱子当小船坐在里面划着，还有一个坐在大塑料盆里，漂在水上泼着水嬉戏，一不小心翻身掉进水里，又迅速踩着水游上来，爬进大盆继续玩耍。看得出，他们已经在这些船里生活了很久。

小船划到浮村尽头，忽然看到一个男孩从一座茅草屋里出来，竟然就在水面上行走起来。我以为自己看错了，赶紧揉揉眼睛，没错，他确实是走在水上。在前面划船的男孩看到我的表情，笑着把船划了过去，等靠近了才发现，原来紧贴着水面之下有一条窄窄的小径，从那茅草屋旁一直延伸到远处一排木屋那里，人走在上面，水刚没过脚面，远远看去就好像行走在水面上。也不知道是浮村里的人修建的小路，还是这湖下面本就是这样的地貌。开船的男孩说，现在是旱季，湖水流入湄公河导致水位下降，到了雨季，湄公河暴涨，河水又会倒灌入洞里萨湖，这里的水位也会上升，到那时，这条小路就不见了。

过了浮村，小船重新发动引擎，向着湖泊深处越驶越远。浮村在身后渐渐成为一个黑点。等到我再次回过头去，浮村已彻底消失不见。

眼前的水域越来越开阔，放眼望去，除了水面和天空，周围再也看不到别的东西，仿佛置身于一片平静的海中。洞里萨湖保护得很好，湖水极其清澈，甚至能看到水底游弋的鱼。天是蓝色的，整个天空倒映在镜子般的水面上，使得湖水更加碧蓝。天边有团棉花似的云朵，傍晚的夕阳斜斜照在上面，镶嵌出金色的边，一同映照在远处的水面上，晃出一片灿然。

水天一色，心旷神怡。

洞里萨湖上的柬埔寨人

两个孩子早已关掉了引擎，头枕着胳膊躺在船头的甲板上，支起腿，用柬埔寨话聊着天，任船儿漂浮在水面上。四周寂静无声，湖面上吹来微凉的风，我倚靠在座位上，定定地望着无边的水色，看斜阳西沉。天地是那样寂寥，湖面是那样宽阔，可湖水在巨大的天穹下却又显得那么狭小，连远方的水平面都显得那么不真实。天空笼罩着湖水，好似整个宇宙只剩下这一片水天，小船孤零零地漂泊在宇宙的中心，没有来途，亦无去路，时光也静止。啊，真想永远这样待下去。

回到码头的时候刚好 5 点，我让司机载着我速速回城，想赶在太阳下山前去买吴哥的门票。一路上司机仍旧不多说话，只在快进城的时候问我是到市区还是回 Garden Village，之后一声不吭地把我拉到目的地。

司机车开得非常稳，我对他颇有好感，下车后就问他："你明天有时间吗？我想去吴哥。"

他有些诧异，眼神中交织着欣喜和羞涩，然后说出一个简单的英文单词："Yes。"

"多少钱？"

"20 美元一天。"

我知道这个价钱还算公道，但不是最便宜，就问他三天 50 美元可好？他想了一会儿，点点头答应了。接着，他拿出吴哥地图，用蹩脚的英文和我商量这三天的行程。行程确定后，他要我明天早上 4 点钟起床，他会在 Garden Village 门口接我先去看日出。我问他要不要付定金，他摇摇头。我不放心，又问：

"就这样？"

"是的。"他回答。

我正准备走,他突然叫住我,给了我一张纸条,上面写着一串数字,"这是我的电话号码。我叫 Tork。"

我收起纸条告诉他我记下了,随后转身离去。就这样,他的突突车以口头约定的方式被我预订了。

看了看有些发暗的天空,我赶紧在 Garden Village 租了辆单车,带上地图就朝着城北的吴哥景区管理处疯狂地飞驰而去。

出了城是一条满是灰尘的柏油路,沿着柏油路一直向北就是吴哥。路上没有太多的汽车,都是坐着突突车从吴哥回来的游客,也有骑车归来的。我一路疾行,远远看见 YoYo 踩着单车往我这边骑过来,Martina 在后面跟着,Tim 却不见踪影。她们刚从巴肯山看落日回来,在吴哥骑了一天的单车快要累死,这会儿正往旅馆赶。

Mark 是对的,的确应该坐突突车去参观。

我继续向北骑,终于在景区下班前买到了票。

废墟里的沧海桑田——吴哥窟

凌晨4点，我迷迷糊糊起了床，窗外一片漆黑。走出 Garden Village，Tork 正站在突突车旁，穿着一件厚棉布夹克，我问他等多久了，他腼腆地笑着说刚到。我在后座上坐好，Tork 发动车子，朝着城外开去。

4点钟的暹粒有点冷，我穿着阿里巴巴和短袖T恤，外面套了件长衬衫，还是被风吹得鼻涕直流。路上黑乎乎的，只有一轮明月高悬在天空，散发着冷冷清辉，离它不远处有一颗星，更显得月色凄迷，除此之外，整个天空一片墨蓝，再无他物。路两边是连绵不断的森林，在黑暗的掩映下阴森森的，若不是身边不时经过载着游客的突突车，我真有些害怕。

很快到了景区管理处，拿出门票给工作人员检查后，车子继续向北行驶。大约十五分钟后，车子拐上向西的大路，天空开始变得发灰。路的右边是一大片水域，看上去像是条河，有一百多米宽，笔直向前方延伸而去，河面上浮着莲花，看着像一片沼泽，河对岸是一片黑压压的城墙一样的建筑。几分钟后大河向北拐了弯，路也沿着河拐了过去，这时天开始蒙蒙亮了，慢慢看清楚那水原来是四四方方的护城河，被水包围在中央的巨大建筑群，就是吴哥窟。这规模，足以让欧洲的城堡自叹不如。

西边护城河的中轴线上，有条长堤直通吴哥窟西门，Tork 在长堤路口停下车叫我先去看日出，出来后到这里找他。

一路往东，穿过护城河，来到一个巨石搭建的佛塔一样的门廊前，门廊两边是厚厚的石墙。穿过西门，就到了吴哥窟。眼前一片开阔的广场，远处种着几棵高高的棕榈树，在围墙边一排矮树的衬托下愈发显得高大。天边泛起微微的暗红，周围慢慢亮了起来，远处可以看到三个宝塔形状的建筑，中间那个略大，山一样在厚重的天幕下彰显出肃穆和庄严。天空颜色渐变，红彤彤一片，太阳不声不响地从宝塔后面升了上来，照亮了整片天空，刹那间，光芒万丈，万物复苏。清晨第一抹阳光照射在西边的石墙上，顷刻间，暗淡的石块竟变成耀眼的金黄。光影随时间变幻，不一会儿，整个石墙一片金辉，让人有种朝圣的神秘感。来自世界各地的游客以各种姿态站在石墙前的石阶上，竟呈现出拉斐尔杰作《雅典学派》的画面感来。

广场尽头两边各有一个水塘，北面的水塘里种植着满池的莲花，给偌大的庭院增添了一份神圣。水塘边，一匹白色的马儿在棕榈树下悠然地吃草，阳光照在洁白的皮毛上，远远看去，像是反射着一层圣光。天空飞过几只飞鸟，与这地上的马匹和绿植形成一幅极美的画，画面宁静安详，庄重中凝聚着灵气。

从西门有一条长长的石路穿过广场，沿路来到一个石门，就是位于整个吴哥窟中心的核心建筑金字坛的入口。这座形如金字塔的金字坛从外到内一共三层，里面一层高于外面，每一层周围都有回廊环绕，回廊上雕刻着印度神话和一些吴哥王朝的历史。最里面一层的庙顶上矗立着五座宝塔，正中间是一个大宝塔，四个较小的宝塔分列四角，宝塔与宝塔之间有游廊连接。早上在西门处看到的宝塔形状的建筑，正是这其中的三个。

走出吴哥窟，仿佛接受了一次历史和宗教的洗礼，整个人都仿佛沐浴在神圣的晨光里。

在景区的餐馆吃过早餐，Tork 载着我又向北驶去。

随着雕刻有巨型四面佛的石塔拱门从头顶掠过，吴哥王城渐渐呈现在眼前。道路两旁是茂密的林子，参天古树拔地而起，遮住了大部分阳光。12月的柬埔寨和所有的夏天一样高温难耐，树却知道季节的变更，纷纷落下枯死的叶子，像是安徒生童话里的彩色插图。林人不知疲倦地清扫地上的落叶以便露出并不宽敞的小路，还未陶醉于扫把扫过树叶发出的簌簌摩擦声，叮叮当当的铜铃声又将视线扯向远处：大象小分队正迈着坚定不移的步子铿锵有力地走过，仿佛橡皮章一样的圆圆的象脚在厚厚的落叶上踩出浑实的噗噗声，背上的游客在丝丝缕缕的阳光下露出好看的笑容。那一刻我才知道，什么叫落英缤纷，什么叫阳光透过树枝的罅隙洒到林子里——真美！

吴哥王城又叫大吴哥，巴戎寺坐落于吴哥王城的中心。巴戎寺的回廊上方原本有木质的屋顶，但因为年代久远，木头腐蚀，现在只剩下一片断壁残垣和巨大的石柱。但是回廊上的浮雕壁画还活灵活现，仿佛诉说着一段段遥远的往事。

吴哥窟

巴方寺位于巴戎寺西北角，整个寺共有5层台基，在第1、3、5层台基上有封闭式回廊，回廊的四角和中间有塔楼，远远看上去，宏伟，雄壮。有胖胖的游客爬到顶层的塔楼，盘腿坐在石门下模仿佛像打坐，天空蔚蓝如洗，从下面望上去，真像一幅意境悠远的画。

Tork载着我从吴哥王城东边的胜利门出来，沿着大路继续向东走，拐了两个弯，把我带到了塔布茏寺。塔布茏寺为人们所熟知，得益于电影《古墓丽影》在这里取景拍摄，当年安吉丽娜·朱莉穿过的那个长满树根的小门，已经被绳子围着保护了起来。寺庙里的树木遮天蔽日，深幽的古庙散发出阴森森的诡异气息，那些迷宫般的回廊里散落着残败的石块，更为这庭院增添了几分莫测高深。我在树根和石洞中穿行，屏息凝神，慢慢抚摸那冰凉的巨石，感受岁月的残酷和历史的苍凉。曾经，这里是神圣的庙堂，几百年前，灿烂的文明突然堕入蛮荒，这见证了沧海桑田的古迹废墟，不知是谁遗落的时光。也许，很久以后，这一片废墟也终将消逝，彻底埋葬在历史的尘埃之中。我在不知何时会倒塌的回廊下，久久地站立，望向虚空。

从塔布茏寺走出，太阳已开始西沉，游客也只剩几个，沉寂的古庙愈显黯淡和败落。在吴哥走了一整天，我心中的震撼无以言说。不仅仅是那些庞大雄伟的建筑，那一段段沉重的历史和传说，甚至从每一块石头的缝隙中都散发出遥远的神秘，让人身不由己地卷入其中，久久地回味。

一天的行程结束，回到旅馆，Pon看见我就问吴哥怎么样，我回了他一个词：惊喜！

Mark去了乡下。现在正是吃晚饭的时候，餐厅里热闹非凡，有人吃东西，有人打台球，有人摆弄着投影仪准备看欧洲足球联赛，还有几个人在吧台旁的电脑上下载了吵闹的流行音乐大声地播放，大家各玩各的开心。我吃着柬埔寨食物，跟着音乐沉浸在背包客们特有的氛围中。

用叉子和勺子吃汤面实在是不习惯，我对吧台里的 Pon 说："Pon，请给我一双筷子。"周围太吵，Pon 根本听不清我在说什么，我提高了嗓门冲他喊："给我一双筷子！"旁边的几个老外睁大了眼睛看着我，我以为吵到了他们，赶紧抱歉地对他们点了点头。Pon 还是没有听清楚，跑过来问我怎么了，我又重复一遍。这下，不光是老外，连 Pon 也面有异色，好像没听懂似的。我用两根手指比画着："筷子。"Pon 摇摇头。也许他们这儿没有筷子，正想作罢，却见 Pon 犹豫着说，"你说的，是'chopsticks'吧？"话一出，我就知道自己闹笑话了：我把筷子的英文"chopsticks"说成"chalk"了，原来我一直在跟他要粉笔！我不好意思地笑着说，对，是"chopsticks"。旁边那几个老外也掩着嘴笑了起来，但是 Pon 还是告诉我没有筷子。

Pon 忙完了就跑过来找我闲聊，跟我打听中国的食物和习俗，还让我教他说了几句中国话。我俩聊得热火朝天，刚才那几个老外可能被我们的谈话所吸引，不一会儿也加入了我们。其中一个叫 Maris 的法国人去过西安，告诉我他很喜欢兵马俑，还说西安的美食很好吃。Pon 听了说如果他去中国看兵马俑，一定去找我。为了保持这份友谊，他和我交换了 Facebook，并且让我不要忘了他，记得经常给他留言才好。我笑着答应了他，聊了一会儿就回房间睡觉去了。

接下来的两天，我坐着 Tork 的突突车颠簸了上百公里，去探寻那些散落在偏远角落里的古庙。在那些通向古庙的途中点缀着零星的村落，有些农家的院子外种植着密集的仙人掌，半人多高的根茎将院子围起来，形成天然的篱笆墙，别有一番田园风味，偶有三两只猴子蹲坐在路边捡拾路人扔下的食物。

静谧的庙宇，寥寥的游客，石缝里生生灭灭的花草，还有热到几近虚脱的我，以一种奇妙的方式阐释着宇宙，有种时空错乱的微妙。我躺在废墟阴影中的石板地面上，举起相机，镜头对天，静静地拍下那些掠过佛塔的浮云和废墟上的蓝天，拍下一花一木，一石一塔。石板的凉意浸入肌肤，整个身体感受着这份宁静自然和谐的美，时间仿佛静止在了那一刻。

在所有吴哥建筑群里，女王宫显然不是最宏大也不是最雄伟的，但无疑是最精美的。如果用两个词来形容，那就是：美轮美奂，富丽堂皇。女王宫又叫班蒂斯蕾，是"女人的城堡"的意思，供奉着印度教主神之一的湿婆，有"吴哥古迹明珠"和"吴哥艺术宝石"的美誉。宫殿用红色砂岩修建而成，颜色有些像中国南方的红土，在周围葱翠的丛林中更显得鲜艳妩媚。它的建筑小巧玲珑，几乎所有的墙壁和门廊上都覆盖着精美的浮雕，浮雕线条流畅圆润，造型纤巧柔美，有着一种女性的阴柔。精致的雕刻，细腻的风格，与残落的石块相互映衬出时间的沧桑。

女王宫

崩密列路途遥远，是损毁最严重的寺庙群，且很难再被修复，已经看不出建筑原来的样子，庙里到处是堆积的乱石，很少有人到这里来。也正是因为这个原因，这里成了热爱神秘冒险者的乐土，身为一个极度热爱废墟的人，我自然把此地视为天堂。崩密列几乎和吴哥窟一样大小，却被莽莽密林吞没，寺里的浮雕和神像已被掠夺一空。庙宇中藤蔓缠绕，石屋的地面上是经年累月的尘土，阴暗的内室走廊里，时时弥漫着恐怖古老的气息，偶有一缕阳光透过石缝照射进来，在昏暗的甬道里投下一道明亮的光影，愈发显得周围一片阴森。

千百年来，国王和王室成员倾尽举国之力建造庞大的庙宇，希望通过礼拜和祭祀，与这个宇宙中最卓越的神祇成为一体，从而获得永生。千百年后，王朝覆灭，都城坍塌，那些曾经高贵的魂灵也随之烟消云散，化为几页史籍传奇。攀爬在破败的乱石堆里，像是经历着一次伟大的探险，又似乎停滞在了历史与时光里。

在崩密列外面的小饭馆，我遇到一个机车队，七个四十多岁的英格兰男人，在如此炎热的天气里全副武装，脚蹬防水靴，身穿机车服，

路遇机车队

上身套着硬壳盔甲,乍一看好像机械战警。门口一溜儿越野摩托依次排开,轮子上满是干裂的泥浆,车把手上挂着头盔和手套——这装备也忒酷了!出乎我的意料,几个西部牛仔般的彪形大汉并不粗鲁野蛮,而是很有礼貌地低声交谈,即便是在吃饭,他们也只是解开了衣领上的一粒纽扣,好像这里并不是热带。从他们的交谈中我得知,他们正在进行柬埔寨摩托穿越计划。我很想和他们全车队来个合影,但英格兰人很害羞,我也不便打扰,只和一个稍显健谈的男士留下两张合影。

吃过饭,我和 Tork 率先离去。不一会儿便听见后面传来几声发动机的轰鸣,英格兰人骑着摩托风驰电掣般卷土而来,那种迸发着激情的野性,让人完全无法把他们和饭馆里的温文尔雅联系到一起。经过突突车时,其中一个车手朝我伸出手臂比了个"OK"的手势,随即和众人绝尘而去,扬起一片黄土。车手们戴着头盔,我从他露在外面的眼睛看出,正是跟我合影的那位男士。

连续的奔波带给我极大的精神满足,同时也让我疲惫不堪,三天下来,我只想坐在吊扇底下,喝杯冷饮,什么也不做。

回到旅馆,我直奔餐厅,看见 Pon 就丢给他一句:"给我一杯加冰的杧果汁,除此之外不要和我说话。"说完就找了张藤椅,一屁股坐了下去。Pon 惊讶地看了我半天,不知道自己哪里开罪了我,悻悻地去了吧台榨果汁。

闭目养神了好一会儿,终于有点缓过劲儿来了,我睁开眼,看见 Pon 正端着果汁站在旁边,傻傻地看着我,有些不知所措。

见我睁开眼,Pon 咧嘴一笑,"你怎么啦?"

"抱歉,Pon,我实在是累得不想说话了。"

"哈哈,你累了,现在怎么样了?"Pon 把果汁放在我面前。

"好多了,"我让他在我旁边坐下,"Mark 还没回来吗?"

"哈哈哈，没有，他可能要过几天才回来。"

"你呢，你今天过得好吗？"

"非常好！我妹妹就要来暹粒了，我真是太高兴了。你知道吗？她这是第一次来暹粒，是来这里上学的，我今年只在三月份回过一次家，在离暹粒很远的乡下。我们已经快一年没有见面了，哦，我太激动了，过几天就可以见到她了。不过她要先参加一个考试，如果她通过考试，明年二月份就能在这里的中学读书，我们就可以经常见面了。"

Pon 的英文很好，说起他妹妹，他眉飞色舞地讲个没完，可是继而神情又变得有些担忧："但是妹妹来这里的话，家里就没人帮妈妈干活了，还要种水稻，喂牛，还要做饭。去年情况就不是很好，今年死了一头牛，爸爸身体又不好，我还要努力工作才行，非常努力。"

我朝他点点头，"是的，Pon，你妹妹会为你骄傲的。"

"哈哈哈，是的，"仍旧是招牌式大笑，"你呢，DD，你的家人呢，他们没有和你一起来吗？"

"我么……"想到家人，我有些悲伤，不知该如何回答他的问题。低下头想了一下，我告诉他："他们不知道我在柬埔寨。"

"什么？！"Pon 疑惑不解。

"我没有告诉他们，我是离家出走的。"

"为什么？"Pon 更加困惑了，直直地盯着我，好像要从我的眼睛里找出答案。

"没什么。"

"他们真的不知道你在这儿吗？"

"别说这个了，Pon，给我来一份青菜炒饭吧，我有点饿了。"

他不大情愿地站起身，还是一脸不可思议的样子。我知道对于 Pon

来说，能够经常和家人在一起，多挣一些钱，家里的人和牛好好活着，这就是幸福了，可我又要怎样跟他解释"饱暖思淫欲"这个道理呢？况且拿这句话打比方本来也不准确。想想还是算了，对他摊了摊手，做出一副我很饿的样子，对他说了句"Please"。Pon摇摇头走开了。

傍晚6点钟的太阳并不是很热，从我这个位置望出去刚好可以看到夕阳。西边是一排排低矮的平房，远处是整片芭蕉林，黄昏的余晖洒在芭蕉树和房顶上，有种好景即逝的悲壮和凄美。好在第二天，这日头还会再升上来。

记得在国内最后一次看夕阳还是上大学那会儿，那年寒假，我跑去郊外的麦田拍落日，那天的夕阳特别美，脚下是雪后绿绿的麦苗，远处是苍茫的大地。那时用的是胶片机，我拍了整整一卷，每张都认真记录了光圈和快门的参数，为了提高摄影技术，我甚至连拍摄时间和取景角度都认真地写在本子上。结果取胶片的时候出了故障，整卷曝光。从那以后我再没用过胶片机，也没有再拍过夕阳。

如果说存在最美的落日的话，那次就是了吧。那台海鸥牌相机还是父亲给我的，至今完好无损，曾经陪伴了父亲几十年，家里相册上的许多照片就是用它拍的。我的摄影知识也是父亲教的，怎样构图，怎样取景，什么光线用什么样的光圈，逆光的时候怎么办，他都悉心教过我。只是后来开始用数码相机，那台海鸥相机就被搁置了起来。

想到父亲，又是一阵感伤。我使劲摇了摇头，想把那些纷乱的思绪甩开。

夕阳渐渐隐没，Pon端着盘子走过来："落日很美，对吗？"

"是的，非常美丽。"

"那就是这里叫'Sunset Bar'的原因。"Pon自豪地说。

我抬头看看他，由衷地点了点头。

三个来自不同国家的城里人

我很高兴在金边又遇到了 Mark。

从崩密列回到旅馆的第二天,我收拾行李准备去金边。出发前,Pon 再一次嘱咐我不要忘记给他的 Facebook 发消息,我答应了他,坐上了开往金边的巴士。

6 个小时以后,汽车抵达金边车站,我搭突突车直奔万谷湖,在这个背包客经常出没的地区找了一处旅馆投宿。旅馆名叫 Happy GuestHouse,旁边紧挨着的是 Simon Ⅱ GuestHouse,据说现在两家旅馆合为一家,由一个荷兰人和柬埔寨人共同经营。房间很小,光线和通风也不好。早就听说金边住宿条件十分恶劣,即便我做好了心理准备也还是十分失望,这也让我打定主意第二天就离开。

从相对落后的暹粒来到这座都城,我始终提不起兴致。坐在突突车上过来的这一路,看着车水马龙和路边的水泥建筑,心里没来由地感到一阵阵烦躁,哪儿都不想去,所以就在万谷湖东岸的巷子里一边闲逛,一边找东西吃。

隔壁旅馆的院子里,一帮西方来的老头老太太们不知在给谁开生日派对,和几个年轻人一起,又唱又跳好不热闹,像是一群爱玩的孩子。我意外地看到了 Maris 那伙人,都是在 Garden Village 见过的熟面孔。Maris 看到我路过并没有太惊讶,扬手跟我打了个招呼。也许对于他这样有着丰富旅行经历的人来说,重逢是件很平常的事。他叫住我打趣道:"嘿,DD,你也来这儿了,Pon 还说要讨你做老婆呢。"我也跟他天南海北地乱扯:"得了吧,我可不想带着一个柬埔寨人到处跑,他又不是吉卜赛人。"几个人听了呵呵笑着，我也笑着继续往前走。

巷子一边的木质房子大多建在湖上，用木桩支撑在水面上，如果不是湖边漂浮的垃圾和水草，这里倒是相当诗情画意的地方。据说这个破旧的地区会在未来几年内进行改造，湖边的水上木屋全都会消失，取而代之的是更加坚固的现代化建筑。

远远看见两个人坐在一间面包店外，正在用柬埔寨话聊着什么，我一看，那不是 Mark 吗？心中一阵狂喜。Mark 也看见了我，伸手对我摆了摆："嘿，DD！"

"Mark！能再次见到你真是太高兴了！你什么时候来这里的？"

"昨天下午。这位是我的朋友 ChhaiHeng，这家面包店的老板。"Mark 指着另外那个中年人说。

"你好。"ChhaiHeng 用英文跟我打着招呼。

"你好。呃，能拜托你先卖一个面包给我吗？我饿坏了。"

Mark 哈哈笑了，ChhaiHeng 也笑着站起来去拿面包。

我看着 Mark 鞋子上的泥土问他："你的乡村之旅怎么样？"

"没有想象的那么好。"他微微皱起眉。

"发生了什么事？我以为你会在乡下待很久。"

"一开始是那样计划的，但是不得不提前离开了。我从德国带了些日用品去看望我的老朋友，他们用得着，但情况比我想象的要糟糕。两年前我去的时候是那个样子，现在依然没有改变太多，贫穷，缺乏干净的水，很多人没饭吃。"

我哑口无言，不知道边远农村会是这个样子。

"整个村子都这样，"Mark 接着说，"有时候小孩子可以到寺庙里去吃饭，但是大一点的孩子要帮忙干活才能换取食物。今年朋友的小女儿病了，一病不起，没有钱医治，连到金边的路费都没有。我不能住在那里打扰他们了，留了些钱给朋友，这次来金边就是要去医院帮忙问问就医的事，柬埔寨这鬼地方看病不容易，有人睡在医院外的大街上等了一个月。"

"我的天，怎么会这样？"

"一直都是，柬埔寨就是这样，基础服务设施很差。"

"真是难以想象。"

"不过感谢上帝，比非洲好那么一点点，起码没有传染病。那孩子只是缺乏食物引起的一些症状。"Mark无奈地耸耸肩。

"那就好。你去过非洲？"

"是的，那是三年前了，在津巴布韦，去年7月份也去过一次，到处是疟疾和艾滋，真可怕。"

"可你还是去了，而且还是两次。"我饶有兴致地看着他。

"是啊，我热爱那片土地，如果可能的话我一定还会再去，而且待的时间会更久。你知道，DD，We can get root in some place。"

"嗯。是什么吸引着你，Mark？"

"所有的一切。大草原，野生动物，淳朴的民风，热情的人民，人们的生活方式，虽然极度贫穷，但他们与自然之间那种融洽的关系是如此美妙，这是生活在城市里的人永远无法体会的，还有他们自祖先流传下来的文化，真是太棒了。柬埔寨也是这样，虽然落后，但它的原始风貌值得我一次又一次前来造访。"

我又想起了DeeDee的姐姐和肯尼亚。"是的，我也有同感。虽然贫穷，但是这儿的人好像并不怎么悲伤，他们看上去很快乐。"

"对，在德国，你知道，人们整天忙着上班、下班，从城市的一边到另一边，汽车尾气，塞车……每天如此，绷紧面孔，匆匆忙忙，人们变得冷漠而缺少联系。而在这里，只要吃饱饭，他们就很满足。"

接着他又加了一句,"除了生病的时候。"

我也无奈地努努嘴。

沉默了片刻,我说:"但是 Mark,我一直有个疑问,这样的原始风貌还能够保持多久。你知道我生活在中国,我知道中国这十几年发展变化得有多快,和我小的时候完全不同,那时也有许多欧洲人和北美洲人去中国旅行,就像我们现在到柬埔寨。但是,中国现在和二十年前不一样了。虽然柬埔寨的农村是如此落后,但是像暹粒和金边这样的城市仍然一直在发展,未来农村也一定会有变化,再过个几十年,或许更短的时间,柬埔寨也许会变得很现代化。"

这时 ChhaiHeng 拿来了面包和牛奶,一边放下一边说,"是的,金边变化也很大,物价上涨不少,市区这几年也建了不少高楼,以前根本不是这样。还有,你们听说了吧,这一带的房屋要被开发重建了,以后不知道还会不会有背包客过来,或者会形成新的背包客聚集地。"

"房地产?"我有点意外。

"是的,房子很贵,有些地方每平方米要一千多美元。"

"以柬埔寨的经济水平,这可真不便宜。"Mark 摇头。

"经济发展会让很多东西消失。一些当地文化会被现代文明所取代,农田变城市,吴哥那些寺庙也许会被城市包围。"我不无担忧。

Mark 点点头表示同意:"城市化进程席卷了这个国家,全球一体化席卷了这个世界,若干年后,也许我们连叛逃之地都不再有。但是这也不可避免,全世界都这样,人口越来越多,为了最大效率地利用土地和资源,城市化是必然的,即使我们不乐意也没得选择。"

"是的,中国和一些国家的很多地方都成了水泥森林,原始的风景和民风越来越少了。虽然我也不想看到挨饿的人,但又希望柬埔寨可以永远保持现在的原生态。很抱歉对你说这样的话,ChhaiHeng,

我知道很多柬埔寨人还挣扎在死亡线上，这么说是有些自私，但这也是我的心里话。你明白我的意思吗？"

"人类总是矛盾的，一方面希望享受现代化的便捷，一方面又希望回归自然和传统。这对现代人来说是个大问题。"Mark 在一旁说道。

"是啊，至少房地产的发展让我开店的成本提高了不少。"ChhaiHeng 幽默而又无奈地做了个鬼脸。

"DD，我们应该为现在能看到原生态的柬埔寨而感到幸运不是吗？" Mark 说。

"你是对的，这正是柬埔寨的魅力之处。"

Mark 问我下一站去哪儿，我告诉他我打算去越南。Mark 建议我先到西哈努克市或是贡布，那里有几处游客不多的海滩没有被开发过，基本保持了最原生态的风貌。我翻开旅行书看了看，计划到西哈努克市去，那里有越南领事馆可以申请签证。

"你呢，Mark，你要一直在金边吗？"

"是的，我还要联系金边的朋友打听医院的事，如果有消息了就回暹粒，得让孩子赶紧去看病。等这事解决了我就去贡布，看看那边现在都有什么变化。"

"Mark，你人真好。"

"噢，认识很多年的老朋友了，但我能做的也只有这么多，对于整个柬埔寨也好、非洲也好，或者整个人类也好，我无能为力，太多人需要帮助了。人们应该把钱用在解决全人类的贫困和疾病上，而不是越来越多的欲望和该死的武器上，当然，人们自以为做得已经够多了。不，远远不够，我们的大部分慈善事业还没有伟大到可以摒弃国家之间的利益纷争和成见去让地球上的每一个人都吃饱饭。"显然，Mark 是个和平主义者。

他接着说："我们对改变整个世界无能为力，但能够见证和记录下这一切也是好的，这也是我一次又一次出来旅行的另一个目的，我业余一直致力于关于世界各地社会文化发展变迁的写作，已经写到第三本了。"

"真是不错。"我由衷地赞叹。

"你呢，DD，没想过把你的故事和一路上的见闻写下来吗？那可是一笔相当不错的精神财富。"

"我么，怕是很难。我的故事都被上帝锁在这里，"我指了指脑袋，"语言对我来说是奢侈品，我无法做到运用自如。经历过的故事也好、交谈过的人也好，那些记忆都像电影画面一样，一帧一帧转换成编码写进了我的大脑皮层，没有被破译和表达的可能，别人也看不到。"

"这么说来你是右脑型思维。"

"什么？"我愕然。

"你的右脑优势压过左脑太多，它以意象全息的方式跟世界交换感知，而负责处理语言化思考的左脑跟右脑不同步，所以那些事件是以一团团意象存在于你的大脑中。至于表达……"Mark捏着下巴，若有所思地盯着地上爬过的一只甲虫。过了一会儿，他似乎想起来什么，抬头对我说："DD，为什么不把你看到的画面拍下来呢？照片或者视频都可以，然后给画面配以相应的文字。慢慢来，找到你自己的表达方式，你会训练出使用语言和文字的技巧的，请相信我，它们只是工具，是工具就可以被学会使用。"

我得承认，我被这个主意打动了："Mark，还是第一次有人给我这样的建议，听上去真是很不错。"

"答应我，DD，一定把它们记录下来，记录下你眼中的风景和文化，还有和不同人的谈话，否则总有一天你会忘记它们，到那时你会后悔的。当你年老时回想起过去，你就能再一次享受人生。"

Mark 停顿了一会儿又说："我很清楚你眼睛里能看到一些特别的东西，这我能感觉到。把它们在 Facebook 上记录下来，我会去访问的。"

"哦，我很乐意做这个尝试。"我发自内心地为这个主意而感到兴奋，"Mark，谢谢你。"

就这样，三个来自不同国家的城里人在金边市万谷湖岸，你一言我一语地聊了一个下午。

ChhaiHeng 店里的面包是常见的法棍，听 Mark 说还保持了法国殖民时期的做法和风味，吃起来味道不错。我让 ChhaiHeng 又给我打包两个，打算明天在路上充饥。

第二天下午离开万谷湖的时候路过面包店，Mark 不在，我和老板寒暄了几句就去了汽车站。从 ChhaiHeng 口中我得知，Mark 在德国是研究脑神经和认知行为的教授，本科专业是哲学，后来转攻神经认知，此外还有一个心理学的博士学位。ChhaiHeng 是 Mark 2003 年第一次来金边旅行时认识的，从那以后两人成了朋友。对此我并不感到意外，我一直觉得，Mark 是一位博学的智者。

西哈努克市的酒保生活

从金边到西哈努克市，原本 4 小时的车程足足用了 6 小时，司机在金边市区磨磨蹭蹭，直到车上一个空位也没有了才出发。一路走走停停，到西哈努克市的时候天已经黑透了。本打算去北边的胜利海滩，但是车上没有一个人去那里，天这么黑，路又远，我只好改变主意，和三个南非来的高中生一起，拼车去了珍宝海滩。

车子到了海边把我们放下。经过一条下坡路，沿海滩走了一会儿才看见有酒吧和旅馆。珍宝海滩和奥彻蒂尔海滩连成一片，高中生们到奥彻蒂尔海滩热闹的旅行者聚集地投宿去了，我背着背包向安静的珍宝海滩深处继续前行。远远看到一个有着昏暗光线的茅草棚，隐隐地还有音乐声和寂寥的人声传来，像是一个清冷的室外酒吧。酒吧旁立着一个灯箱招牌，看不清楚写了什么。还没走到吧台，就有人迎了出来问我是不是需要住宿。来人皮肤黝黑，典型的柬埔寨面孔，举止十分有礼貌，我放下背包跟着他去看房间。

旅馆在珍宝海滩的尽头，紧靠大海，旅馆前有一条小路沿着海滩向远方延伸，小路南边 5 米开外就是海，北边是一片小山，住宿区就建在这片山坡上，每个房间都是独门独户的吊脚楼小木屋。我的小屋在最上面，在倚山而上的石阶尽头。小屋朝东南方向有个宽敞的阳台，阳台上摆着两张藤椅和一张小桌，还有一张吊床。从阳台上向外望去便是海，虽然是晚上，却有种山下美景尽收眼底的感觉。小路旁边那个灯火阑珊的茅草棚就是旅馆的酒吧兼餐厅，也是旅馆的接待处。那个接待我的伙计叫 Panhna，让我有什么需要尽管找他，然后把房间的钥匙交给我之后走下山坡。

收拾妥当，洗了个澡，躺在软软的床上却怎么也睡不着，我只好穿上衣服起身，抱着笔记本到海边去上网。酒吧 24 小时营业，Panhna 已经交班离开了，这一夜值班的是 Ney，看到我下来他热情地做了一番自我介绍，让我在吧台找个舒适的位置坐，然后又回到电脑前开始工作。

酒吧里除了我之外没有一个顾客，我坐在吧台吹着海风，听着海浪声，毫无睡意。保安 Suveat 是个帅气内向的小伙子，握着手电筒不时在附近巡逻，看到我总是腼腆地点头微笑。

将近午夜的时候 Suveat 急匆匆赶来叫着 Ney，并把手机递给他，Ney 接起电话用柬埔寨语嘀咕了几句就挂掉了，看上去很是焦急。我问 Ney 发生了什么事，Ney 告诉我说市区的家里有急事需要他回去处理，可他一时又找不到人来替他值班，为此，Ney 很是苦恼。

"如果可以的话，我很乐意帮你照看酒吧，反正我今晚也不打算睡觉。"我自告奋勇。

"你？可以吗？"Ney 惊讶地望着我。

"当然！啤酒，红酒，威士忌，伏特加，加冰可乐，告诉我它们都放在哪儿，给我价位单。客人来投宿我就带他们去看房间，单人间 21 美元，双人间 30 美元，三人间 37 美元，登记信息输入电脑对吗？我想这没什么难的。"

这时 Ney 的眼中已经满是惊喜，"对，就是这样。如果你能帮我那真是太好了，太感谢你了……"

"举手之劳，不用客气。"说实话我还真想体验一把当酒保的感觉，况且这个时候应该也不会有很多客人，我自信可以应付得来。

"那好，真是太谢谢了。"

Ney 把客房钥匙和酒品菜单交给我，又交代我几句需要注意的事情。我向他保证我会坚守到他回来为止，请他不要担心，Ney 满怀感激地离开了。

坐在吧台内的高脚凳上，我看着酒架上的各式洋酒，仔细辨识产地和品种。其中有我喜欢喝的白葡萄酒，看不懂是什么牌子，不知道喝起来怎么样。

吧台里有各种形状的杯子，闲着无聊，我拿出来一一把玩一番，用白色的餐布擦干净再放回去。然后取出一只柯林杯，给自己倒了一杯柠檬水。喝着柠檬水，打开冰柜，把里面的瓶装饮料和各类调味剂看了一遍，大概记下了它们的名字和用途，接着查看了冰箱冷藏室里水果的种类，摆弄着操作台上的榨汁机，心里琢磨着自己能不能榨一杯像样的果汁出来。

夜里两点多时，有只大黄狗走过来，在我脚边懒懒地趴下。Suveat 说那是旅馆养的，对人十分友好，喜欢人们在它脖子上抓痒。那狗好像听懂了 Suveat 的话一般，抬头愣愣地看着我，摇一摇尾巴，似乎在期待别人的抚摸。我伸出手拍拍它的脑袋，随之又在它脖子上抓了抓，它尾巴摇得越发有劲起来，仰起头亲昵地舔着我的手，开心地绕着吧台来回跑着撒欢。过了一会儿，几只猫也出现在四周，旁若无人地跳上吧台，慵懒地在木头桌面上踱步，间或过来蹭一蹭我的胳膊，随即又若无其事地走开，不一会儿就随着 Suveat 的身影消失在山上的丛林里。

海滩上只有我一个人，连天上的星星也没有几颗，海浪一遍遍冲刷着海岸，更显出酒吧的冷清和海滩的寂静。我和那只大狗玩了一会儿，之后趴在吧台上百无聊赖，内心十分希望这时会有客人来要杯酒喝，让我过一把当调酒师的瘾。然而直到凌晨 3 点钟，也还是一个人

西哈努克海上日出

影都没有。我打开电脑,开始在 Facebook 上整理照片和文字。

不知不觉已是清晨,当我被第一声鸟鸣惊醒,从电脑前抬起头来,竟意外地发现东面的大海上是一片漂亮的无以言说的云团——是日出!生平第一次,我看到了绚丽的海上日出。我被远处色彩不断变幻的云层和海面所吸引,呆呆地望着那里出神,直到被 Ney 的一声呼唤打断。

Ney 一见到我就问我:"你还好吧?"

"很好,就是没有客人。"我颇有些遗憾。

"呵呵,这儿可不是疯狂的奥彻蒂尔海滩,到珍宝海滩来的人都比较喜欢安静,那么晚没有客人来也是正常的。"Ney 解释着。

为了犒劳我,Ney 做了一份他们吃的工作餐给我,有米饭和胡萝卜炒肉,还有其他一些蔬菜,味道和做法跟中国菜差不多,我吃着觉得很是亲切。

"那么,家里的事处理得怎样了?"我一边吃一边问他。

"有些麻烦,"Ney 摇摇头,"母亲生病了,最近几天怕是都要来回奔波。真倒霉,暂时还找不到人来替我工作。"

"我可以帮你啊,像昨天夜里那样。"我想我此刻一定两眼放光。

"啊?这样不太好吧,虽说现在游客不多老板不会介意,但总不能老是麻烦你,你是客人。"

"不,这不算什么,我可以在别的时间睡觉,替你当班的空当我也可以在这儿拍拍照写写东西,还可以跟来这儿的人们聊天。"我想着 Mark 的提议,说出自己的真实想法。

Ney 犹豫了一会儿,好像也找不到别的更好的办法,终于答应了:"作为回报,我可以给你的房价打个私人折扣,另外,我的工作餐也全归你了!"

"那就说定了，"我朝他挤挤眼，"还有，在我离开之前你要请我喝一杯。"

"我可以天天请你喝。"Ney 爽快地答应了。

这时从山上走下来一个外国人，棕色的头发蓝蓝的眼睛，来到吧台前和 Ney 问好，Ney 看了下手表对我说，"这是 Dennis，在这儿工作的伙计，现在来接班了。"

"早，Dennis，我是 DD，中国人。"

"早，英国人。"Dennis 简短地介绍着自己，说着打开冰箱，拿出一罐啤酒扔给 Ney，自己也打开一罐。

Ney 举起啤酒朝我晃了晃，我摇摇头，他便打开仰头灌了下去。

"好了，DD，我要回家了，昨晚谢谢你了。想喝酒的话只管和 Dennis 说，记在我账上，他调得一手好酒。"Ney 冲 Dennis 点点头，Dennis 露出一个会意的微笑。

我走出吧台目送 Ney 离去，转身看到 Dennis 扔掉空了的啤酒罐，抓起一条抹布利索地做起了清洁。Suveat 这会儿正从储物间抱出一堆靠垫走到酒吧外头的露台上，把靠垫在木床和藤椅上一一摆放好，之后打开遮阳伞固定在每个座位旁。我这才发现整个露台悬空建在海边的沙滩上，支撑露台的木头柱子上还有被涨潮的海水侵蚀的痕迹。

日头升了上来。一夜未睡，却并不觉得疲惫。我吃了工作餐，心满意足，走到一张硕大的圆形藤椅旁，坐了进去。藤椅像半个巨型的蛋壳一样把我包围其中，很是舒服，早晨的阳光洒在身上，懒洋洋的。周围渐渐热闹起来，山下的小路上开始有三三两两的行人经过，海滩上有皮肤白皙的少女在捡拾着贝壳，远处海面上，有人划着独木舟从朝霞中穿过。我在逐渐喧嚣的海浪声和清脆的鸟鸣中不知不觉睡了过去。

一觉醒来已是晌午。我热出一身汗，太阳照在波光粼粼的海面上，泛起片片破碎的光。海里有人在游泳，露台的木床上躺满了晒日光浴的西方人，餐厅里坐着几个用餐的游客，Dennis在吧台里正忙碌着下单和送餐。我跳下露台，蹚进温暖的海水里，感受着温柔的海浪撞击小腿的感觉。

这是一处海湾，海浪并不汹涌，海水也很浅，站在海中可以看到整个珍宝海滩和奥彻蒂尔海滩上的情形。长长的海滩上挤满了旅馆和餐厅，门前都是一排排的躺椅和木床，远远的望不到头。旅馆和奥彻蒂尔海滩之间隔着一个小码头和几栋建筑，从视觉和空间上把这里分隔成一个相对独立和宁静的所在。海滩的另一头是一个尖尖的海角，被茂密的树木和丛林所覆盖，让人不禁想知道海角的另一面是什么样子。

吃过午饭，我决定翻过小山到那边去一探究竟。沿着珍宝海滩一直走到尽头，小路消失在山下的丛林中，海角处是一片巨大的礁石，周围翻腾着海水。前无去路，我拨开茂密的枝叶，钻进杂草丛生的灌木丛，终于，在半山腰发现了一条隐蔽在树木中的羊肠小道。顺着那条山间小道爬上去又别有一番乐趣，途中还在树林深处发现了几间废弃的小木屋，神秘得仿佛随时会出现丛林女巫。

翻过那座山头，蹚过几处浅滩，爬过一片乱石，一片纯净开阔的海滩蓦然呈现在眼前。整个海滩空无一人，沙质细腻洁白，几只海鸟在海面上飞来飞去，真是美不胜收。我欢快地奔跑在松软的沙子上，又一头冲进浅海中，追逐着捕食的海鸟，任海水弄湿衣衫，任海风吹起裙角，吹乱了头发。发尾扫过唇边，咸咸的。

终于跑累了，我上岸扑倒在沙堆里，沙子被太阳晒得暖暖的，像是温柔的棉被。我半边脸埋在沙子里，满足地闭上了眼睛，感受着宁静的大自然中大海的呼吸——真是不枉跋山涉水来到这里啊。

索卡海滩

　　傍晚，日头渐渐西沉，给这片海镀上了一层蜜色。我有些不舍地从沙滩上爬起，拍拍身上的沙粒，准备回旅馆。

　　海滩的一角有一个茅草亭子，看得出那是一个久未使用的小酒吧，亭子后面有条沙质的道路通向远处。出于好奇，我顺着那条路走出了海滩，走上了一条柏油路。打开地图，凭着大脑中的方位，在地图上确定了现在的位置——刚才那片海滩是索卡海滩，沿着海滩旁的这条公路绕过市区可以走回我住的旅馆。

　　脚上的海水还没有干，人字拖上沾满了沙子，我索性脱掉鞋子提在手里，光着脚踩在温热的柏油路面上。路上几乎没有车辆，路两旁是郁郁葱葱的青草地，偶尔走过几个当地人或是游客。夕阳在我背后懒懒地照射着，在前方拖出长长的影子，覆在路中间整齐雪白的隔离线上。这落日余晖的光景如此亲切和熟悉，不由得让我想到儿时读过的杂志插页，那些以国外文化和风景为主题的文摘书刊给我留下的记忆如此深刻，以至于潜意识中，我其实一直在现实中寻找着相似的风景。

　　回到旅馆，Panhna已经接替了Dennis在工作了。

　　我远远地跟他打着招呼："嘿，Panhna！"

　　"嘿，你好吗？听说你昨天在这里工作了一整夜？"

　　"是啊，可惜一个客人也没来，"我还在惋惜，"对了，你去过山那边的索卡海滩么？"我指指海角问。

"索卡？那是私人度假酒店的海滩啊，并不对外开放。"

"是这样啊……"这时我才意识到，原来我闯入了一个私人海滩。偷偷吐了吐舌头，我有些心虚地回我的小木屋了。

这天夜里还是我替 Ney 值班。顾客依旧不多，只有两个刚参加完派对喝得醉醺醺的年轻人来，点了两杯柠檬汁醒酒。

又是一夜无事。

从第三天开始，Ney 的工作时间轮换到了上午，也就是说，我要从前一天夜里 10 点钟一直工作到第二天下午 2 点。这倒不是什么大问题，真正的旺季还没到，游客本就不多，我随时可以趴在吧台上打个盹。

到了晚上，旅馆里所有的伙计都知道了我连续工作了 16 个小时，每个人看到我都问，你还好吗？Panhna 更是调侃地叫我"strong lady"，我想了想自己一身肌肉的样子向 Panhna 抗议，我不是"strong lady"，我是"super lady"！Panhna 呵呵笑着说，随便你啦。

就这样，我在西哈努克市海边的一个小旅馆里过起了酒保和侍应生的日子，每天都能接触到不同国家的人，和他们聊各个国家的文化和趣闻。也经常有在附近旅馆工作的伙计过来坐一坐，和我聊一些他们的生活琐事。有时也有当地的大婶来问我要不要尝试一下又舒服又便宜的柬式按摩，还有年轻姑娘手上缠着漂亮的五彩丝线兜售现场编织的手环。

过了几天，Ney 回来说他母亲已经痊愈了，因此不必再麻烦我，我又恢复了投宿者的身份。这之后，我仍然时常坐在吧台前，跟伙计们还有南来北往的背包客交流各种信息，听 Dennis 讲他在伦敦的生活和旅行故事，我甚至还问了 Dennis 为什么他喜欢把自己的国家叫作大不列颠而不是英国。有时就只是端着相机静静地坐着，在镜头中观察素不相识的人和毫不相干的生活，试图从有限的画面揣度无限的世界。夜深人静的时候就坐在海边，从随手拍摄的照片中挑选触动灵感的瞬间并斟酌字句，辅以文字。

他乡遇同胞——玉珍

这天上午，我和 Dennis 正闲聊，旅馆里来了个亚洲女孩要住宿，看上去年龄和我相仿。Dennis 接过她的护照准备登记，看了一眼后指着我对她说，我们这儿还有个中国人。女孩扭头和我对上了视线，彼此都有些惊讶能在地球上这样一个陌生的角落里相遇。女孩名叫玉珍，三天前来到西哈努克市时遇到两个中国大妈，三个人结伴而行，投宿在距离海滩五百米处的一家酒店里，后来大妈们结束了旅程离开西哈努克市，玉珍告别了她们独自来到这个偏僻的小旅馆。话很投机，我们当即决定一起住进双人间。

玉珍问我去哪儿玩了，我告诉她我的活动范围仅限于这个酒吧和旅馆房间以及露台下面那片海，接着又咕哝着小声加了一句"还有一个私人海滩"。得知我哪儿都没去，玉珍感到很是不可思议。

"你呢，你到这儿干吗？"我问她。

"我？当然是来耍了，"玉珍用成都口音的普通话说，"丛林探险，国家公园，海上运动，痛痛快快耍了几天。"说着从包里掏出相机，给我看她的照片，"如果不是和那两个大妈一起，肯定会更好玩。"

我摆弄着相机笑了，照片中的玉珍穿着黑色 T 恤和米色短裤，在海里骑着摩托艇，眉眼中透出一股自信和坚毅，乌黑的长发在海风中肆意飞扬，看上去又妩媚又强悍。我真喜欢这样的女孩。

"附近有几个海岛不错，要不要一起去浮潜？"玉珍提议。

"好啊，可是我只能在游泳池的浅水区游个两三米。"

"没事，我也不会游泳。"玉珍朝我挤挤眼。

旅馆里就有海上一日游服务。跟 Dennis 确定了行程，我和玉珍第二天吃过早饭就出发去了码头，坐上一条船向大海深处驶去。开船的是个中年人，坐在船尾默默地掌着舵，随船的两个导游都是二十多岁，开船后用了五分钟介绍全天的行程，然后就挨着船夫坐下开始用柬埔寨语闲聊。

船上还有其他游客，除了我和玉珍，都是西方人，都只穿着泳衣。早上的气温并不是很高，有位女士身上还搭着披肩。船头甲板上坐着两个帅哥，一个金发，一个黑发，迎着潮湿的海风愉快地聊着什么。我俩后悔没有直接穿泳衣出来，担心着等一下去哪儿换衣服。

船行了半个多小时开始减速，然后在一个长满茂密丛林的小岛旁停了下来。导游打开储物箱给大家发浮潜用的面罩和呼吸管，告诉我们想要游泳的现在就可以下水了。话音未落，那两个帅哥已经扑通两声不见了踪影，船舱里也有人迫不及待地走上甲板活动手脚。不一会

跳水

儿，船上就只剩下我和玉珍，其他人有的已经游出去两三百米，大多数人戴着浮潜面罩漂在水面上，还有几个扎进海里半天不见动静，突然又从远处的海面上冒出来，而我和玉珍还在互相帮对方围着本打算铺在沙滩上晒太阳的薄毯换衣服。终于艰难地换上了泳衣，我俩看着宽阔的大海面面相觑，然后很丢脸地跟导游要救生衣，其中一个导游说，如果你们是第一次浮潜我们可以免费指导，说着就拉着玉珍向船头走去。

玉珍很勇敢，在导游的帮助下很快就游了出去，戴着面罩把脸埋进海水里。过了一会儿，她抬起头冲我大声喊："我看到了好多小鱼，很漂亮，你快下来！"我穿好救生衣，跟着另一个导游也跳下了水。

在二十多年的人生中我曾不止一次学过游泳，但是从未学会，和学骑单车从未摔倒过一样，我也不曾呛过水，可是我很小的时候就学会了骑单车，游泳却一直没有学会。虽然我一直对水怀有恐惧，却也迷恋水流经过身体的感觉，所以还是一次次抱着救生圈跳进河水，或是在泳池的浅水区过过瘾，然后在一次次的下沉中惊恐地爬上岸。然而穿着救生衣漂浮在十几米深的海水中还是第一次。

我两脚胡乱蹬着以此平衡内心的恐慌，一只手臂被导游紧紧抓着，另一只在水中不停划动，却还是在船边原地不动。导游水性很好，一边踩水一边抓着我向远处游，不停地告诉我穿着救生衣不会沉下去，让我放轻松。待我平静下来，导游让我戴好面罩尝试浮潜，我盯着深不可测的海面，鼓足勇气，一头扎进了水里。这片海的水质并不是很好，隔着透明的面罩，只看得见晃动着的墨绿色液体和细小的泥沙。我被导游抓着向小岛的方向游了一段距离，慢慢适应了水里的环境，但仍处于惊心动魄的状态，紧握导游的手一刻也不敢松开，生怕一个闪失就会坠入海底，永不见阳光。尽管如此，我还是极力压制着内心的恐惧，再次舒展四肢让身体朝下浮在水面上，把头埋进海里，划着水缓慢地游动。

太阳从云层里钻了出来，热辣辣地照在背上，呼吸管中的空气是温热的咸涩。随着海水深度的增加，水质有了奇妙的变化，海水从微微浑浊的墨绿色变成蓝绿，透明的液体中折射出太阳的亮光。有三三两两的暗影在深处游动，稍作停留，转瞬即逝，渐渐地越来越多，有一部分游到离海面近一些的地方。慢慢看得出那是五颜六色的小鱼，有的是一只，有的成群结队，在微弱的水流中摆动着尾鳍，稍微转一下身体便游到远处消失得无影无踪。这是另一个世界，是依靠水分子来交换生命所必需的氧气的世界，是一个奇妙无比我却知之甚少的世界，丰富多彩，别有洞天。

恍惚中有巨大的声响透过海水的震动传来，有股不可抵挡的力量由远而近地撞击在我身体上，一下子把我推出去很远。这时我才意识到不知道什么时候，我已经放开了抓着导游的手独自游开了。摩托艇疾驶而过激起的波浪惊吓到的不只是热带鱼，我在剧烈晃动的海水中无法保持平衡，惊慌中又手忙脚乱起来。四周是畅快浮潜的游客，导游在不远处踩着水，玉珍还在挥着手招呼着船夫给她拍照。然而在这幽深的海水中央，我双脚乱踢，踩不到一点牢固的着力点，抓不着一根稻草，内心的恐惧肆意膨胀，几乎把我吞噬，我扑腾着朝导游的方向大喊"救命"！

导游听到呼救声笑了起来，显然他很清楚，有救生衣的保护我就算想沉到水里去也不可能，不过他并没有放着我不管，而是马上游了过来。导游显然不是救命来了，他只是来安抚我的情绪，以免我的叫声吓到大家。但是抓到导游的手臂我还是像抓住了救命恩人，我让他立刻把我弄上船去。玉珍还不知道发生了什么事，看到我爬上了船，大声叫着:"DD,帮我多拍几张照片!"我喘着气朝她摆了摆手。

惊魂甫定,我处在一种微妙的矛盾中,既留恋水流的滑腻以及未知的世界,又从心底里感到无尽的惊惧——我忽然意识到那并不是对水本身的恐惧,那是一种对失控的深深恐慌。

两位帅小伙先后爬上船,黑发帅哥从包里找出单反相机扔给金发帅哥,然后走上甲板,面对船身,前脚掌踩在尖尖的船头摆出一个跳水的姿势,然后一个漂亮的后空翻跃入水中,溅起一片水花。这一系列动作在咔嚓咔嚓的快门声中被悉数收入单反相机,我也不失时机地抓拍到一张。

日头升到了头顶,浮潜的人们陆续上了船,玉珍也兴奋地爬了上来,似乎觉得还没玩够。大家说说笑笑,船继续向着远方驶去。

海水越来越清澈,几乎可以看到海底的沙子和水草。小船在碧蓝的水中飞驰了很久,终于在一个叫作竹岛的岛屿上靠了岸。导游带着大家走进沙滩后面的小树林,把一张硕大的餐布铺在林子里的沙地上宣布午餐时间到,然后开始给大家发食物。午餐很简单,每人两个法棍一份蔬菜沙拉,还有一份盒装牛奶。大家围坐在一起边吃边聊,像是到郊外野餐的大家庭。

解决了温饱问题,大家开始自由活动,玉珍迫不及待地拉着我就往海滩跑,完全不顾正午的烈日。竹岛的海滩虽比不上马尔代夫,却也水清沙幼,海天一色。看得出玉珍非常喜欢大海,扑进海水中尽情嬉游。同行的有一对父母,带着一个女儿和一个儿子也在海滩上玩耍,四个人都胖胖的,小儿子很调皮。小男孩儿和他姐姐在我们附近的水里打闹着,活泼的玉珍很快在四处飞溅的水花中加入了他们,马上就和他们打成一片。我看着三个人一起打水仗的一幕,觉得玉珍实在是可爱。

玉珍闹够了就上岸来，拿了两个面罩，跟我在安全水域又开始了浮潜活动。西哈努克市的海水都很浅，即便是深入海中几十米，海水也大多不超过一米，伸伸腿就能够到海底，这样的深度让我完全不用担心安全问题，放开身心在海里游了起来。浅浅的海水中仍能时不时看到小鱼，只是颜色要单一许多，数量也比深海中少得多，有趣的是海底的沙石里有爬行的贝壳和螃蟹让人可以看很久。

太阳的热度渐渐退去，我和玉珍也开始觉得累了，用帽子遮着脸躺在海滩上，大脑处于放空状态。导游开始招呼大伙儿上船返航。我和玉珍磨磨蹭蹭地从沙滩上爬起来，又跳进海里扑腾了几下，和那个小男孩互泼了两捧水，相互闹了一番，这才不情愿地上了船。一路上，小男孩的父亲都在拿相机给儿子拍照，我坐在对面的位置端着相机，捕捉父子俩有趣的画面。男孩做着各种鬼脸扮酷，玉珍好笑地看着，时不时做出一些滑稽的手势逗他玩，男孩顽皮地像镜中人一样模仿玉珍的动作，玉珍发出声音，他也发出声音，玉珍说奇怪的单词，他也跟着说同样的单词，玉珍突然说了句中文，男孩不出所料地卡了壳，船上的人都因为这意外的一幕笑了起来。

父与子

船行至一半路程,从左侧斜斜划过来两艘皮划艇,其中一艘坐着一个棕色头发的男子,另一艘坐着一对年轻夫妇,船夫把船停下来,耐心地等他们划过去。金发帅哥朝那名棕发男子打了个招呼,问他皮划艇在哪里租的,男子划着小艇靠上小船,和他聊了起来。金发帅哥似乎对皮划艇很有兴趣,和男子熟络之后问能不能让他玩一下,男子好像也很疲惫,毫不犹豫地答应了,把船桨交给他爬上了小船。金发帅哥坐进皮划艇试着划了两下,发现似乎也不是很难,就放心地向前划去,直到他在视线里成为一个小小的点,船夫才发动引擎追了上去。

追上皮划艇之后,金发男子开心地和小艇的主人交换着技巧心得,船上的人也听得乐呵呵的。皮划艇男子间或跟导游和船夫聊两句,问他们是否可以搭他一程,划了一下午快要把他累坏了。船夫爽快地把金发帅哥从小艇里拉上来,然后把皮划艇紧紧绑在船后,随后向着海岸疾驰而去,在船尾留下两道漂亮的白色浪花。

小船在欧特斯海滩放下皮划艇和小伙儿,掉头继续向珍宝海滩驶去。我回头望着那片洁白荒芜的海滩,心里记下了欧特斯这个地方。

待小船到达码头,天色已经暗了下来,玉珍拉着我朝奥彻蒂尔海滩走去:"带你去吃好吃的。"

走过长长的海滩,玉珍轻车熟路地找到一家餐馆,和我在海边的露天座位上坐了下来。餐馆的伙计好像和玉珍很熟,看到她的第一句话就是:"嘿,又见面了。"

玉珍直接推开菜单:"我带我的朋友来吃饭了,两份海鲜餐。"

"还是一样的搭配?"伙计咧开嘴笑着问。

"一样的搭配,再要两瓶当地啤酒。"玉珍问都没问我的意见。

"喂,我不喝啤酒。"

"一定要喝，"玉珍不容置疑，"这儿的啤酒味道很好，别错过。"

海鲜餐很快上来了，有一只墨鱼仔、四只大虾、两块烤土豆、一份蔬菜沙拉，还有一小碟酸甜酱。吃着海鲜，喝着啤酒，在国内当导游的玉珍给我讲了许多她独自旅行的经历，原来她曾只身游走于西藏和尼泊尔以及国内大部分偏远风景地，还到过珠峰大本营，算得上"驴友"中的前辈了。

吃过晚餐，我正回味着白天浮潜的乐趣，玉珍突然神秘地拉着我朝市区方向走去。一路上，玉珍什么都不说，只说带我去一个好地方。到了一家酒店前，我才知道这正是她之前投宿的地方。

我惊讶地问她要干什么，玉珍说她还没玩够，说着拉起我的手就跑去了酒店的游泳池，扑通一声跳了进去。我看着激起的水花惊呆了，偷偷瞥了一眼泳池边上巡逻的保安，生怕他发现我们不是这里的房客。确认了保安并未注意，我也跳进了泳池，随玉珍一起畅游了起来。

就这样，我和玉珍疯玩了几天。后来，玉珍去了老挝，我们约定一个月以后在曼谷考山路路口的警察局相见。我到市里的越南领事馆申领了签证，之后告别 Ney 他们去了人烟稀少的欧特斯海滩。当然，临走前我没忘记让 Ney 请我喝红酒。

难忘的深夜浮潜和莎莎舞之夜

告别了玉珍,我又恢复了独自一人的状态。虽说和志同道合的人在一起也很愉快,但我更喜欢在自己的世界里自由自在,来去自如。而尚未完全开发的欧特斯海滩人烟稀少,也因此更加宁静,海水更加清澈,长长的海岸线上散落着未经人工雕琢的痕迹,很适合一个人静静地发呆。

沙滩上长满了高大的树木,树木下是一字排开的茅草棚和供游客休息的躺椅。除了水质之外,看上去倒是和夏威夷没什么两样。由于法国殖民的历史原因,酒吧和旅馆多是法国人开的,以供他们度过漫长的冬季假期。而来自世界各地的游客很自然地就跟老板和伙计们熟络了。我想等我老了也要在海边弄一个这样的咖啡馆,但愿那时还有原生态的角落存在。

我在欧特斯海滩尽头一家华人开的旅馆里住了下来,一切安顿好之后已是傍晚。光脚穿着人字拖向海边走去,在一个法国女人开的酒吧前停了下来。刚走到吧台,脚上突然一阵刺痛,我一下子跳了起来,疼得直跳脚。吧台里一个南美人看到后笑了起来,告诉我吧台下面有一个蚂蚁窝,刚才就是因为我踩到蚂蚁窝才被咬了。女老板拿来一种罐装喷雾喷在我脚上,帮我驱赶着蚂蚁,并让我小心。

要了份海鲜汤饭,我坐在椅子上查看被咬的地方,虽然那些蚂蚁个头很小,但腿上还是被咬得红肿一片。

饭菜很快上来了,我一边吃着饭,一边看海面上日渐西沉的太阳。傍晚的海上落日十分壮美,我看得入迷,完全没注意到四周的游客,

直到传来一句中文:

"好吃吗?"声音来自旁边的中年男子。

"还不错。"我点点头敷衍他。

"我是上海人,到这儿度假来了,你可以叫我 Simon。你呢?"他的一番自我介绍让我一时有些不好意思,刚开始还以为他是日本人,就没打算理他。

"我是 DD,从曼谷过来的,已经旅行一个月了。"

"哦?" Simon 脸上闪过一丝诧异,接着又问,"都去哪了?"

我原本打算一个人度过这美好的傍晚,因此对 Simon 的出现颇有些无奈,心里暗自叫苦,却又不想失礼于人,就把之前的旅行经历大致说给他听。没想到 Simon 听得越发起劲,并且告诉我他也十分钟爱旅行。我心不在焉地应和着,对与陌生人交谈并无多少兴趣,却被他接下来的话题引来了兴致:

"来杯红酒?这家酒吧的星河庄园 2006 年份干红非常不错,美国产的,我下午刚喝过。好的红酒是会让人着迷的。"

说起红酒,我自是心花怒放,接过酒吧伙计端来的酒杯和他对酌起来。这款酒浓郁醇厚,单宁优雅细腻,口感均衡回味悠长,入口之后让人极其愉悦,绝对算得上顶级佳酿。

从红酒聊开了去我得知,Simon 这次来西哈努克市住在奥彻蒂尔海滩,白天租了辆摩托四处逛,下午到这边晒太阳来了。Simon 也喜欢上了欧特斯海滩的宁静,当即决定第二天搬过来住。

闲聊之间,天色开始渐渐发暗,夜幕降临时那些在沙滩上晒了一天日光浴的太阳能灯就开始闪闪发亮了,法国人还是很注重环保的。

Simon 临走前把他的相机、银行卡和 600 美元扔给我,说是听店老板说夜里路上可能有人抢劫,带在身上不安全,麻烦我代为保管,还告诉我下午他在附近的无人海滩游泳时把手机放在了树下，谁知游回来就不见了。我不知 Simon 何以对我如此信任，只得把财物放进贴身的背包里收好。

Simon 走了之后我跟女老板要了份 fruit shake，喝完红酒喝这个很是舒爽，也逐渐从微醺状态清醒了过来。

酒吧里养了一只猫，闲适地卧在吧台上，用舌头梳理着身上的皮毛，那个南美人时不时摸一下它的脑袋，那猫儿便转头舔舔他的手。我凑上前去一边抚摸那只猫，一边和店老板聊天。女店主名叫 Monica，在这儿已经开了两年的酒吧，酒吧名字叫作"Sunshine Cafe"。双层的茅草屋不是很大，一层用作酒吧，上面一层有时也提供给穷游的背包客过夜，只是十分简陋，不过是提供一张席子而已。酒吧里播放着充满浓浓东方味和神圣气氛的音乐，Monica 告诉我那是流行世界的 Buddha Bar 音乐。

南美人 Adrien 来自委内瑞拉，旅行到此在这里打工，没有薪水，只管吃住，已经旅行了 9 个月了。此外，酒吧里还住着一个名叫 Adrian 的瑞典人，和 Adrien 的名字只差一个字母，为了区别，大家都叫 Adrian 为 Adu。

双层茅草棚酒吧

吃过晚饭，我坐在海边耐心地等待天空完全黑下来，因为 Adrien 说夜晚在海里可以看到闪闪发光的浮游生物。

夜里 10 点钟，我走进大海，可是并没有看到什么浮游生物，只有反光的气泡从海底的沙子里咕噜噜冒出来。Adrien 说是因为灯光照射的原因，要到深一些的海水中才能看到。我跟 Monica 借了潜水面罩和呼吸管之后走到了更远的海里。海水很浅，只到我的腰部，整个沙滩都很平坦。我缓步而行，在远离沙滩上的灯光之后用手臂轻轻搅动海水，果然看到了很多亮晶晶的细小发光颗粒，像魔术一样在我手边出现。如果动作轻柔地从海水中掬一捧水出来，还能看到那些发光颗粒缓缓地从手臂上滑落，简直太美妙了，我以前从来没有见到过。

月光皎洁，海水平静，水下浅浅的沙滩在月光下清晰可见，我胆战心惊地在深夜的大海里浮潜，探寻着闪亮的浮游生物。Adrien 和 Adu 也走下水来，在我旁边的浅滩中玩着水中倒立。Adrien 他们俩水性非常好，像两只鱼一样游来游去，时不时钻到海底玩失踪再突然冒出来，旱鸭子的我只能踩着浅滩的沙子走来走去，惹得 Adrien 对我说："你哪里是在游泳啊，你不过是在海里行走。"后来我发现，原来借助海水的浮力，就算不会游泳，躺在海面上也是沉不下去的。慢慢的，我学会了在大海中仰泳。

深夜的海风渐渐有了凉意，海面泛起轻柔的涟漪，那些闪光的浮游生物若隐若现，与星空的倒影交错成一片闪亮的海洋。此情此景，永难忘记。

第二天，Simon 从奥彻蒂尔海滩搬了过来，住在我隔壁。白天 Simon 到无人海滩去游泳，到了傍晚就去 Monica 的酒吧和我一起喝酒聊天，我也因此学到很多红酒知识。

欧特斯海滩上有很多法国人在海滩边的一条大路旁建起了茅草

屋，像是古代的谷仓。顶层是半开放式的圆形茅屋，扯了白色的落地窗帘挂上，风一吹飘飘扬扬，十分浪漫。几座风格相似的茅草屋在路边一字排开去，远远看上去像是到了哪个原始部落。茅草屋的主人邀请我参观了他的茅屋庄园，庄园里还有几个金发碧眼的外国人正在做木工，那种画面感让我觉得仿佛沉浸在电影中。如果不是房屋还没完全修整好，我一定会选择住在这样的建筑里。

还有人就住在厢式卡车里，卡车也被改造成茅草棚的结构。我刚到这里的时候那辆卡车顶部才刚刚铺上一层薄薄的茅草，才几天而已，已经被改造成了"茅屋厢车"。车主人坐在卡车前的棚子下，喝着啤酒，慵懒地打着盹。

这天早上，我打开房门，看到门外的桌子上放着两张橘红色的卡片，拿起来一看，是 Sunshine Cafe 的邀请函，邀请朋友们参加晚上的"莎莎舞之夜"。我对莎莎舞一窍不通，却不愿错过精彩的夜晚，便把一张邀请函拿去给了 Simon，约好晚上一起参加。

晚上 8 点钟，我和 Simon 准时出现。酒吧里坐着各个国家的人，热闹非凡，Monica 和 Adrien 正在吧台后面调酒。Monica 把音乐换成 Salsa Music，于是大家依次做了自我介绍，然后各自找到舞伴在草棚下跳了起来。我和 Simon 都不会跳舞，只好坐在吧台前喝起了红酒。

火辣的拉丁舞节奏，热情时尚的背包客，用音乐和舞步在 Sunshine Cafe 里掀起了一个又一个高潮，即使没有加入莎莎舞的行列，我和 Simon 看的也是醉了。

跳舞的人群中有一对夫妇，男的叫 Tasha，来自法国，是个聪明人，靠买卖土地和房屋赚了不少钱，不用替别人打工，穿着藏蓝色袍子，很像传教士，戴两只沉甸甸亮闪闪的耳环，光头，只在后脑勺下方留一小撮头发。女的叫 Tania，穿一个精致的白色小肚兜，除此之外身上就只围了一条白色围巾，露出背部，十分性感，是俄罗斯空姐，非常漂亮。两人在旅途中相遇，结婚已4年，现在住在法国，时不时就一起出来旅行。两个人举止打扮都相当怪异，却又让人感觉非常舒服，人也非常好，后来还很热心地告诉我很多旅行的事情，并且留了邮箱给我，以便有问题随时问他们。Tasha还让我来年到印度果阿去Full Moon旅馆前的海滩找他们看落日。啊，想想就觉得浪漫。

还有一个意大利人，乱糟糟的胡须，长及腰部的头发，很有嬉皮士的风范，已经旅行25年了。他说旅行就是他的生活，一路上边走边赚钱，会按摩，当过瑜伽老师，打得一手漂亮的非洲鼓，说话时常用口哨来代替发音和动作，还经常在兴头上和着音乐用嘴发出奇特的声响同时用手在桌子上（有时在屁股上）击打出一段极其富有节奏和动感的旋律来，给人印象非常深刻。此外，他还会一种印度尼西亚的竹制乐器，类似于长笛之类。我猜想这家伙大概靠这些手艺就可以谋生了吧，因为他的表演实在是太有感染力了，如果他不是一个流浪者，没准可以成为一流的艺术家。不过也许正是旅行的生活方式成就了他，真要在礼堂里演奏的话反倒失了他本身的特色。他之所以为他，就在于他是一个流浪者，他本身就活成了一种艺术。

可能是被大伙儿的气氛感染了，我敞开了心扉和他们聊起天来。大家什么都聊，有时还能得到很多很多旅行信息。

我被热情的委内瑞拉人邀请跳舞，结果我跳得一塌糊涂。不过依然玩得很开心就是了。

越南签证很快就要到期，我决定接下来到胡志明市去。离开的前一天下午，Simon去了当地的市场买来海蟹和虾回来，还有其他一些柬埔寨食物，请求旅馆老板娘用当地的食用方法加工了，然后邀请我一起吃晚饭。Simon还跟老板娘要了当地产的米酒来喝。

吃到兴头上，Simon 话开始多了起来。

"喂，为什么出来旅行？"Simon 盯着我问，似乎想要把我看透。

"不为什么，"不想被人看穿心思，我回答的语气有些冷淡，"你呢？"

"减压。"Simon 收回目光，喝了口米酒。

"减压？你是做什么工作的？"

"我在上海经营红酒和海运公司，工作没有固定时间，加班是常事，压力很大，所以每年两次出来旅行度假放松。"

"成功人士。"我由衷地赞赏。

"哪里。"他谦虚地回应。

接着是一阵短暂的沉默。

"我说，你是为了寻找什么吧。"Simon 平静的声音没有丝毫疑问。

我不置可否，看了他一眼，随即望着远处的落日有些出神。

"每个人都有一段迷失的时光。"他说。

"那又怎样？"

"我是说，每个人最终都要同生活和解。不管怎样，事业也好，情感也罢，还是别的什么，最终都得找到一条适于自己的道路来。寻找自我的方式各种各样，旅行只是其中一种。而且旅行还有可能让你更加迷茫。"

"你呢，你找到了吗？"

"呵呵，有人说人生感悟只在前半生，之后的日子都是咬牙硬过。当然，如果你相信幸福、快乐这种东西，你还是能够得到。人之所以为人，是因为人有选择权，或者说自由。但每个人终究逃脱不了责任。自我意识是人类与动物的区别，责任也是。"

"责任……"我沉吟道，想起了在曼谷时 DeeDee 对我说的关于欧洲大学毕业生通过做义工来培养责任感的那些话。

"真羡慕你这么年轻，还可以与世界赌一赌，放弃现有的一切，对人生推倒再重建。而重建才有更多的可能性。"Simon 意味深长。

又是一阵沉默。

"可有崇拜的英雄？"Simon 吃着虾又问。

"凡·高，"我毫不迟疑，"你有吗？"

"我么，我心中的英雄是西西弗斯。"

"西西弗斯？希腊神话里那个推石头上山的英雄？"

"是啊，就是他，"Simon 点点头，"西西弗斯日复一日地推着巨石，因为受到惩罚和诅咒，每当到山顶的时候石头就会滚落，周而复始。但是西西弗斯并未因此而沮丧，而是在这荒诞而绝望的过程中发现了新的意义，他发现自己与巨石的较量也是一种美，从此沉浸在这种幸福当中，从而超越了自己的命运。"

"你想说什么？"

"其实，生活在哪儿都一样。如果你喜欢自己的生活，那你的生活就是天堂；如果你讨厌自己的生活，那你的生活就是地狱。吉本芭娜娜说过：生活方式总是建立在对这个世界的看法上，或者说，是建立在某种价值观之上。"Simon 若有所思地看着我。

我沉默不语，用猛吃食物来掩饰自己的心绪。Simon 便不再说话，只是往我的碟子里夹着螃蟹。

一夜无眠。

第二天一早我便收拾好背包离开了。没有向 Simon 告别，只给他留下一张字条："很高兴遇见你。——DD"

坐上去胡志明市的巴士，无聊地等着开车，心里莫名回想着 Simon 昨天说的那些话。对于我来说，从小娇生惯养的生活确实没有让我意识到身上的责任，作为80后，父母为我做的实在太多，却没有教会我责任和付出。造成这样的后果固然有父母的错，但若是说没有一点我自身的原因也不够诚实。我在想我是否真的很自私，就这样抛家舍业地一个人出走，又会给父母带来怎样的灾难。

胡思乱想中已近正午，巴士缓缓驶出车站，向着金边驶去。这时天空开始下起了大雨，这辆从中国淘汰过来的二手巴士里也下起了小雨。车里坐的大部分是西方人，跟司机说司机也没办法，周围压抑着愤怒的抱怨声此起彼伏。

车子到了金边，稍作停留便开向柬越边境。

一路颠簸，我昏昏沉沉地睡到傍晚，一觉醒来发现不知什么时候雨已经停了。车子里满是霞光，扭头向后面望去，天边一片绚丽夺目的云彩。晚霞如血，夕阳在远处散发着浓烈的光芒，真是美，如果不是挡风玻璃，真要觉得那些色彩和光芒就要迎面向我扑来。

很快到了边境。因为签证已事先办好，又是联程车票，过境非常顺利，跟着一车"联合国部队"轻轻松松出境再入境，算是到了越南。再坐上巴士，眼前晃动的还是刚才的日落奇观。我在柬埔寨的最后一个傍晚，看见如此美景，也算是用美好的回忆来做道别吧。

我会怀念你的，Cambodia。

三 | 匆匆越南

似曾相识的城市

如果说柬埔寨是原始社会的话,那么到了胡志明市我则感觉一下穿越到了现代文明社会,一进入市区便强烈感受到现代城市所特有的气质——冷漠匆忙的人群,高楼林立的街区,没完没了的塞车和永远灰蒙蒙的天空,当然,也少不了充满异国情调的法式建筑,却没有与之匹配的清新空气,整个就是乱糟糟闹哄哄,不像曼谷那般有种闹中取静的淡定与祥和。我感到强烈的不适应,真想立刻跑回柬埔寨。热爱淳朴,厌恶商业,我的心里真是住着一个原始人。

胡志明市,之于越南人,就像上海之于中国人,代表着高度繁荣、商业、时尚、国际化、异国情调,但若单纯地与中国城市相比的话,无论是天气还是潮流装扮,无论是发展程度还是城市气质,胡志明市都更像是越南的广州,甚至连地理位置以及人的长相都更加贴切。在当地大多数越南人看来,他们更喜欢它的旧名——西贡,我也是。两个简单清晰的发音总是让我忍不住想起杜拉斯的《情人》以及电影中女主角凭栏远眺湄公河的画面。不过,如今的胡志明市早已不是多年前那个充满了浪漫色彩的古老城市,取而代之的是现代气息和商业化。湄公河也被码头和起重机所占据,在一片车声废气中显得毫无生气。这也是我不喜欢越南的原因之一。

不过胡志明市仍然是一个给我留下很多印象的城市,不敢说深刻,却值得回味。越南人民是很勤劳的,一周工作7天,从清晨直到深夜,虽说是在高度发达的现代城市,路上仍随处可见头上戴着斗笠、肩上挑着担子卖东西的传统越南妇女——越南街头最典型的标志性风景。

我没有料到的是越南的现代艺术如此普及，胡志明市有很多画廊和艺术馆都美轮美奂，装饰也非常精美，仔细观察还是不难发现不少浪漫主义色彩。不过越南糟糕的交通状况却给这个城市减分不少，熙来攘往的摩托大军如敌压阵，要在川流不息的闹市区横穿马路可真需要些勇气。

在柬埔寨，路上到处在放改编成柬埔寨语的中国流行歌曲，而在胡志明市，听到的却是原汁原味的中文歌曲。大街上随处可见各类中国店铺和广告，很多寺庙也都是中国人建的，市中心还有个京剧院，相当漂亮气派。不过有些翻译很搞笑，比如"洗男人头""男女洗头"，暹粒是新啦，西哈努克市则被翻译成西哈努别墅，等等。

因为历史原因，越南也早已被西化，建筑十有八九都是法式的，还有一部分是中式的。饮食也是如此，街上到处是卖法棍的小摊和挑担子的妇女。我在旅馆遇到的一个台湾人开玩笑说，在越南，就连路边农民工吃的面包都相当美味。越南咖啡也相当有名，而且很便宜，我尝过两次，觉得味道还不错。

越南的本土文化保存很少，泛滥着异国情调和法式或中式建筑，不知道是该为中国人感到骄傲，还是为越南人感到悲哀。

胡志明市并不大，一天就可以走完。我从住的地方出发走到统一宫，途经邮政总局，然后在紧挨邮政总局的圣母大教堂用相机拍了一下午鸽子，之后去了中央清真寺和湄公河，从市中心的繁华地段一路走了回去，就算逛完了。

旅馆里那个台湾人是一个干瘦的小老头，早前在日本做厨师，后来回台湾倒腾古董，一共来胡志明市16次了，这次来胡志明市就是卖他的古董来了，这一趟赚了1000多美元，却在路边拍照的时候被飞车党给抢了包。听说这件事之后我更加坚定了要尽早离开越南的决心。

圣母大教堂（越南红教堂）

和柬埔寨一样，越南的长途汽车运输业也相当成熟，贯穿南北线非常方便，有一种叫作"open tour"的联程车票，可以根据自己的安排从南边的胡志明市一路到北边的河内，可以在沿途的各个城市上下车，没有时间限制，只需要提前一天确认座位，反向旅行也是一样。

当天夜里，我坐夜车从胡志明市去了芽庄。午夜时分经过一个叫美奈的地方，旅行书上翻译为渭尼，不管叫什么，总之我十分后悔没有将这个美丽的小渔村计划在行程内，以至于我总觉得白去越南了。此生最爱大海和沙漠，而两者交会的地方简直能让我发疯！记得出发前一遍又一遍地用谷歌地图看埃及北部蜿蜒在沙漠边缘的海岸线，心想此生不知何时能到那沙漠尽头去看海，而在美奈就有这样梦寐以求的好风景——左手边是沙丘，右手边不远处就是浪涛拍打的海滩，而头顶上的星星多得像是有人失手打翻了荧光粉的盒子，平坦的公路就在这样的美景中蜿蜒曲折向远方延伸，我真想跳下车去不走了。

一夜无眠，凌晨时分终于带着深深的遗憾睡了过去，等到芽庄时天已经亮了。这一路上都是好风景，芽庄却让我失望了，本以为芽庄是像西哈努克市一样的淳朴小镇，可没曾想到这是一个相当现代的城市，商业化程度之高让我再一次感到失落。越南的天气很奇怪，芽庄和胡志明市一样，天空总是灰蒙蒙的，远没有西哈努克市那种海边湛蓝湛蓝的天。

芽庄的路上行人很少，车子也不多。我一个人在这个海滨城市里溜达，突然听到奇怪的声响，声音震天，而且一阵高过一阵，走着走着突然就看见对面路边气势磅礴的波涛正向这边涌过来，海水裹挟着泥沙汹涌地冲刷着海岸，激起一人多高的浪花，我被吓坏了。在这之前，所有我见到的海滩都是不过一米高的海浪，哪里见过如此磅礴的气势？

这是我第一次对海产生敬畏之心，深感自然力量之伟大。

看了一会儿海，我起身朝 Stone Church 走去。刚走上通往教堂的坡道，就看见气势恢宏的石头大教堂伫立在远处。这天天气不是很好，厚厚的云层，远远看着很有些邪恶古堡的味道，仿佛到了中世纪的欧洲。走近教堂，正好赶上神父在主持婚礼，还有唱诗班在唱诗，天籁般的圣歌既庄重，又让人如沐春风。我听得眼眶湿润，被那神圣的一幕所感动，久久不愿离去。

偶遇一场婚礼

总体来说芽庄还是个很精致的城市，有教堂，有大海，还有很多中国寺庙，同时也同样有法国情调，整个城市给我的色彩印象是黑白灰很分明，估计是天气的原因。没有超出我的期望，不过 Stone Church 为单调的景色加分不少。

从芽庄出发，我坐上了开往会安的巴士。在大巴上，我看到前面一个外国人很面熟，下车了彼此才敢相认，原来是和我在曼谷同住 the riverline 的俄罗斯人 Elie。他离开曼谷之后去了普吉岛，和父母会合之后一起去了柬埔寨，没想到在这儿又碰见了。Elie 见到我很是高兴，相隔一个月，我俩的口语都比之前流利了很多，Elie 也没有那么害羞了。我们一起吃了早餐，然后把背包放在餐馆由他父母照看，我俩则去镇上找住的地方。会安很小，我们在找酒店的时候顺便就把古城区逛完了。

相对于芽庄的城市化，会安显得沉静内敛，也更古朴。整个镇子几乎全部是中式建筑，路两旁随处可见中文的商铺和寺庙，还有中国会馆。虽然不是石板路，但走在古朴的街道上还是感觉像到了周庄或

芽庄隆山寺

是凤凰之类的地方，但是更加淳朴，更加宁静，拍出来的照片就像油画一样明净自然。

会安给我印象最深刻的是那里的月夜。在越南，天空总是被灰蒙蒙的云层所覆盖，很难看到蔚蓝的天，但会安的夜晚却相当奇幻，明晃晃的月亮在夜空中被云朵遮蔽成丝丝缕缕的残片，透过月光竟发现整个镇子好像是在厚厚的云层包裹成的壳里。后来云朵慢慢散开，云层逐渐变得稀薄，月亮终于露出真面目来，薄薄的云彩和周围的夜空绘织成好看的图案，竟有种嫦娥奔月的美感。

夜幕下的会安

因为不想在越南待太久，为赶时间，路上我只在顺化待了半天，不过顺化本也不大。作为越南的三朝古都，最著名的景点当然是老皇城，很有气势，不过已经废弃了，古老的城墙更显沧桑。从这个意义上来说，顺化有点像中国的西安。

从老皇城出来的时候碰见一队退伍军人前来参观，个个胸前挂满了勋章。几个老太太衣着艳丽，整齐地站在队伍里，肃穆庄严的气场彰显着自己的身份和地位,看到我在拍照更加挺直腰杆意气风发了,我毕恭毕敬的同时不免感到有趣。

到了越南首都河内感觉就更像国内了,除了更多的中国元素,河内人连长相都更接近中国人。虽然是首都,但和胡志明市相比,河内显然要保守落后很多。说到和国内比,我倒觉得无论从街道建设,还是交通状况以及城市气质,河内都很像是武汉,不,应该说是10年前的武汉,乱糟糟,闹哄哄,拥挤的街道,川流不息的车辆,嘈杂的人群,还有浓浓的市井气息。不知道是不是因为天冷的原因,整个城市给我的感觉死气沉沉。

河内没有太多时髦的高楼大厦,人们的言行举止以及穿衣打扮也显得保守和沉闷,物质生活比胡志明市要差得远。记得上大学时去过一趟中越边界,对越南的印象仍然停留在法式建筑、湿热的空气、越南米粉以及后来看的电影《红河》中的场景。不过现在是岁末,空气凉爽宜人,夜里甚至有些寒冷,很多河内人甚至穿着棉袄,我心下诧异——再怎样都不至于到穿棉袄的程度啊,我还穿着短衣短裤光脚穿着人字拖呢。大概是因为他们认为自己是北方人吧。

除此之外我对河内并无太多印象,也不是很喜欢,路上遇到一些揽生意的当地人也总让我束手无策。越南人民总是热情过度又方式欠佳,另外治安不好口碑很差。我在胡志明市投宿时旅店老板告诉我在越南要小心一切事情,我也因此养成了时刻保持警戒状态的习惯,总是远离马路以防飞车贼。

总的来说,越南并不是我喜欢的国家,胡志明市不过是另一个广州,河内不过是另一个武汉,会安像周庄,顺化像西安,而芽庄,我找不到合适的城市来形容。

四 | 可爱的老挝人

琅勃拉邦的不快与意外

临近圣诞，我想尽快离开越南，便订了从河内到老挝的机票，于平安夜抵达老挝琅勃拉邦机场。落地后过境非常顺利，然后坐的士找到一家湄公河畔的旅馆。

安顿妥当已经是夜里9点多了，我饿得心慌，走出门去在深夜的街头寻找食物。不过琅勃拉邦是个平安祥和的好地方，即使是在深夜也相当安全。但是找了好几家餐馆都说已经打烊了，想必懒散的老挝人根本不想多花时间和精力来从你身上多赚点钱，也不知道24小时营业是什么概念吧。而且除了忍受饥饿，你可能还会很恼火——当我问是否有食物时，每个人都很大声且毫不掩饰地傻笑，每家餐馆都是如此，直让我怀疑自己问了个超级白痴的问题——也许这个时候找东西吃在他们看来的确很白痴。后来我自己也觉得很好玩，又好气又好笑地冲他们大声说"我真想念中国"！然后在他们的傻笑声中无奈地离去。最后，终于在路边一家商店里买到了一袋饼干。我想，这大概正是老挝人的可爱之处吧。

第二天一早起来，我被外面的景色惊呆了——这里真是太美了！优雅精致的建筑窗明几净，蔚蓝的天空纤云未见，碧空如洗，阳光透过清新的空气照耀着琅勃拉邦半岛，仿佛给这一切都镀上了灿烂的金辉。这座被列入联合国教科文组织世界遗产名录的小城，这座整个东南亚最有品位、最上镜的城市，让我之前对越南的失望一扫而空。无论是泰国，还是柬埔寨，都有自己的风格和特色，但像琅勃拉邦这样可以用精美来形容的，却只此一地。

下榻的客栈

ATM取款机间

  老挝人把街道和旅馆打扫得纤尘不染,而有品位的琅勃拉邦人更是用尽想象把生活过得有声有色:漆成五颜六色的突突车,做工精良的手工艺品,小巧精致的银行ATM间,让人以为身在一座艺术之都。对待ATM间尚且如此,更不要说琅勃拉邦人的住宅和其他建筑了,整个小城都给人色彩鲜明的视觉体验,就连路边的指示牌都无处不散发着艺术气息。

四　可爱的老挝人 / 113

琅勃拉邦还有个大市场，售卖着各式各样精美的手工艺品，不管是做工还是图案设计还有色彩搭配，都有着独特的品位，同时又不失民族特色，让人有强烈的购物欲望。不过想想20公斤重的背包，我还是咬咬牙忍住了。

没有人挤人、灰蒙蒙的大城市，没有强行推销的小贩和商铺，这是我在东南亚旅行中感觉最放松的城市。如果你在老挝人的店铺和摊位上买东西，你常常会找不着人，因为懒散的老挝人不知道跑到哪里闲逛或是休息去了。

关于老挝人的懒散，旅行书上有段恰如其分而又不失幽默的描述——如果你遇到过老挝、泰国和越南的突突车司机，泰国的司机会经过一家丝绸店把你带到目的地，越南的司机则对你所在国家的习俗评头论足，而你则很可能颇费一番工夫才能找到老挝的司机，叫醒他，然后呢，还要劝他干点活。

不过老挝人懒散归懒散，做起买卖来可一点不含糊，也不乏精明，好几次我都差点被忽悠上当。最常用的伎俩是找零的时候少给钱，尤其是英语不太灵光的人可能会怀疑自己听错了价钱或是计算错误而稀里糊涂付了款，如果你坚持自己的意见，他们就会装糊涂说是算错了。相比之下泰国人和柬埔寨人则要厚道多了。

由于没有预订，在旅馆住到第五天的时候没有房间了，我只得另寻住处。但是在结算的时候，发生了一件让人十分不愉快的事。付款时我让店伙计算一下一共多少钱，他告诉我说6天一共是48万老币（大概400块人民币），可我是圣诞节住进来的，一共是5天才对，伙计非说是6天，我只好在纸上一天天写下所住的日子让他计算，伙计掰着手指头数了很久终于承认是5天。我本来觉得好笑，这么简单的数学计算都不会，但他仍要我付48万时我终于怒了，为什么6天48万，

5天也是48万？他却说6天按每天8万收费，5天的话则是按10万收费，还有2万的优惠。可是我入住时可没人跟我说过这回事，而且我记得清清楚楚，当初另外一个伙计告诉我的就是每天8万，不会有错，但他一口咬定是10万每天，从来没有过8万的价格，边说边把手指捏得咯咯响，一脸蛮横地想要威胁我。对于他的威胁我倒没放在心上，但我看他坚信不疑的样子，有点怀疑是不是自己真的听错了或是记错了，想让他打电话给那个伙计确认一下，但又一想，他们也可能仗着我听不懂老挝话而串通一气，我是没有胜算的。算了，在人家的地盘，我不照他说的付钱他是不会罢休的。乖乖付了48万。

也许之前从泰国一路过来都太顺利了，我以为东南亚人民都一样友好，没想到老挝人这么执拗。后来看旅行书时才知道我犯了个大忌，那就是要注意给老挝人面子，千万不可跟老挝人发生争执。好在接下来我又找到一家不错的旅馆，才没有让不快的事件影响到我的心情，不然可真是不划算。

老挝的清晨是从布施开始的。信徒们一早就准备好米饭，沿街跪坐在路边，静静等待僧侣的到来。天空黑黑的，路边未开张的比萨店里，温暖的灯光透过窗户洒出来，映出店员工作的身影。六点左右，僧人们排着队从寺庙里走出来，沿街化缘，信徒们虔诚地从篮子里拿出饭团，依次布施给经过的僧人。清晨的琅勃拉邦寒意逼人，僧人们却仍然只光着脚穿一袭露肩的袈裟。在这个以佛教为主要宗教信仰的国家，晨间布施持续了近千年，即便在战火纷争的岁月里也不曾停止过。

琅勃拉邦是老挝的佛教中心，我租了单车在这"L"形的半岛上闲逛，把那些拥有着神奇文化底蕴的寺庙尽收眼中。有西方人懒懒地坐在寺庙外的长椅上晒太阳，有时举起相机拍路过的行人，偶有行人也在对面拍照，彼此便被对方的相机收入底片。也有妇女在晨光中虔诚地祷告。

南康江上的木桥

走进一间寺院，几位身着橙色袈裟的僧人正坐在院子里，用老挝话聊着佛经。一只全身黝黑的猫咪从旁边的草丛里跳出来，警觉地这里嗅嗅那里嗅嗅，向着僧人的方向踱步而来，最终在一位僧人的脚边卧下，满足地打着呼噜，似乎终于找到了它的灵魂归宿。

南康江上有一座木头和竹竿搭起的桥，一直通向对岸的密林和耕地，有个僧人正走在空旷的桥中间，远远望去，阳光下那一抹橙色煞是耀眼，仿佛茫茫宇宙中的一点亮光。

岛上几乎没有汽车，只偶尔经过几辆突突车。路边有棵树，中间的树皮凹进去了一块，形成一个小小的树洞，而吸引我注意的却是树洞里的蓝色物体。走近了查看，原来不知是谁放了一块猫头鹰图案的彩色橡皮在里面，正与树洞相得益彰。我不禁感叹这于细微处的美好。

骑车到小岛尽头，正遇上一场"小型车祸"，原来是两个八九岁的女孩骑着一辆单车摔倒了。其中一个女孩摔得几乎要哭出来，却一声不吭地站起身，拾起掉落在地上的东西重新放置好，拍拍屁股重又坐上单车，另一个女孩载着她，骑着单车又出发了。

小城依山傍水，气候宜人，我骑着单车行驶在岛上，想起了电影《邮差》中的情景：宁静的海岛，骑着单车在路上奔波的邮差，平凡而感人的故事，这种富有异域气息的怀旧画面真是我的心头好，真心喜欢这明媚的调调。

相比于琅勃拉邦，首都万象不过是另一个北京或上海，风景相似的万荣则有更多的年轻人、更多的 party 和夜生活，却已然对我没了吸引力。在琅勃拉邦的日子是悠闲的，静静流淌着的湄公河和南康江，几百年如一日默然屹立在这如画般风景中的寺庙，加上老挝人的散漫，让人感觉时间像是静止了一般美好。

在琅勃拉邦的最后一天，我正在一家餐厅吃午饭，突然门外一张熟悉的面孔映入眼帘——天啊，这不是在欧特斯海滩认识的南美人 Adrien 吗？！他不是在西哈努克市的海边打工吗？怎么跑到这儿来了？看到我，Adrien 的脸上也写满了意外和惊喜，原来 Adrien 结束了他在柬埔寨的工作和旅行，从柬老边境进入老挝，又从万象一路旅行至此，在这里的一家酒店找了份打工换住宿的工作。我这才注意到他

宁静的琅勃拉邦

四　可爱的老挝人

手上拿的一沓卡片，原来他正在四处散发酒店每晚举办的 party 的宣传页。Adrien 邀请我去参加他们的 party，并对我说：

"你可以在游泳池里游泳，整个晚上都可以跳舞。"

"像莎莎舞之夜那样吗？"

"没错！"

"可是我仍然只能在海里游泳。"我和他开了个玩笑，言下之意，我仍然没学会游泳，只能在浮力较大的海里游。

两个人大笑着，仿佛又回到了浮游生物夜和莎莎舞之夜。我告诉 Adrien 我马上就要走了，很遗憾无法参加他们的 party。Adrien 也感到很遗憾，只好祝我旅途顺利。

虽然之后都没有再遇到 Adrien，但在告别时，Adrien 仍然用坚定的眼神看着我对我说，他相信我们以后还会再见面的。是啊，这一路又何尝不是在上演与人重逢的戏码，德国的 Mark，法国的 Maris，俄罗斯的 Elie，现在是 Adrien。

我又想起了在西哈努克市的日子，我客串酒保的那间旅馆的伙计还记得我吗？Monica 的 Sunshine Cafe 还常常举办 party 吗？欧特斯海滩还是那样美丽宁静吗？夜里依然可以看到浮游生物吗？都不重要了，也许有一天，我还会在西哈努克市的海边嬉戏。

我相信，有缘，定会相逢。

五 | 重返泰国

开往清迈的巴士

除夕之夜,我坐上了琅勃拉邦开往柬泰边境的大巴,在夜色笼罩下无边的原始丛林里穿行颠簸。都说老挝路况不好,果不其然,尽管车开得非常慢,碎石遍布的土路还是把人颠个半死。觉是睡不成了,我索性起来看风景。窗外黑压压的全是参天的树木,间或路过一个个小村庄,用吊在树梢的电棒做路灯,很是稀奇。

跟车的年轻伙计们精力充沛,带了把吉他上车,一路上都在用很大的音量播放悲伤的爱情歌曲,并且边弹边唱,唱到动情处还不忘吹把口哨交谈一番,也不管车上的乘客是否睡觉。可能这也是他们提神的方式吧,不过对于睡不着觉的我来说却是再好不过。其中有个小伙子唱得最大声,也唱得最好,那些情歌伤感而悲壮,时而婉转时而高亢,而他每一个音准都唱得分毫不差。都说老挝文化处处受泰国影响,我觉得这些歌曲比泰国的还要好听,丝毫不亚于亚洲顶级流行歌曲的水准。真后悔没在老挝买张光盘来收藏。

可能是因为在这样的场景和气氛中吧,我甚至觉得那个小伙子的歌声比原唱还要有张力,感情表现得十分到位。我被这混杂了鼾声、谈笑声、发动机声的歌声深深打动了,心里翻涌着深深的感动。回首,陈年往事不禁涌上心头,内心却是清朗明了。想起从胡志明市到芽庄那段经历,车窗外一米之外就是万丈悬崖,下面翻腾着汹涌的海水,一个偏差就是粉身碎骨,而经过了那段惊险刺激的旅程之后看到美奈摄人心魄的壮丽美景,当时觉得真是什么爱恨情仇都可以忘记了。

如果说越南那一段景色可以让人忘记一切，那么老挝南部的这段旅程则是让我活回了自己。这么多年了，内心从来没有像此时这样宁静、充实，仿佛又回到了最初的那个我，敏感、丰盛、没有束缚，完全的本真。

窗外繁星点点，银河悬挂夜空，车内欢声笑语，旋律优美动听，青春无限美好，也许很多年后，这些小伙子也会怀念在深夜的巴士上曾放声高歌的那些时光吧。

第二天早上，巴士抵达老挝会晒口岸，之后坐突突车到位于湄公河畔的边境处，对岸就是泰国。办理离境手续后，又坐渡船到河对岸的清孔口岸办理入境手续，又一次到了泰国。

进入清孔，本打算坐中午开往清迈的巴士，可当我和同行的两个老外赶到车站时已经没有票了，而下一班车只能到第二天。我们都不想在这个破破烂烂的地方多做停留，就买了去清莱的车票，打算在那边过夜。清莱是个类似于清迈的小城，街上不时可以看见各个国家的背包客，只是没有清迈名气大，也不如清迈历史悠久。新年第一天，夜里还有人在路边放孔明灯。

在清莱的第二日，我坐上了去清迈的巴士。上车的时候有个亚洲人模样的中年男人，挤来挤去不想排队的样子，穿一身脏兮兮的西装，不时跟旁边一位泰国女人嘀咕几句，很是让人反感。

巴士是双层的，我被安排坐在下面一层，大家像开圆桌会议一样围着一圈沙发而坐，我还是第一次坐这样的车。没想到那名中年男子就坐在我旁边，而且用中文主动和我搭起了话。

"你是哪里人？"他问。

"中国人。"

"中国哪里的？"他审问般的傲慢语气让人十分不快。

"河南。"我也冷冰冰地回答。

"我也是河南的。你河南哪里的？"仍然让人不快。

"郑州。"

"我知道你郑州的，郑州哪儿的？"我不知道哪里得罪了他使得他如此不耐烦。

"就是郑州市的。"我强压住怒火告诉他。

他继续傲慢无礼地说："郑州地方多了，你是哪个区的？"

我真希望汽车此时就到站，但还是耐着性子告诉他在某某路。

我原以为他对郑州很熟悉，结果他一脸茫然地想了半天。出于礼貌，我还是问了他是河南哪里的。他掏出了护照给我看，然后以一种很不屑的语气说："你看看是哪儿的？"

可护照上只显示省份，我告诉他，护照上并没有更加详细的内容。

他很生气地说，怎么会没有呢，写得清清楚楚。

我退还了护照让他自己看，谁知他看了之后指着河南二字对我大吼："这不是写着的吗，啊？这不是写着的吗？怎么能说没有呢？写得清清楚楚！"

此时，我已经懒得搭理他了，便闭口不再作声。

过没多久，那人又掏出身份证非要给我看，并且大声地说："这上面不是清清楚楚写着的吗，中牟！中牟你都不知道啊，还说自己是郑州人。"

我一看，他身份证上写着中牟县XX乡XX村X大队。此人让我发自内心地感到厌恶，我揶揄他说，还真不知道，我就知道郑州市的情况。

那人碰了一鼻子灰又不甘心，就吹起了他在泰国开的碳化工厂，我有一搭没一搭地应着，并不接话。他又问我：

"你来泰国干吗?"

"玩儿。"

他一愣,问:"一个人?"

我答是。

他一脸不可思议的样子,说:"你一个人?你会泰语?怎么交流?"

我告诉他现在都国际接轨了,懂英语就够了。

他又愣了愣,自言自语地说他是不懂外语。然后就和那个泰国女人聊了起来。

本以为泰国女人是他请的导游或是翻译,从他们的对话中我才知道,他们只是在清莱遇到的,正好都要去清迈,泰国女人因为在台湾待过所以会说几句中国话,才跟他一起帮他买票。

我正庆幸可以不用跟他说话了,可他又用那种命令的语气对我说:"你出来干吗呀,这是第一次来泰国?你一个女孩子家自己出来干吗?"

这时我的怒气已经消散了,于是轻描淡写地说一句:"第二次入境泰国了,东南亚走了一圈,刚回这儿。"

他一听再次愣住,好像不太相信,我也没理他。

过了一会儿,他继续自言自语:"我去了7个国家了,新加坡你去过吗?我刚从那边回来。"

"没去过,新加坡有什么好去的,不过是另一个北京或是深圳。"

他也不理我,又重复一句:"我刚从新加坡回来。"然后拿出一个本子指着上面的一个英文名字给我看,问我认不认识那个人,我说我不认识。他惊讶地说:

"你不认识?"

我断定此人脑子有问题,又好气又好笑地说:"泰国人民那么多,我怎么可能都认识呢?"

之后,他又东拉西扯地说起他的生意和旅行的经历来,但无论他说什么,我都闭着眼睛假装休息,不再回答。

下了车,那个泰国女人飞也似的跑开了,想必也是受够了那个男人才弃之不顾。那人看我气定神闲地背上背包准备走,怯怯地问我在这儿有没有熟人,我如实告诉他说没有。他又问,那你住哪儿?我说,找呗。说完头也不回地走了。

狭隘的演员即使走遍世界,看到的也依然只有自己,大概说的就是这样的人。

摆脱了中年男子,我终于轻松地呼出一口气,背着背包沿街找起旅馆来。

same same 是在背包客之间很流行的一句口头禅,不晓得地道的翻译是"一样一样"还是"彼此彼此",大概是这个意思。清迈有一家位置很好的旅馆也叫 Same Same,是一家很有特色的旅馆。一楼大厅的公共休息区装修风格很像宜家,二楼小休息区有一张吊床和一个大大的吊篮,此外还到处充斥着涂鸦文化,加之这家旅店的名字本身就很有意思,墙上很多背包客的留言都与店名形成有趣的呼应,比如:Life is aways same same but different. 此外,由于泰国的色情业很发达,旅馆里是可以带妓女或是人妖入住的,于是便有背包客写了:Bring lady – 500b(泰铢), Bring ladyboy – 100b.Same Same but cheaper. 只能说,世界各地的背包客们都太有才了!

清迈也是一个适合静静待的地方。街头永远不乏刚刚抵达或正要离开的背包客,路边随处可见各种酒吧和露天咖啡厅,三三两两的老外坐着乘凉聊天。小城有很多古老优美的建筑,比琅勃拉邦现代气氛浓一些,也要热闹一些,生活和人文气息都更强一些。

最近两天去曼谷的汽车票已全部发售完,我只得订了两天后的票。闲来无事,我和旅馆里几个老外一起去了丛林里徒步。

Julie是个40多岁的美国人,现居荷兰,一头爆炸黑发,烈焰红唇,言语间不时有"我男朋友"这样的字眼出现,很是洒脱,因此给我留下了深刻的印象。其他几个都是年轻人,不知是哪个国家的。

导游带着我们乘车抵达丛林深处,在一座象园前停了下来。象园的工作人员牵来几头大象,安排好座位让我们坐了上去。我被安排和Julie共乘一头,那是所有大象中最大的一只,足有三米高,铁质的双人座位就被牢牢固定在大象的背上,驯象人跟在大象身边。这可不比坐花轿,颠簸得很,一个不留神就有可能摔下去,而且有时大象也会淘个气,要么停下撒尿,要么跑到旁边的崎岖山路去,再不就是把鼻子从头顶伸到你面前喷气跟你要香蕉吃,喷出的气息又臭又热。我和Julie紧紧地抓住座位上的护栏,生怕掉了下去。

一个小时以后,大象在一个休息处停了下来,驯象人示意我们从高高的台子上下来,然后继续跟着导游徒步。

热带树木的叶子比电脑屏幕还要大,生意盎然的树木直冲天际,茂密的丛林无边无际,丛林里有溪水潺潺地流动。导游带着我们攀过岩石,走过独木桥,来到一条二十米宽的河边。河上有两条钢索和对岸相连,钢索上吊着一个铁质的笼子,导游让我们两人一组走进铁笼,然后和对岸接应的人徒手拉动钢索,笼子便顺着钢索从河水上方悬空滑过。我仍旧和Julie一起被关在笼子里,惊险刺激,如同身处"空中监狱"。

从"空中监狱"抵达对岸,导游继续带着我们在热带丛林里穿行。两个小时后,我们到达了密林深处的瀑布,此时已是正午,导游拿出用香蕉叶包裹的炒河粉给我们吃,算是午餐。

清迈徒步

稍作休息，我们继续出发了。沿着和来时路相反的方向走，导游把我们带到了另一条河边。这条河比"空中监狱"下面那一条更窄，水流也更加湍急，我们穿着救生衣坐在橡皮筏里，每人拿一只船桨，在冰冷的水中划着。掌船的伙计很捣蛋，常常把筏子掉个头让我们倒着走，橡皮筏时时在石头上搁浅。从橡皮筏上下来时，大家浑身湿了个透。

傍晚时分，我们路过一个村子。村落里炊烟四起，孩子们在村口用长长的树干搭起的大秋千上玩耍，一群鸭子在鸭妈妈的引领下正往村里走去。好一派原始乡村的风景。

从村子里出来，导游又带我们去了一个植物园，然后去了长颈部落，部落里的女人脖子上都套着一圈又一圈的铁环，把脖子拉得很长，很像国内的某个少数民族。参观完后，一天的徒步活动就算是结束了。

回到旅馆，正赶上附近每周一次的小吃夜市，我去享受了一顿饕餮盛宴，像是回到了考山路。泰国食物永远值得一尝。

第二天，我在街道中穿行，在烈日下暴走，中午时分来到古城墙北城门处。古城墙外是护城河，护城河里的鱼又多又大，撒一把鱼食下去竟然像沸腾的热水一样。河边城门处有个小广场，上百只鸽子在这里，贴着游客的头顶飞来飞去，等待游客的食粮，也不怕人。

清迈大概有200来座寺庙，有几座非常出名，每天都有外国游客和当地居民去拜佛。傍晚路过一座小小的寺庙，我见里面空无一人，便走了进去。庙堂里似乎并不像长久没有人来过的样子，看上去应该经常有人在这里拜佛。庙堂一角有一台自动投币求签机，还是中英泰三语的，出于好奇，我投了硬币进去，机器吐出一张白色的纸来，上面写道：

"凡事朦胧，支理分明……人在其中，诸事宜成。求财有讼凶，病人安行人到。"

清迈寺庙

梦回曼谷

我是在睡梦中又一次抵达曼谷的。

在从清迈到曼谷的夜间巴士上，我做梦梦到坐飞机不知道是去马来西亚还是哪里，上了飞机空姐告诉大家航班延误了，让我们换下一班，我还记得我带的中国特产之类的摆了一地。飞机上闹哄哄的，然后我就醒了。原来已经到考山路了，车上好心的老外见我丝毫没有醒来的迹象，把我叫醒了。车窗外黑乎乎的，天还没有亮。

一下车，熟悉的街道，熟悉的气息，熟悉的嘈杂声，熟悉的热浪，甚至连下车的地点都和初来曼谷那天一模一样，一抬眼看到的还是 New Joy 那个蓝色灯箱。曼谷，我回来了！

据说马来西亚有过境签，飞机停经马来西亚可以有五天的停留时间，我便早早买了曼谷到槟城的机票，计划在槟城待几天，然后去吉隆坡这个东南亚交通最发达的城市。从吉隆坡无论去哪里，都很容易买到机票。我打算到了马来西亚再决定下一个目的地。漂泊在外，我已爱上了没有目的地和预设的流浪生活，行程更加随心所动，就看看漫无目的会发生什么。

走到路对面那家曾无数次路过的印度餐厅，我卸下背包，在门外的木桌前坐下，准备等天亮旅行社开门了先买张去机场的车票，然后再逛逛考山路。

印度餐厅的伙计们仍在忙活，不知是整夜未眠还是刚刚开张。附近的餐厅大多如此，虽然 6 点不到，但喧嚣劲儿却不输白天，路上仍不时走过几个背包客，还有刚从酒吧里走出来的醉醺醺的顾客。对面的 pub 估计是刚散场，门口聚集着一群红男绿女，有说有笑好不热闹，还有老外谈好了价钱，兴高采烈带着一个泰国女人走了，在街角处还不忘牵起女人的手深情一吻。

印度餐厅里传来缠绵悱恻的泰国歌曲，伙计们坐在我旁边喝着早上的第一杯啤酒，我感受着这熟悉的一切，回想起两个月前第一次到曼谷时的情形和这一路的感触，不知怎的，竟泪如雨下。

天渐渐亮了起来，有旅行社开了门，我买过车票去了临江广场，一大早就有背包客在那里坐着欣赏江景。草地上有只乌鸦，蹦蹦跳跳，很是惬意。7点钟，我又去了 the riverline，旅馆里全是友好但陌生的面孔，男老板依旧在门后的石阶上吃着手抓饭，老板娘还在格子间里忙碌，日本大叔也已经走了。我在那里洗漱一番，吃了一份西式早餐。

9点50分，我来到考山路路口的警察局门前，我和玉珍约定10点钟在此见面。可左等右等却不见她的踪影，眼看10点钟就要到了，我因为要赶10点的机场巴士就没有再等下去。可能她有什么事情耽搁了吧，我想。必须得走了。

去机场的路上又是影像倒带。两个月前，我对未知的旅途懵懂无知，偶尔夹杂一丝恐慌，两个月后，我走过泰国、柬埔寨、越南、老挝，已是有些经验了的背包客，表情安宁，内心丰盛，可能路上的感触太多，走了这四个国家竟有种走过一生的错觉。时光倒流，我曾在这同一条路上抵达、离去，出发、再出发，一切都仿佛做了一场梦，奇妙而动人，梦幻又真实。

一本旅行书里是这样描述泰国的："许多游客将泰国作为数周、数月甚至数年东南亚之行的起点，这里可能是你进行东南亚启蒙教育再合适不过的地方了。但必须提出的警告是：你可以将整个身心投入

在这个微笑的国度中,爱上这里的人们,但曾经的那个你已经不复存在。这是件好事吗?"

可这不正是我想要的吗?我的确是将整个身心投入在了这个友好而温情的地方,我爱这里的人,爱这里的景色,我也早已忘记两个月前迷茫脆弱的自己,但我知道,我还是最本真的我,只是,有些东西变了。就好像有人说,人长大了以后很多想法会变,但本质的东西不会变。

我还是那个我。真好。

提前三个小时来到机场,我拿着打印好的机票确认单和护照一起办理登机手续,没想到亚航的工作人员竟然跟我要马来西亚的签证。我告诉他们到马来西亚可以申请过境签,但是工作人员说过境签只能在吉隆坡机场办理,槟城机场无法申请。亚航工作人员让我稍等片刻,待他们请示槟城机场移民局那边看能不能给我个特签。

亚航因为是廉价航空,为了降低成本,所有异地沟通均为 e-mail,所以我这一等就是一个多钟头。眼看着离飞机起飞时间越来越近,我心急如焚,在候机厅里兜起了圈子,完全忘记了背包还在登机柜台。

就在我低头摆弄手机之际,刚才帮我咨询的工作人员跑来问我是不是把背包弄丢了,我扭头一看,真的不见了!她让我赶紧去失物招领处认领。

失物招领处的工作人员是一个懒洋洋的小伙子,心不在焉地问我背包是什么颜色、内装什么物品等诸如此类的问题,然后说了句:

"任何时候都不要离开你的行李,任何时候。"

泰国人的英文口音实在是不敢恭维,我一时没听明白,瞪着一双迷茫的眼睛望着他。他又心不在焉地说:

"如果你的背包被人塞进了什么不该有的东西,警察会把你带到警局的,你想去警局吗?如果不想的话就看好你的包。"

这下我全明白了,出于打击毒品走私犯罪的目的,曼谷机场要求所有乘客随身携带自己的行李物品,以防不法之徒将违禁品通过他人进行转移。

正说着,不远处走来两个警察,每人牵一只油黑发亮的警犬,后面跟着一个推着行李车的机场人员,行李车上正是我的背包。

警察问我:"这个背包是不是你的?"

我说是,想了想又说:"但我不知道背包里是不是有什么不属于我的危险品,不如请你的狗长官来检查一下。"说着对他的警犬像模像样地说:"你好,可以请你帮我检查一下我的背包吗?"

谁知那狗看都没看我一眼,警察却被我逗乐了,很快把包给了我,哈哈大笑着走开了。我想,反正该说的我都说了,如果真出什么事的话就怨不得我了,我有证人的。

回到柜台处,我得知了最不想要的结果:槟城那边无法办理过境签,而自2010年8月起马来西亚机场就撤回了所有的落地签柜台。也就是说,没有马来西亚签证我就去不了槟城,而申请过境签必须飞吉隆坡，我又不想为了申请马来西亚签证而在曼谷多待几天。怎么办？最后终于狠狠心，买了两个小时后曼谷飞吉隆坡的机票，放弃了槟城的机票和行程。但我已别无选择。

上了飞机，心里才稍稍平静些，而马来西亚的空姐更是让我转忧为乐：那个空姐实在是太欢乐了！在此之前，我所见过的各国空姐都是中规中矩的端庄打扮，但唯有此空姐，一头凌乱的外翻卷发，每一个发卷都是挑染的亮黄色，涂着大红色唇膏，表情相当丰富夸张，给人感觉很喜庆，加之语速极快，她播报的英文我一句也没听懂，而她加速版的马来语听起来也相当好笑，我想笑又不敢笑，暗自憋着。

终于等到她播报完毕，我呼出一口气，准备尝一尝飞机上发的小零食。零食是中国制造，有一款叫作"幸运曲奇"的饼干很美味，和我那件黑色T恤上写的一模一样：Fortune Cookie，里面还有一个小字条，上面写着：

Reward yourself. Take a break.

六 | 马来西亚，想说爱你不容易

吉隆坡唐人街

飞机抵达吉隆坡机场时已入夜。下了飞机，我直奔机场移民处柜台办理过境签，倒也顺利，除了护照什么都没要，5分钟后就拿到了入境章，海关过境时更是什么手续也不用。取行李，出机场，坐机场巴士去了唐人街。

沿着唐人街附近找旅馆，无意间来到手里旅行书上推荐的一家青年旅馆，就走了进去。前台接待是一个丰乳肥臀的变性人，说话能听出来是男声，可能是因为自己身份的原因，对人很冷漠，说话交流都没有表情。由于我没有预订，旅馆已没有房间，只剩下多人间的床位，我便要了一个床位住下。因为一来天色已晚，我不想在夜里背着大背包再去另找一家旅馆，二来我还从没有住过多人间，心里多少是有些好奇的。

打开房间的门，屋里黑黑的，我摸索着开了灯，突然听到翻身的声音，这才发现有人已经在床上睡着，却被灯光照醒了。我赶紧边说"Sorry"边把灯关掉，在黑暗中轻手轻脚地搁下背包，背上随身的小包，带上门走出去，打算到唐人街找点东西吃。

深夜的唐人街依然热闹，各种商店和饭馆都还开着门招揽着顾客，各色行人或匆匆而过，或神情萧索地站在街头，露出胳膊上的文身，或有餐馆老板赤膊坐在店门口。我走在唐人街上，感觉像是来到了黑帮片里的场景——没错，就是让我瞬间想到黑帮电影。

我在一家餐馆停下，走进去要了一份炒米粉。吃饭的当儿，两个当地华人跟我搭讪，得知我是中国人，一直拉着我说个不停，非要请我喝茶吃饭，拦都拦不住。钱不多但我很介意，因为我不喜欢在钱的问题上和人有纠葛。但接下来，他们问我姓名地址和联系方式却让我直起疑心，甚至非要和我一起拍照。我猜测着这两人的身份，心想他们会不会是骗子，于是给他们留了假信息，也不知道他们究竟想要干什么。匆匆吃完饭，我推脱有事赶紧离开了，那两个人还热情地要跟我握手，都被我婉言拒绝了。

回旅馆的路上，我还在想着刚才那两个来路不明的华人，庆幸摆脱他们之余也在想，会不会是我多想了，他们只是友好地对待华人罢了。不管怎样，出门在外，小心一点总是没错。

回到旅馆，躺在多人间的床位上，听着此起彼伏的鼾声，不一会儿就睡着了。

第二天一早起来，我打开电脑研究亚洲地图，心里盘算着下一站要去哪里。目光无意间掠过斯里兰卡，这是印度次大陆最南端的国家，而泪滴状的海岛更是被称作"印度洋的眼泪"。我不由得对这个国家心生好感，决定下一站就是它了，抵达斯里兰卡之后再一路向西走，直到非洲。我打开亚航网站，买了三天后从吉隆坡到科伦坡的机票。科伦坡机场可以申请到30天免签证，所以不必担心签证的问题。订好机票，心定了很多，我关掉电脑打算出去逛一逛这座城市。

可能是因为我对那个接待处的变性人很尊重，言语之间也是礼貌有加，所以"她"对我还算和气，告诉了我很多有用的信息，路过接待处时还告诉我有单人间空出来，问我要不要住进去。我谢过"她"，把行李搬到单人间。房间很小，只能放一张小床和一桌一椅，公共卫生间，条件很是简陋，不过还算干净，通风比较好。

走出旅馆，穿过唐人街，白天的吉隆坡让我大为惊叹！虽说之前的东南亚四国都和中国有很大不同，但无非是人的肤色更黑一点，有些地方更贫穷落后一点，穿着打扮也不过是几年前或是几十年前的中国罢了，像曼谷和胡志明这种地方更是接近国内城市，并没有觉得有太大不同。但到了马来西亚则完全不一样，有穿穆斯林白袍子戴白色小圆帽的，有穿鲜艳的印度莎丽的，也有妇女从头到脚黑衣裹身只露两只眼睛的，像是来到了各种信徒的聚集地，而混乱的交通和嘈杂的人群又使得这个城市显得有些杂乱无章，这些都给了我相当不小的文化冲击。然而在这个仿佛随时可能有黑帮大佬从人群中冲杀出来、乱哄哄的让人瞬间淹没在车水马龙中的地方，我却有种很自由的感觉，让人觉得似乎做什么都没有人来干涉，可能是因为这里不同的文化太多了，差异太大，甚至每一个人都很不同。想必这就是多元文化所带来的结果吧。

唐人街附近有一个造型颇为漂亮的印度寺庙，我脱了鞋进去坐了坐，想象自己徜徉在印度的寺庙里。马来西亚有很多教堂，也有很多寺庙和清真寺，总之，这的确是一个包容开放的国度，各种宗教都能在这里找到。街上的建筑也常常融合了各种宗教风格，我穿梭在马来西亚国家清真寺、占米大教堂、旗杆高耸的独立广场、充满异域风情的老火车站以及小印度街之间，当然，也去了双子塔参观这座曾经的世界第一高楼。

小印度街吸引我去完全是因为它的名字，无论是不是去印度，这个地方都算是一个很好的过渡。小印度街是唐人街之外另一个亚裔民族聚集地，其实是一个大市场，里面卖衣服的、卖饰品的、卖吃的喝的，应有尽有，各种头巾、莎丽五颜六色，有各种稀奇古怪的东西，相当于印度人的唐人街。

拿着很大一张吉隆坡地图，我几乎暴走了一天。可能是因为宗教原因，马来西亚的火车和轻轨有女士专用车厢。我坐轻轨回旅馆后累得倒在床上，想着被迫放弃的槟城，心里仍然很不是滋味。但是又想想激动人心的斯里兰卡，终于如释重负，沉沉睡了过去。

吉隆坡双子塔

不知道为什么，以前马来西亚在我的想象中一直是个异域风情浓郁、民风淳朴，甚至有些刀耕火种的原始国度，在这里待了几天发现根本不是那回事，不过也可能是因为我一直在首都的缘故。吉隆坡高楼林立，现代化气息很重，而且，治安不怎么好，这点从我在唐人街的遭遇可见一斑。

我在独立广场的时候也遇到了行骗者，他们要我捐款给红十字会，因为旅行书上有这个提示，所以我按照书上内容一律答复：我只把钱捐给慈善组织的官方机构。所以并未上过当。后来在双子塔问路的时候，有位会讲中文的当地妇女得知我一个人在旅行，很是诧异地说，你敢一个人在这里玩啊？言语中无不透露出马来西亚的危险和混乱。好在我只是在此过境，马上就离开了。

也许是唐人街有太多的中国面孔，也许是觉得即将去另一块大陆，也不知道为什么我突然想起父母来，自己离家这么久不知道他们发现了没有，他们过得还好么？想到这里，我心里有些不安和烦躁。思考了很久，决定写一封信给父母，如实告诉他们我的行踪和内心的想法。想必这会给他们带来不小的冲击吧？可事到如今，我也没有别的选择。于是给父母写了一封长信，发了国际邮件给他们。

由于要乘坐的是早上6点多离开吉隆坡的飞机，我不想凌晨起来折腾，就在前一天夜里去了机场，准备在候机室里过夜等待。在这里，我去南亚的决心一度曾有那么一点动摇。

不过既已到此，也容不得我多想了，到斯里兰卡再说吧，也许在那里我还可以适应一段时间。

凌晨4点钟，我拿着护照和机票开始办理登机手续。马来西亚当地时间早上6:20，我在匆匆路过之后，终于离开了这个想说爱你不容易的国度，飞向印度洋的眼泪——美丽的斯里兰卡。

七 | 美丽的斯里兰卡

初到斯里兰卡古怪见闻录

出发去东南亚之前我做了大量的功课和准备，而且这几个国家相距不远，文化习俗多少还是相似的，中国人也很多。但对斯里兰卡我是一点都不了解。没有攻略，没有计划，就连刚在旧书店买的二手旅行指南都是英文的。飞去另外一块大陆，说心里没有不安是假的，所谓明知山有虎偏向虎山行，真正的冒险现在才刚刚开始。

之前在订机票时我发现，从曼谷飞马来西亚是2个小时，而从马来西亚飞斯里兰卡居然只要1个多小时，打开谷歌地图来看，后者距离明显比前者要长很多，我百思不得其解。后来坐上飞机后我终于想起来是时差的原因。马来西亚是北京时间，而斯里兰卡比北京时间要晚2.5个小时，也就是说，当国内的人们早上起床时，斯里兰卡人应该还在呼呼大睡才对。

我心里算计着时差，不知不觉在飞机上睡了过去。

当我在频繁的超重和失重中惊醒时，发现窗外狂风大作雷电交加，一道道闪电划过印度洋上空，飞机受气流影响颠簸得很厉害，周围的惊呼声此起彼伏。坐了这么多次飞机，这是第一次在大洋上面飞行，如此惊险刺激还是头一次，我算是见识海洋上空的气流了。

经历了3.5小时的激荡飞行，飞机开始在空中盘旋着寻找机场和跑道。从机窗上向下望去，长长的海岸线翻滚着白色的浪花，一浪接一浪，很是壮观。下面那条紧挨海岸线的笔直道路很像科伦坡的高尔路，我异想天开地想，让机长把我空投下去算了。

落地入境很顺利，30 天停留期免签证，手续十分简单。

一出机场就有很多人拉住我问要不要坐出租车，因为对斯里兰卡机场不熟悉，旅行指南也才看了一点点，完全不知道东南西北，就找了辆出租车谈好价钱去科伦坡市区。原来斯里兰卡国际机场是在科伦坡以北大概 70 公里处一个叫 Katunayake 的地方，离 Negombo 更近。

斯里兰卡旧称锡兰，在僧伽罗语中意为"乐土"或是"光明富庶的土地"，也有"佛祖的眼泪"之称。和大多数亚洲国家一样，斯里兰卡也是个宗教信仰多元化的国度，以佛教徒居多，市区散布着许多寺庙。和所有南亚国家一样，作为神灵一般的存在，牛是可以无忧无虑满大街走的，因此路上满是牛粪，牛儿自由自在地四处走动。

一路上到处是穿着传统莎丽的斯里兰卡妇女，还有牛车在大马路上行驶，以及荷枪实弹的士兵，着实把我吓了一跳，以为这里局势仍旧动荡不稳。问了司机才知道，猛虎组织已经被消灭了，现在政局稳定，路上的士兵只是维持治安，枪械什么的也都是官方正常装备罢了。不过在路上亲眼看到扛 56 式步枪的大兵感觉总是很酷的。

我的司机是个性格急躁的中年人，遇到堵车或是有人超车他就会边急踩刹车边掌心向上伸出右手，我猜意思大概是：你搞什么？这个动作让我觉得又古怪又搞笑。

汽车在蓝色海洋边的公路上一路飞驰，45 分钟后才到科伦坡市中心，只见西面一片波光粼粼的海面，高尔路上 30 米一个哨岗，50 步一个士兵，士兵身着迷彩服军靴，身上背着弹匣，手上握着步枪，酷毙了！

我照着旅行指南来到高尔路上的 YWCA，一开始我以为只是普通的旅馆，住了几日方才知道全称是基督教女青年会，是本地基督教会开办的专门为年轻女学生提供食宿的集体宿舍，也有少量房间和床位对外开放，房间通常会很紧张，而且仅限单身女性，男士入住的话必须夫妇同行才可以。我很幸运,没有事先预订却有房间,价格不贵。我要了一个双人间的床位,公共浴室,没有热水,条件非常简陋。我刚住进来的时候对这里的人和规矩很不习惯,后来却慢慢爱上这个地方。

YWCA管事的是一个又瘦又高的斯里兰卡女人Anusha,也是很古怪的一个人,她说的英语我都听不懂,而每次我要求她再说一遍时,她都边摇着头边发出一声"shhh"来表示她的不耐烦,我一度以为这声"shhh"是斯里兰卡人特有的一个语气用语,后来发现只有Anusha是这样,大概那是她的个人习惯吧。很是好笑。

另外一件让我哭笑不得的事是,YWCA的纪律非常严格,住在这儿的女学生除了每天出去回来都要在一个大本子上签到外,作息时间也有严格的规定,每到早上6:30、晚上9:30,Anusha就死命摇动那只硕大无比的铜铃,以确保整个四层建筑里的女生都能听到,公鸡打鸣一样准时。这可苦了我等晚睡晚起的背包客,尤其是我就住在紧挨接待处的第一个房间,更是觉得那铃声就在我耳膜边激烈回荡,想哭,却觉得实在是好笑至极;想笑,却被这铃声骚扰得睡眠不足。总之就是很古怪。

Anusha告诉我说,YWCA每个房间的钥匙都只有一把,无论是谁都不能把钥匙带出YWCA,房间最后一个人出去时要把钥匙统一挂在墙上的一个柜子里。我刚入住时并不知道这个规矩,双人间就只有我一人,所以我收拾妥当出去吃饭时自然像以往一样将钥匙放进了口袋。走出YWCA,发现一群女孩在门口旁站着说说笑笑,好像在等什么人,我以为是要参加什么集体活动在这儿等带队的老师什么的,也没在意。走了几步迎面过来一个骑单车的人,后面车架上有个泡沫板做的大箱子,女孩们一见马上围了过去,一手交钱一手交货,原来是她们的午饭到了。

等我从外面回到 YWCA，Anusha 见我径直走去开房门，马上问我为什么不把钥匙留在这里，我抬头看到柜子才明白这回事。正准备推门进去 Anusha 又发话了：过来！我只好乖乖走过去。Anusha 用她那古怪的英语说："你把钥匙带走了，如果有其他客人来了怎么办？"我告诉她我不知道这个规定，Anusha 于是又摇着头发出了她那独特的"shhh"声，我赶紧向她道歉，并保证下次再也不会发生这种情况了，Anusha 这才放我离开。

住在 YWCA 的第二天，我因为要洗衣服整理行李，就把东西在另一张床上摆了一大堆，Anusha 路过窗外的时候看到了，走进我的房间对我说，你不能把东西放在别人的床上。领教了 Anusha 的严肃古板之后，我马上说，sorry，我很快就收拾好，真的非常抱歉。不过这次 Anusha 没有继续对我进行说教，而是微笑着离开了。我虽然并未因此对 Anusha 感到不满，但却觉得这里规矩甚多，而且教条古板，这个古怪的斯里兰卡女人一直让我联想到过去欧洲老电影中教会学校里苛刻的女管家，不知道什么时候就会特严厉地拿起棍子打小孩了。

我听说斯里兰卡人摇头的意思和我们正相反，是表示肯定，还有人详细描述了这个动作，说不是摇头而是把头偏向一边。我于是非常仔细地留意当地人的动作，生怕误解了他们。在观察了无数次、大脑中完成了无数次错误的意念转换之后，我发现，在这里，摇头就是否定的意思，而之前有人提到的那个所谓表示肯定的"摇头"，和我们平时的摇头根本就是两个概念。如果要形容斯里兰卡人这个动作的话，倒不如"摇头晃脑"这个词来得贴切，意思是：可以，OK，对，没问题，没关系，有时用来化解尴尬。

比如，我和突突车司机讨价还价，他跟我要 200 卢比，我就问 100 卢比行不行，他摇头晃脑一番就表示成交。如果对他说谢谢，他摇头晃脑就表示不客气，而我对他说对不起的话，摇头晃脑就表示没关系。

再比如，在 YWCA 我问 Anusha 可不可以在公共浴室洗衣服时，她摇头晃脑表示没问题。

还有一种情况是用来化解尴尬。这种情感比较复杂，我也是体会了一段时间才发现的。当我歉意地拒绝别人时（比如突突车司机问我要不要坐车我表示不需要），对方会稍有些不好意思地摇头晃脑，意思是好的，没关系。此外还有种情况：比如我问，到某地去有没有公交车，对方可能会说，下一站才有，而我为了确定信息无误会问，也就是说我要步行到下一站才有公交车了？对方也会摇头晃脑，意思是，没错，恐怕是这样的，这个有点像美国人的摊手耸肩，表示无奈和一点抱歉的意思。

经过几次这样的事件之后，我发现斯里兰卡人感情是很细腻的，对别人的拒绝或是失望等反应都比较敏感，尤其是受到拒绝时会感到很没面子，所以用这样一个动作来化解情绪上的尴尬。

斯里兰卡公共汽车

不过相当一部分斯里兰卡人已经被西化了，尤其是在科伦坡这样一座国际化都市，他们的谈吐和行为方式都比较接近现代社交礼仪，没那么多的本土元素。就像有次在餐馆吃饭，我像传统的斯里兰卡人一样用手抓饭吃，而坐我旁边的一个当地人却用叉子和调羹，就好像我才是斯里兰卡人一样。我问他，斯里兰卡人不是都用手来抓饭吃的吗，那位先生回答我说："是这样没错，但我更喜欢用刀叉。"

总体来说斯里兰卡还是个发展相对滞后的农耕国家，正是这样的状况使得斯里兰卡宝贵的淳朴民风得以保存。但在首都科伦坡一切有了微妙的变化，人们以穿现代服饰为美，商场员工学会了以貌取人，这座城市正变得和世界上所有的都市一样，势利，快节奏，钢筋水泥。

事实上，同样的情况也发生在柬埔寨、越南等地，我常常为此感到些许担忧，想必这就是全球一体化所带来的弊端吧，世界在进步的同时越来越相似，民族特色的东西越来越少，有些人类文明正在被同化和消失。这的确是个矛盾。

父母的短信

父亲的短信——

"看了你给我写的信对我刺激不小!不过,既来之则安之,走了就走了,爹绝不会抱怨你,只不过给爹增加了万分的担忧!出去一下也好,开阔一下眼界,见识见识也许会对你的人生有所帮助,爹支持你。既然出去了就好好地玩,工作辞了就辞了,回来后重打鼓另开张。

出门在外要学会自我保护,无论何时何地,无论接触任何人任何事,都要多一个心眼!需要我的帮助随时跟我联系!因为我是你爹永远是你爹,什么时候也改变不了!"

母亲的短信——

"你写的信我看了好几遍,每次看了都泪流满面,也不知是喜还是忧。喜的是靠你自己就出去了,忧的是一人在外有什么打算,身上有没有多余的钱,住在哪里,安全不安全。"

我是在到达科伦坡第七日的晚上收到父母的短信的。

母亲的忧虑是我可以预见的,但让我没想到的是,父亲竟然表示支持我。我原以为他要大发雷霆骂我一顿的!也许是我的极端行动真的刺激到了他,也许是我写给他的长信打动了他,总之,结果出乎我的意料。当我读着他发给我的短信时,我不由得鼻头发酸,眼眶湿润。

我告诉父母我在科伦坡,在此之前已经游历了东南亚四国。父亲得知我去过柬埔寨之后立刻发短信过来,希望我到欧洲去看看,不让我在斯里兰卡久留。也许是他觉得这里都是茹毛饮血的野蛮人吧。

我告诉他，亚洲这几个国家民风都很淳朴，让他不必担心安全问题。还告诉他，我在曼谷画了个文身，用来吓唬别人。

父亲说："可以！出门在外就是要耍点花招，你能想出这个点子说明你进步了！但同时也要考虑到它的弊端。"

我不知父亲所说的弊端是指什么，但想到那晚几个曼谷男人想要上前摸我的文身，从心底里认为还是父亲考虑周全。

夜里躺在 YWCA 的床上，心里五味杂陈，再一次为自己的自私行为而感到有些内疚。

父亲想让我到欧洲那些发达国家去，可我想，我就是从现代文明社会跑出来的，我一心想去的还是未开化之地。但到了斯里兰卡我才知道，"未开化"只是我对不了解的国家的想象而已，这些国家除了经济落后一些，基本上都实现了与世界接轨。只有 Mark 口中的非洲，还保留着些许原始的念想。此刻，因为父亲的态度，我对于去非洲的想法有些动摇。

斯里兰卡来得的确比较匆忙，我对这里无甚了解，于是整日在市区游荡，几乎走遍了科伦坡所有的道路，心里纠结着究竟要不要去非洲。

科伦坡不算小，一共 15 个区，贯穿南北的高尔路非常长，从北边的 Fort 区到南边的 Mt Lavinia 区有好几公里。为了找可以用国内银联卡的银行 ATM 机，我从 YWCA 往南走了半个多小时，无意中居然来到了印度签证中心。看着签证中心门外硕大的"India"牌子，我忽然想起了小时候和父亲一起看的印度电影《大篷车》《流浪者》，心中一个念头一闪而过，何不到印度去追寻电影里的足迹？想到这里，我转身踏进了印度签证中心的大门。

印度签证中心人山人海，不知道为什么，竟有那么多人想要去印度这个地方，莫非他们都和我一样，也是因为一部电影电视剧什么的，还是说另有原因，我不得而知。

上交了手机和相机，接受了搜身之后我走了进去，说明来意之后，入口处的工作人员很友好地给了我两张表格，让我填好之后和其他申请资料一起交到印度大使馆，而这时我才知道，印度大使馆就在离YWCA不远的高尔路上。科伦坡因为申请印度签证的人特别多，所以设立了这个签证中心，专门用来发放签证申请资料，填妥后到使馆预约面试。

回到YWCA，我对着那两张空表格琢磨了半天，因为是第一次填写如此复杂的英文表格，所以填得乱七八糟。没办法，我只得去签证中心又要了一份重新填写。下午，我带着填好的表格和申请资料，来到签证中心工作人员告诉我的使馆地址，可是这个不起眼的地方却无论如何不能使我产生"这里就是印度驻科伦坡大使馆"的印象来——一排没有窗子的平房让我误以为那只是一堵墙，墙的一端有个贴着工作时间的窗子，旁边一扇铁门算是入口，平房后面便有个绝不算小的机构在此运转，除此之外，墙上一无所有。

不管怎样，眼下确实已经到了使馆，除我之外，还有几个外国人已经在排队，不大一会儿，又有几个人到来排在我后面。让人意想不到的除了印度使馆的建筑，还有我受到的不公平待遇。在使馆门前排队时，明明到我了，管秩序的安保人员却在看了我的表格之后，看都不看我一眼直接招呼我后面的人进去。我感到万分莫名其妙，不晓得是什么原因让那位看起来还算和善的保安如此对我。我询问保安什么时候可以受理我的申请资料，却再一次受到他的无视。无论我再问什么，他都默不作声，仿佛我并不存在。我又不好争辩什么或是强行进去，那样只会让他对我更加反感，只好耐心等待，心想总会让我进去的。

在我后面的人进去了好几个之后，保安终于放我进去了。上交了手机和照相机之后，保安招呼我过一道安检门，然后接受一个女警官的检查，看身上有没有携带什么危险品，确定无误之后他们让我穿过平房到后面一栋大楼的一层大厅。后来我才知道这个大厅的工作人员都是前台负责受理资料的接待员，真正的签证官还云深不知处。这都怪之前在东南亚申请签证太容易了，让我以为所有的使馆都只有一个柜台两个工作人员在办事。

受理资料的工作人员接过我的护照一看，慢悠悠说了句，中国人啊？我说是的，接着把申请资料递给他。工作人员接过资料随意地放在一边便忙别的事了，我再次被晾在一边。等了许久也不见工作人员处理我的申请，只好不安地问他什么时候可以拿到签证，工作人员心不在焉地翻眼看看我，说了句不知道，要我以后再来问。我问他需要多长时间，回答仍然是不知道。我只得悻悻地离开。

回到 YWCA，我百思不得其解，何以别的外国人可以顺利进到大使馆，而我却非但最后才可以进使馆，而且还要被工作人员冷落？想了很久，在确定没有别的破绽之后，我最终得出结论，是因为我是中国人。

沮丧地上网查询了中国人在科伦坡申请印度签证的情况，发现鲜有人成功，国内旅行论坛上很多帖子都在讲述在科伦坡申请印度签证的困难和所遭受的不公平对待。我心灰意冷，但心里仍然不甘，印度近在眼前，如果因为签证的问题与之擦肩而过，实在是太遗憾的一件事。之前已经错过了槟城，这次无论如何也不想错过印度，更何况，印度承载着我与父亲的美好记忆，潜意识里似乎认为错过了就再也找不回了。所以决定不管怎样都要试一试。

第二天，我又来到印度使馆，仍然是最后才进去，工作人员仍然心不在焉。我再次问了他要多久才可以拿到签证，工作人员还是说不知道。无可奈何，我决定过两日再来。

科伦坡海边

等待的日子里,我每天都到附近的海岸线去看海。科伦坡的海岸线很有特色,沙滩上不远处是巨大的礁石,礁石之上便是火车铁轨,城市边缘的铁轨从科伦坡的 Fort 区一直延伸到斯里兰卡南部的高尔城(Galle),一列又一列的火车轰隆轰隆呼啸而过,永不关门的车门口站着许多当地人,悬挂在车门外似乎比坐在位置上还要舒适。铁轨的另一边是当地人的住宅,建筑面西而建,可谓是真正的海景房。高尔路是科伦坡最大的主干道,沿着西部海岸线绵延数公里,有数不清的小巷子通往印度洋。傍晚时分我最爱的消遣,就是穿梭在这样的巷子里,看一列又一列的火车呼啸着在海浪声中驶过,有时天气晴朗还能看到大洋落日。

许是这海离住处实在太近,海水一浪接一浪扑向海滩的礁石上,永不停息,我总觉得大海似乎融入了日常的生活,时常有种它在诉说着什么的错觉。倒不是向某个特定的人诉说,就只是在那里诉说着,无论是否有人在听。

周五,我再一次来到印度大使馆。工作人员似乎已经忘记了我,拿出一张表格给了我。我告诉他我已经提交过一份表格了,工作人员说他知道，但还是要我再填一份。我以为他只是在敷衍我，便沮丧地说："我听说中国人在这儿要申请到印度签证非常困难，我真的可以申请吗？"

一时间气氛有些僵硬，旁边的保安偷偷注视着工作人员。也不知是为避免政治纠纷还是为了安慰我，工作人员思考了一下说："可以的，提交相关资料，一周办好。"

我简直不敢相信自己的耳朵，一周办好，也太容易了吧？内心的喜悦立刻写在脸上。后来工作人员又和我聊了几句，说他在北京工作过，很不错的地方。末了他又友善地提醒我，今天是周五，下周一早上过来交资料。我谢过他欢天喜地地离开了。

一走出使馆，我神清气爽，觉得海都更蓝了。一周就能拿到签证，这实在太出乎我的意料了。我大喜过望，但没过一会儿我又开始担忧，为什么网上那么多人拿不到签证而我可以拿到？而且那个工作人员为什么只给我一张申请表格？难道他不知道流程么，还是说在敷衍我？想来想去觉得后者可能性更大一点，看来还是不要高兴得太早。

但我决定还是等周一交了资料再说，毕竟他回复我就是一周。不管怎样，总是要试试的，我努力争取总没错。这样想着，心里又轻松了许多。

走到海边，连日阴沉的天空又下起了雨。可能是我乐观地估计签证有望，所以心情大好，淋着雨脚步轻盈地在海边吹起了海风。淋了雨吹了海风之后我又到 YWCA 旁边的商场去吃饭，地下餐厅有两个歌手在唱印度歌曲，因为实在太好听，我还把歌名和原唱歌手的名字要了过来，一高兴又吃了个冰淇淋，结果第二天醒来头痛欲裂，深感不妙。而此时，Anusha 告知我，YWCA 今天的房间和床位都已预订出去，而我没有预订，所以不得不另找住处。

强忍着头痛翻阅旅行指南，一家一家地打电话询问价格、是否有房间，结果却让我很失望，因为旅行指南是2009年的，也不知是因为斯里兰卡物价飞涨还是现在是旅游旺季，上面标注的价格近乎翻了一倍！几经周折，终于找到一家合适的旅馆，位于Mt Lavinia区的一家BlueSea GuestHouse，距YWCA大约9公里。

找了突突车过去，路上已经难受得不行，身上一阵冷似一阵，到了旅馆赶紧打开药箱找药吃。想到淋雨吹风的经历和目前的症状，我判断是伤风感冒导致的发烧，所以吃了伤风胶囊倒头就睡。也不知道发烧烧到多少度，总之神志不清头疼得厉害，汗如雨下却丝毫不敢把睡袋掀开。躺了一个下午基本退烧，也没那么冷了，就是身上软绵绵的没一点力气。起来走了走，头也没那么疼了，到海边的餐馆吃了饭，第二天差不多就痊愈了。健康万岁。

旅行指南上对BlueSea的介绍是：这里的人们非常友好和乐于助人。事实正是如此。早上有一顿非常丰盛的法式早餐，还有水果和无限量的吐司，咖啡也是很大一壶。唯一的缺憾是这里不提供午餐和晚餐，需要到外面的餐馆去。我就是在周六吃过晚饭之后被人尾随的，我严厉地告诫此人不要跟着我无果，他一直跟到我走进旅馆的院子才罢休。此事再一次提醒我一定要注意安全。

父亲想要看我在旅途上拍摄的照片和旅行日志，我便开了一个博客，除了在Facebook上更新之外，也开始在博客上写起日志来。

Mt Lavinia区的海滩十分宽阔，海天交接之处，海浪在阳光的照射下泛起片片粼光，起起伏伏，我误以为那是蓝鲸的尾巴。我把这事对BlueSea的管家讲，他告诉我蓝鲸在斯里兰卡南部的美蕊莎附近，要深入到海里很远的地方才看得到。

说起蓝鲸，我曾经听过一个故事：有一只鲸，她叫Alice，这只鲸1989年被发现，从1992年开始追踪录音。在其他鲸鱼眼里，Alice

就像是个哑巴。这么多年来没有一个亲属和朋友，唱歌的时候没有人听见，难过的时候也没有人理睬。因为这只孤独的鲸的频率有 52 赫兹，而普通的鲸频率只有 15~25 赫兹，她的频率一直是错的。

我曾遇到过一个人类中的 Alice，并曾深深地爱着她。这种同性之爱，无关爱情，无关禁忌，我们遇上欣赏的人，他们一定是和我们有着一段相同的频率。她是广州长大的女孩，写作，摄影，学电影，做过国际卖片人。现实中，她的生活很热闹，然而我知道，内心深处，她其实是一个孤独到极致的人。我从大学开始看她的第一本书，追了她的文字好多年，直到自己写的东西也沾染上她的味道。那时我偶尔在网络上与她有过交流。工作后，终于在北京的一次读者见面会上见到她。她很瘦，戴红色美瞳，穿一件中性蓝色衬衣。我话不多，只是坐在角落安静地听她讲。活动结束后我找她签名，那是我此生唯一一次见到她。她在我的白色亚麻笔记本上写道，初次见面，很惊喜。原来她一直知道我的存在。

Alice 写过一段话我印象深刻，她说："我有一个梦想，很少对人家说，那就是去 cape horn，哈恩角，那是除了南极之外的人类最南端。我曾经在《春光乍泄》里头模糊地看到一个灯塔的镜头，认为那个地方就是世界最南端，是哈恩角。在那个寒冷的地方，人的孤独才会到达极致。我之所以想去哈恩角，是因为我觉得只有看到那座灯塔时候的孤独感，才能胜于我现在内心的孤独。所谓以毒攻毒，大致就是这个意思。连哈恩角的孤独都能够体会，我这点孤独又算什么呢。于是我就一直默默地记得，世界上有这样一个地方，在我死去之前，一定要去一次。我要记住那个灯塔的样子，告诉自己孤独不算什么。"

当我看到这段话的时候，我觉得我找到了同频率的那只鲸。可能正是因为这个故事，我动了去看蓝鲸的念头。

冲浪圣地——希卡杜瓦

"尊敬的签证官:

首先感谢您阅读我的申请信。我非常希望得到贵国签证,特意在此申请。

我是一名中国公民,我有一个梦想,那就是环游世界,去经历美丽的风景和不同的文化。也许我还是个浪漫的人,当我还是一个小女孩的时候,我就想要浪迹天涯去看一看外面的世界。当我攒够了钱,我便辞掉工作出发了。人们都以为我疯了,可是我却知道,我在使梦想变为现实。我克服了一个又一个障碍,已经在路上并且游历了六个国家。现在,我已经是一个真正的背包客了。印度是我的下一个梦想之地,我买了一本印度的旅行攻略书随身携带(天啊那可真重),还有一颗热切的想要去印度的心!现在,我就在斯里兰卡,离印度如此之近,我真的非常想去那个泰戈尔曾经生活的国度。我想去印度,不仅仅是为了印度文化和美丽风景,而且还为了我在印度作家克里希那穆提的书中所读到的对待人生的哲学态度,我很欣赏他在身心灵发展方面的见识。希望您可以给我梦想成真的机会。拜托了。

非常感谢!(随信附上我在旅途中拍的照片。)"

周末我哪里都没去,窝在旅馆里思考再三,写了一封热情洋溢的申请信,精心挑选了几张照片打印出来,准备周一去使馆。

星期一一大早,我带着护照和所有的申请材料出了门。Mt Lavinia 是科伦坡比较靠南的一个区,距离 Fort 大概 8 公里,到印度使馆交通顺畅的话坐突突车要十多分钟。可能是星期一的缘故,使馆门口排队的人特别多，排在我后面的是一个以色列中年男子，很有意思的一个人，因为等待的时间实在无趣，就互相聊了起来，彼此问了行程、路上的见闻趣事等。我告诉他说：

"中国人在这里申请印度签证非常困难。"

没想到他回答我说："对任何人都非常困难。"

"尤其是对中国人。"我补充道。

排队进去之后到了受理窗口，我向那个工作人员打了个招呼，他一看是我，马上说申请资料要传真回中国，要等印度驻中国大使馆把资料回传过来才可以，因为不确定何时能收到传真所以申请时间会很久。我说没关系，我可以等。他又强调，传真答复会很久，何时能给签证无法确定，而且你在斯里兰卡只有30天的停留期可能不够用。我告诉他说，我可以申请签证延期。

本来我的英语就不怎么好，一时紧张，结果说得更加结结巴巴了。这时那个以色列人也进来了，在旁边帮着我说好话。工作人员态度稍微和善了一些，但仍旧说时间会非常久，我也坚持说，我想试一下。之后又请求他看一看我的申请信，印度人打开资料发现了我的照片，有点好奇地问这是什么，我说是我在旅途中拍的照片，因为我是个背包客，我想在世界各地旅行，又让他看我的护照以此证明我真的是在旅行。不知道是以色列人的帮助起了作用，还是他对我的申请信和照片产生了兴趣，工作人员收下了我的照片并让我到旁边的窗口去交费。

交完50美元，工作人员给了我一张收据，让我一个礼拜之后打上面的电话咨询签证是否办好，或者来使馆咨询。我谢过他离开了大厅。

以色列人对我深表同情。不知道是不是为了安慰我，他用轻松友好的语气又跟我聊了起来，说："我觉得你这样做挺对的，you want to try，你在争取，我相信你一定能成功的。"末了还用了一个词形容我：有趣。

后来他又问:"如果拿不到签证怎么办?"

我说:"我也不知道。"然后一脸沮丧的样子。

以色列人拍拍我的肩,说:"放轻松,没什么大不了的,你只管努力争取就好了。"临走的时候他朝我眨眨眼睛挥挥手,并竖起拇指祝我好运。

递交了印度签证申请资料,算是完成了一件大事。接下来一个星期的时间,我准备去斯里兰卡西南部海岸。

买了去 Bantota 的车票,坐上从科伦坡开往高尔的火车,我才发现,这段旅程实在是太美妙。飞驰在离印度洋不过 5 米的滨海铁路上,舒畅的心情无与伦比。途中不时经过一些不知名的小站,站台很像小时候家乡小城镇里的老式车站,漆着黄色油漆的建筑,古老破旧的木椅,斜阳给站台上两三个等车的乘客镀上一层柔和的金辉。以前看过的动画片《青空(*Air*)》里,那个金色夕阳下宁静破旧的车站一直浮现在我脑海中,那段钢琴的旋律也仿佛就在耳边,多少年心中挥之不去的梦,就是此情,此景,此等画面。

我是有铁轨情结的,这可能源于小时候我家后面一条废弃的铁路。记得上初中时的周末,我总是一个人哼着喜欢的曲子,沿着杂草丛生的无人铁轨一直走一直走,有时是这个方向,有时又是另一个方向,总想知道铁轨最开始的地方是什么样子,又通向何方。当然,因为年纪小,从来没有到达过任何一个彼端。我还记得铁路一旁是县高中深深的院墙,再往西走是恐怖阴森的监狱大院,而另一旁则是蔬菜大队种的庄稼,我也常常跑到番茄地或是黄瓜地里去偷吃瓜果,同时恨恨地望着远处部队绵延不断的石砌院墙,因为从小我就不喜欢军队,不喜欢制度,认为那院墙必是一道束缚人天性的壁垒而给予一厢情愿的憎恶。后来慢慢长大了,能走很多路了,也去了很多地方,却没有了

斯里兰卡火车

沿着铁轨边走边唱的心情,而那条铁路,也因为城镇扩张而逐渐变得人声鼎沸起来,铁道上的石子也早已被清理得整整齐齐,深秋季节再也看不到在风中摇曳的枯黄的小草,我便再也没有了去踏足的冲动。想来那大抵是我追根溯源的天性,潜意识里貌似在找寻,我从哪里来,要去往何方,诸如此类。

途中经过 Lavinia 海滩,窗外的景色开始变得微妙起来。在希尔顿酒店的映衬下,一排贫民的住宅向远处延伸,对比相当强烈。哪里都有奢华,有穷困,贫富分化在世界各地蔓延。同样的肤色,有人为生活游弋,有人为生存奔波。这个世界一直如此。

火车快到 Bantota 的时候,我把背包从行李架上取下来准备下车。可火车到达 Bantota 时只停留了大概 10 秒钟,之后很快就开走了。就这样,我错过 Bantota 坐过站了。终于知道这里的火车为什么从来不关门了,敢情是提醒乘客到站务必"抓起包就跑"!

没办法,我只好一直坐到下一站希卡杜瓦(Hikkaduwa)才下车。幸好火车上遇到一个要去希卡杜瓦的德国大叔 Nils,下车补票的时候,在他的证明下才免于罚款。不过我很庆幸自己错过了 Bantota,因为希卡杜瓦给我带来了很多意外的惊喜。

Nils 找来突突车和我一起去找旅馆。突突车沿着海岸上的柏油路一路飞驰，不时路过一些搁置不用的渔船和可爱的小公共汽车站，而公路旁边就是广阔的印度洋，那一抹湛蓝美得让人心颤。

RITAS 旅馆以老板的三个女儿名字的首字母命名，女儿们都很漂亮，老板和伙计们也都非常友善，很不错的地方。最终我和 Nils 决定在此投宿。印度洋的海浪声震天响，住我隔壁的 Nils 每天早上见到我，除了"morning"之外，第一句话就是：我昨晚又没睡好。连我这个在任何地方都能立刻睡死过去的人，也是适应了一晚之后才能入睡。

在此之前，我只在杂志和电视上看过冲浪的照片和镜头，结果一来到希卡杜瓦海滩就被那些冲浪高手给震撼到了！大海波澜壮阔，气势恢宏，浪花排山倒海而来，实在可以称得上冲浪圣地，真是不枉那些带着两米多长冲浪板上飞机的背包客们千里迢迢跑到这里来！

高手的过人之处在于，看了两天冲浪之后我终于忍不住换上泳装租了冲浪板跳进大海！作为一只旱鸭子，在海水里 720 度翻滚了 N 次之后我终于哭喊着决定放弃了！我的教练鼓励我说："try and try, you can fly."我却只能回答他说："我爸爸不会游泳，我妈妈也不会游泳，我爷爷奶奶也不会游泳，我们全家都不会游泳，I have the DNA of 'cannot swim'！"教练哈哈笑着最终放过了我。冲浪不可怕，720 度翻滚也不可怕，可怕的是不会游泳，我想我这辈子都不打算克服对水的恐惧了。

西南海岸有很多海龟养殖基地，因为近几十年海龟数量锐减，政府投入了大量的资金帮助这些养殖基地人工饲养海龟。政府的措施卓有成效，最近几年海龟的数量有很大回升，同时开放了养殖基地作为旅游和慈善项目，欢迎前来参观的游客为海龟事业捐款。希卡杜瓦有些养殖基地是家庭作坊式的，据我参观的这家管理人说也是政府资助，海龟在养殖场的沙地上孵化，长成之后放归大海。参观这些养殖场并不需要门票，只要离开的时候随心意，付少许钱当作海龟的慈善款。

小海龟很可爱，管理人热情地捉了一只小海龟放在我手上，以供我拍照留念。有时养殖基地也会圈养一些受过伤的海龟，以免它们在大海里无法生存。这家养殖场就养着一头失去右臂的老海龟。老海龟不知何故脾气很不好，有时会咬人，还会从鼻孔里喷水，看上去很凶的样子。或许是失掉了右臂心情不好吧。

在2004年12月底发生的印度洋大海啸中，大约3.5万名斯里兰卡人死亡或失踪，上百万人无家可归，经济损失多达数十亿美元，尤以希卡杜瓦一带最为严重。从那以后斯里兰卡就建立了海啸预警机制，如有灾情会以警报的形式迅速通知民众。

在希卡杜瓦，有一个海啸纪念馆，破破烂烂的一个地方，却是那场灾难的见证。墙上挂满了记录04年灾难的照片，房屋被摧毁，铁路被掀翻，公共汽车扭成一团。有一张照片特别感动我，照片上是一个大兵举着一个笑容灿烂的孩子在空中旋转，让人觉得斯里兰卡人民无论在何种灾难面前都是乐观和坚韧的，不免让人感到温暖而有力量。

我的突突车司机是个年轻的小伙子，海啸发生时他还是个孩子，问起当时的情况，他告诉我说他至今记得那天清晨看到一些人出海打鱼，再也未归，还记得冲天的海浪……如今只有这间照片纪念馆，记录并述说着当时发生的一切。

香蕉海滩午夜惊魂记

德国大叔还要在希卡杜瓦住上些日子,整天在烈日下长长的海岸线上暴走,说是要健身。我不辞而别,下午到路边拦了辆公共汽车,于傍晚时分到达 Unawatuna 海滩。因为海滩的形状弯弯的很像一个香蕉,所以旅行指南上也把 Unawatuna 称为香蕉海滩或是月牙海滩。

香蕉海滩西面的海滩尽头有一座小山,山上有座寺庙,每当傍晚的时候夕阳会从那个寺庙的佛塔中隐没,落日余晖非常好看,如果这时海滩上有个垂钓的老人,那会是一幅非常完美的画面。

沿西面的小山过来是一排海滨旅馆,门前的海滩上摆满了太阳伞和躺椅。不过因为地形的原因,这里稍嫌拥挤和嘈杂,窄窄的海滩遍布旅馆和酒吧,沙滩椅上坐满了俄罗斯人。虽然希卡杜瓦也很嘈杂,但和这里不同的是,希卡杜瓦的嘈杂来自于巨大的海浪以及冲浪者们的欢呼,而 Unawatuna 的嘈杂却是因为这里的拥挤。

再往东面走,沙滩开阔一点,酒店的档次和价格也提高不少。不过,这些用铁丝网围起来的酒店外面的公共沙滩倒是个宁静放松的好地方——由于在沙滩尽头,这里没有西面的热闹和喧哗,而铁丝网内的椰子树伸出来的茂密枝叶,又为炎炎烈日下的海滩提供了绝好的庇荫。

平日里基本没什么人影,我很喜欢来这一带安静地晒太阳。虽然不如马尔代夫那样水清沙幼椰风海影,但也算得上是喧嚣隔壁的小小世外桃源了。我常常躺在矮矮的树丛下面看天,想象那些白天不见了的星星都跑哪去了。

香蕉海滩

除了三两家封闭式酒店,这里的旅馆全是开放式的,没有围墙,也没有大门,旅馆房间就建在海边的沙滩上,窗玻璃外也没有栏杆。我住的旅馆在海滩西面,旁边有个开放式酒吧,每天晚上放着吵死人的西方流行音乐至凌晨两点,再加上巨大的海浪声,我基本没有睡过好觉。

旅馆伙计是一个叫 Udesh 的 20 来岁年轻人,非常热情好客,常常在和人聊天时用手在桌面上击打出一段非洲鼓旋律来,非常具有表现力。

"教教我可好?"我羡慕地问 Udesh。

"非洲鼓么?简单得很。"说着,他又在桌子上表演起来,引得坐在旁边的房客频频往这边看,"掌握节奏就行了。"

"节奏?什么样的节奏?"

"像这样……"Udesh 边击打着桌面,边跟着节奏用嘴巴发出类似鼓声的音。之后,又在纸上写下谱子来。

我看过纸张上的内容,跟着 Udesh 也在桌面上打将起来。

"记住谱子,然后忘掉谱子,熟练即可。"他又说。

我照着谱子练习起来。

七 美丽的斯里兰卡

可无论我怎样练习，都无法做到像 Udesh 那样打得出神入化。诚然，作为旁观者，Udesh 的表演是轻而易举的，然而对于初学者的我来说，要做到 Udesh 那样，还尚需时日学习和摸索。

"最重要的是不要总想着谱子，"Udesh 说，"把谱子融入到你心中，然后忘掉，双手自然会打出像样的节奏来。"

"忘掉谱子……"我沉吟道，似乎想到了什么。

打鼓也好，生活也好，莫非是一样的路数？清楚了生活的意义和规则，便能循着特定的趋势去过活，而不用总去想意义是什么，规则是什么，从而全身心地融入生活之中，因此不必作为一个旁观者去生活。而在此之前，追寻人生意义的过程本身也是有意义的，就像表演打鼓之前总是要竭力记住谱子一样。而意义和规则若不明确，便像村上春树在《世界尽头与冷酷仙境》中塑造的无影人一样，虽可以平平静静无风无浪地生活，却已然失去了自己的心。

不知怎的，我想起了科伦坡的海，想起那如诉说般的海浪来。我又想起了 Simon，想起他对我说的自由与责任的那番话。

结果，非洲鼓没有学会，倒是一个人在那里默默想了好长时间的人生感悟，Udesh 叫了我好几声，我才从发呆中回过神来。

Udesh 是个很天真的人，他曾经在毛里求斯做过两年导游，因此拍照是他的拿手戏之一，我要他为我拍了很多美丽的照片。我原以为毛里求斯很落后，可 Udesh 告诉我说，那里其实也很现代化，早已经和国际接轨了。他叫我到 Galle 城去看看，那里有荷兰殖民统治时建的城堡。

Udesh 非常喜欢中国，他说这里很多东西都是中国制造，又好用又便宜，他有个朋友在中国工作挣了很多钱，他也想到中国去。Udesh 很想买下我的诺基亚手机，因为在当地买的话要贵很多，但我因为要和家人保持联系所以没有卖给他，但我答应他，如果明年再来的话一定给他带一部。之后我们互留了手机号码和邮箱地址以保持联系。

第二天，我听从了 Udesh 的建议，去了 Unawatuna 北部几公里处的名城 Galle。城堡很有气势，城里的建筑十分漂亮，还有 1832 年的图书馆和荷兰大教堂，精细的设计让人惊叹。城堡里有当地人用篮子装了眼镜蛇表演驯蛇，还有特技表演者，据说收一笔不菲的酬金便可表演从高高的城墙纵身跃入印度洋，不知是真是假。

走在城墙上，我碰见一个喝多了酒的当地小青年，他摆出各种搞笑的姿势让我拍照，最后出乎我意料地跟我要钱，让我很是反感。好在火车上遇到的那个德国人 Nils 突然出现，我才得以摆脱了那个醉鬼。我和 Nils 又彼此感叹了一番世界真小。

告别了 Nils，我坐车回了旅馆，Udesh 正坐在旅馆门口吃晚饭。我跟厨房要了一份西式晚餐，坐下跟 Udesh 聊起了在 Galle 城的见闻。吃罢晚餐，我在海滩上散了一小时步，之后满身疲惫地回房间睡了过去。

凌晨 3 点左右，我被一阵奇怪的声音惊醒，仔细一听又什么都没有。刚开始我以为是海浪声，就没有太在意，谁知道没过一会儿又响了起来，像是敲门声，响了一次，又响一次。我坐起来仔细辨别，确认有人在门外，我立刻紧张起来，大声质问："是谁在那里？"

门外人不知是用英语还是斯里兰卡语说了个名字，我没有听懂。

"你有什么事？"我问。

"请开门吧，女士。"

"不行，请你马上离开！"

"女士，请开门。"他又说了一大堆夹杂着当地语言的英文，和着海浪声我也没有听明白，于是大声斥责他让他离开。

门外很长时间没有动静，我以为他走了，就蹑手蹑脚起来确认门窗是否锁好，之后怀着忐忑不安的心情试图再次入睡。

当然，这是徒劳，遇到这样的事情怎么还可能睡得着？我只好睁着眼睛听着外面的动静。没想到敲门声再一次响起，而且这次声音更大，来人仍用英文叫我开门，我立刻下床走近门前。

"请你马上离开，否则我要报警了！"

他仍然没有离开。

"你等着，我现在就打电话给警察。"

输入了报警电话，可我却突然意识到我并不知道旅馆的确切方位，甚至不记得这家旅馆的名字，报了警如何说清楚？情急之下我想起了Udesh，还好刚刚留了他的电话，于是马上拨了过去并祈祷他不要关机睡觉了才好。手机倒是没关，只是拨了三次都没人接，估计是睡着了吧，我边想着边暗叫倒霉，一下子没了主意。

这时，来人又在那里敲门，并且说，我可以给你钱。此时的我真想冲出去痛扁那厮一通，但理智让我要冷静。

我最后一次对他说："你马上滚，否则我要叫人来了！"

那家伙还是敲着门不肯离去。

情急之下，我放开嗓子大叫："救命！救命！"

只听得一阵慌乱的脚步声，那个人跑了！我立刻掀起窗帘查看动静，只看到一个黑影消失在楼梯处，其他什么都没看清楚。

来人落跑后我惊得一身冷汗，睡意全无。5分钟后敲门声再次响起，我几乎是条件反射般大叫："谁在那里？"

门外有人打着手电筒说："女士，发生了什么事？"

在他重复了好几遍之后我才听明白，原来他是这里的保安，听到我呼救之后就赶来了。我告诉他我遇到了麻烦，有人敲我的门骚扰我，但因为隔着厚厚的玻璃，我在屋子里说话外面听不清楚。

"女士，请开门，或者把窗户打开，告诉我发生了什么事。"

我警觉地说："不，我不能开门。"心里暗自盘算着这人是不是贼喊捉贼冒充保安，或者说刚才那个人就是保安。反正死都不能开门。

我又大声解释："刚才有人敲门骚扰我。"

这个自称保安的人终于听清楚了，打着手电下楼转了一圈回来说他没有发现什么人。

"也许他被我的呼救声吓跑了，也许藏在哪里。"

保安说："我是这里的安保人员，正在值班，如果有什么问题的话你可以随时叫我。"

我稍稍有些安下心来，便谢过他，让他走了。

重新躺在床上，各种念头涌上来，那个人到底是谁？怎么会知道这个房间住着单身女性？我隔壁就住着一对俄罗斯夫妇，这人胆子未免也太大了点。我判断此人可能是这个旅馆的人，至少是附近见过我的人，那么，究竟会是谁呢？老板吗？不可能，他夫人孩子都在这里。那个保安？有可能，但我看他严肃但很淡定的神态，不像是刚做完亏心事的样子。那个看上去老实敦厚的中年服务生？不确定，但不排除嫌疑。附近酒吧的伙计？白天在沙滩上打过招呼知道我住隔壁旅馆，但也无法确定。Udesh？有可能是他，难道是他误会我了？还是说此人本质就是如此？而且我打了3个电话都无人接听，嫌疑更大了。

不管是谁，自己瞎琢磨都没用，夜黑浪大，那人又是压低了声音在说话，我根本无从判断年龄、身高等体貌特征，一切都等明天再去寻找线索吧。这样折腾了一宿我也实在是瞌睡了，天蒙蒙亮的时候终于沉沉睡去。

一觉睡到 9 点钟。洗漱之后我下楼叫了一份早餐，边等早餐边和旅馆的人打着招呼，同时特别留意每个人的眼神和反应。

中年服务生一早在我房间外面走来走去打扫卫生，但还是老实敦厚的模样，没有任何异常。老板已被我排除，而且听说此事之后表情凝重，毕竟那有可能影响到他的生意。Udesh 和我打招呼时眼神有些闪躲，没有逃过我的眼睛。我决定从 Udesh 下手。

等饭的时候特意招呼他过来，开门见山地说："昨天夜里 3 点钟有人敲我的门。"

Udesh 听后一脸惊讶，马上叫其他伙计过来和他们说这件事，大伙知道后表情都有些凝重。

Udesh 问我："你开门了吗？"

我告诉他没有。

在确定我没事之后，Udesh 似乎松了口气。

我又问他："你们这里有没有保安？"

"有两个。"

我问了他们的名字，觉得好像没什么印象。然后我解释了电话的事："我没办法报警，我很害怕，所以只好打你的手机了。"

Udesh 有些不好意思地说："没关系，我昨天在 Galle 的家中，不在这里，当时我睡着了。后来一看三个未接来电，还以为发生了什么大事。"

我确定 Udesh 没有说谎，因为他如果不在 Galle 家的话其他的伙计会揭穿他，而且看他的神情也不像半夜没好好睡觉的样子。我也明白了为何他看我时眼神有些闪躲，因为之前他曾经告诉我说，这里有些中国女孩不太好，而我刚知道他手机号码就大半夜拨了三个电话给他，也难怪 Udesh 会多想。

由此我判断不太可能是内部人员。后来，我和 Udesh 一致认为是附近沙滩上的小流氓。Udesh 提醒我加倍小心，他们也会加强安保工作。

其实在安全方面我一直十分注意，睡觉前都要把桌椅堵在门前，我的相机三脚架被我当作护身武器放在枕边，以确保自己可以随时进入战斗状态。经过了这件事，我又提醒自己要警钟长鸣。

香蕉海滩午夜惊魂给我的旅程蒙上了一层阴影，让我惶恐，也让我警醒。一路走来，总会在我放松安全意识的时候出现一些有惊无险的危难提醒我保持警惕，不可疏忽。

在路上，这种风险和内心的惶恐难免偶尔闪现，但是，再大的危险和恐惧也不曾阻挡过前行的脚步，因为一路的喜悦和兴奋也让人无法拒绝。

第二日，我便收拾了行囊，告别了 Udesh，跳上一辆公共汽车，沿着海岸线一路往南来到 Mirissa，美丽宁静的美蕊莎海滩。

世界尽头的灯塔

美蕊莎海滩相当开阔,人又少,很适合静静待着。有了之前的麻烦,这次投宿我特别留意了旅馆周边的环境,找了一家叫作 CafeMirissa 的旅馆。虽然也是开放式院落,但好在门窗足够结实,房间门外还有条大黑狗,离接待处也足够近,总算让我放下心来。

海滩远处有一座小岛,小岛和陆地的连接处将这一片海域一分为二,傍晚涨潮的时候海水浅浅地漫过小路,留在岛上的人就只能涉水而过。我常常租了潜水面罩在这一带的浅水水域浮潜,虽然每次都在礁石遍布的浅滩上被海水的力量冲撞得一身瘀青,但能够看到好多各种各样美丽的热带鱼谁还在乎那一点伤痛呢。倒是可怕的海葵让人防不胜防,好几次我都差点一脚踩上去。

斯里兰卡有一种黄金椰子,汁液甘美清甜,果肉滑嫩柔软。我每天两次步行 15 分钟,去海滩另一端的水果摊吃两个椰子。摊主是两个孩子的父亲,可能是由于皮肤黝黑的原因,看起来像个小老头。摊主用刀子削去一片椰子皮,露出一部分白色果肉,然后用吸管插入果肉递给我。我接过来啜了一口,啊,可真甜啊!待我喝光了里面的汁液,摊主又用刀子把椰子一劈为二,然后又劈下一小片椰子皮用来当作小勺用,这样,我坐在椰子树的树荫下,用椰子皮做成的小勺吃着剩下的果肉,品尝着美味,如同到了天堂一般。

回到旅馆,我告诉老板:"黄金椰子真是太好吃了!"

老板自豪地说:"那当然,黄金椰子是我们斯里兰卡的特产。"

从这儿之后,我一路都在自作多情地极力推荐黄金椰子给遇到的背包客，后来回到科伦坡遇到一个要去美蕊莎的美国人，我在他的地图上标记了那个水果摊的位置并告诉他说，一定要"drink, and eat"。

在美蕊莎海滩的日子百无聊赖，每天除了晒太阳就是浮潜，我想起了 Alice，那只孤独的鲸，于是决定出海去看蓝鲸。

这天一大早我就起了床，准备去港口。清晨的美蕊莎海滩有种妩媚迷人的柔美气场，充满了诗情画意。可是当我来到港口看到我要出海到印度洋上的坐骑竟是这样一艘小船时，我惊呆了！原以为要乘一艘大轮船，没想到船身只容得下十多人。我有些犹豫，但最终还是穿着救生衣战战兢兢地上了船。

船只发动引擎，一路向着印度洋深处驶去。晴朗的天空下，印度洋蓝得像一块大染布，我却毫无心思欣赏，因为海洋上的颠簸让我的胃翻江倒海难受到了极点。小船行驶了三个小时，我终于忍受不住，趴在船尾吐了起来，但还是丝毫没有看到有蓝鲸出现的迹象。到了第四个小时，我瘫在船尾抱住栏杆，每隔 20 分钟吐一次，胃吐空了之后开始吐胆汁，直感觉肺都快要被吐出来了。船上的伙计是个很贴心的小伙儿，看我吐成那个样子赶紧跑来帮我拍拍背。

突然，有人大叫一声："快看啊，是蓝鲸！"我虽然跳海的心都有了，但是看到蓝鲸翻尾巴，还是瞬间满状态复活，指着远处大声叫着："嘿，baby！"船上的游客都看着我笑了起来，连船上的伙计也边拍我的背边呵呵笑着。

蓝鲸很难找，天气、风向以及船长的经验都是决定能否找到蓝鲸的重要因素。我们在印度洋上驰骋了七个小时一共也只看到过三次，估计还是同一只，转瞬即逝，正是因为如此，蓝鲸在海面上喷水和优雅地翻尾巴的一幕就显得尤其美好和珍贵。

寻找蓝鲸之旅归来，我几乎瘫软在港口的海军鱼市。同行的一对美国情侣送我回旅馆之后我立刻倒床不起了。昏睡中，我似乎梦到了那只世界上最孤独的鲸，还有 Alice。

第二天，我打开地图指着斯里兰卡最南端的地方对旅馆老板说："那里有没有一座灯塔？"

"有，那个地方叫 DondraHead，是 Matara 城附近的一个小镇，那是印度次大陆最南端的最南端。但是很少有人去。"

我到不了哈恩角，但我想，能去印度次大陆的最南端也是好的。在麦哲伦环球航行之前，那里大概就是这片陆地上人们所能到达的最远端，世界的尽头了吧。我决定到那个灯塔上去。

告别老板，我在 Mirissa 坐上开往 Matara 的公共汽车。公路沿着海岸线绵延曲折，一路上有很多河流的入口，印度洋的海水就经由这些入口流进内陆的咸水湖。

大约 40 分钟之后，汽车在 Matara 海滩附近的公共汽车站停了下来。刚一下车，我就听见不远处传来嘈杂的响声，只见疯狂的车队声势浩荡地驶过马路，狂热分子坐在车顶，妇女和儿童穿着统一的服饰坐在中型面包车里，车身外的喇叭放着震天响的南亚流行音乐，每个人都像打了鸡血般激动异常，不时大声吼着口号之类的东西，间或兴奋地号叫一番。旁人看来实在是又搞笑又疯狂。原来这就是斯里兰卡人竞选期间拉选票的场景。

Matara 的海中有个小岛叫金岛，上面有座寺庙，金岛通过一座铁桥与陆地相连。在僧伽罗语中，Matara 意为大浅滩，由于地处阿拉伯海、印度洋和孟加拉湾的交汇处，在洋流的作用下这里的海是黄绿蓝三色的，很是神奇。

在 Matara 稍作停留，汽车再次启程，朝着东南方驶去。随着汽车的行驶，周围越来越宁静，25 分钟后，车子在一个小镇停下。这里，就是 DondraHead。

下了车，我顺着地图上标记的路线走到一条小路上。小路十分宁静，当地人好奇地看着我，像是第一次看到陌生的面孔。路边的学校里，小学生们友好地站在围墙内和我打着招呼，脸上漾着灿烂的笑容。

　　远远地，我看到那个灯塔的顶部，有种梦想就要实现的感觉。天气阴沉，一切都笼罩着一层灰色，灰白色的灯塔在阴沉的天空下存在感更加强烈。我来到灯塔脚下，望着高高的塔顶，心里汹涌着感动的浪涛。灯塔看守人带我走进塔中，向着顶部爬去。铁质的旋转楼梯，窗外的印度洋，灯塔里的仪器，都深深地烙印在了我的心里，永生难忘。

　　第一次爬到一座灯塔上面，狂风呼啸而过吹乱了我的头发，灯塔下海浪翻滚着撞上海边的礁石。我指着远方的印度洋问灯塔看守人，海那边是什么？看守人说，那里除了海，一无所有，nothing。这里是陆地尽头，再往南就是南极洲。

世界尽头的灯塔

我终于明白，铁轨的尽头是车站，尽管也许人迹罕至，但总归有人，而山的另一面永远是山，哪怕到了世界尽头陆地边缘，也必有一处人类不曾逾越的冰川与之隔海相望。在有限的人类世界以外，大自然终究是无极的。

那一刻，我突然很想回家。

可能和我们一样的人内心都有着寻找类似世界尽头之类的地方的念头，那里是陆地边缘，是曾经无人抵达过的冷酷之地，是我的心之所在。不是耶路撒冷，不是西藏，而是在这种地方，灵魂才最接近自己。前者是传说的故事，后者是自己的故事，而我为自己和 Alice 写了一个关于追随和寻找的故事。安放自我有很多种方式，有人选择在爱情中，有人在艺术里，而我们在自己创造的那个独特的世界里，以另一种默默的激烈的方式。

我将永远记得那个灯塔上呼啸的狂风和似乎永远也爬不到尽头的旋转楼梯，也不会忘记我在那里流下怎样激动的泪水。我会记住那个灯塔的样子。

远方除了海洋，一无所有

汉班拖特——总统的故乡

父亲的短信——

"你在博客上写的文章我都看了。自从看了你写给我的信,我至今几乎夜夜失眠,有时暗自流泪,但最重要的还是担心!你的出走是我未能预料的。出走也好,旅行也罢,辞去工作也没什么了不起,但你一个女孩只身一人远去他乡确实让我放心不下!虽说我们之间缺少沟通,但并不是不能沟通,我相信通过这次教训我们之间会很好地沟通的,会把过去的损失弥补过来的!我希望你能尽快地结束这次旅程,特别是在那些落后的国家。能到那些开放而发达的欧洲国家转转我还更高兴一些。看到你这个在交通住宿饮食方面都十分节俭的背包客我流泪了,心情很不好。既然出去了就不要亏待自己。我每天都要看你的博客日志和各类文章,你在博客里加配的音乐不断地在我耳边回旋,望你能尽快缩短旅程,同时也希望你能玩得更加快乐!及时向我汇报每天的行程。"

收到父亲的短信,我的眼睛湿润了。多少年了,父亲很少用这样情深意切的语气跟我交流,一时间,所有的委屈一下子涌了上来。因为自己的智慧不够,自己的能量不足以去应对发生在我身上的一切,因此总是在用激烈的方式去刺伤父亲。而现在,我开始理解所谓慈悲和爱了,也开始理解那句"宽恕能够解放内心,消除恐惧"。这其实是与自己的和解,是一种能量的外现。当你不会拿别人手中的刺去伤害自己,没人伤得了你。

我泪如雨下，同时也决定听从父亲的意愿，缩短旅程，不再到非洲去。我决定立刻返回科伦坡去问印度签证的事。

回科伦坡的火车拥挤不堪，过道里站满了人，窗户和车门大开也无法吹散车厢里污浊闷热的空气。我坐在座位上实在受不了，便挤过人群走到车厢连接处，像斯里兰卡人一样站在车门的台阶上，双手紧紧抓住扶手悬挂在车门外。火车开得并不是很快，我吊在车门外吹着温热的风，欣赏着车外的风景，一点也不觉得危险。

没过一会儿，就听见一阵富有节奏的鼓声和歌唱声，我踮起脚朝车厢里望去，原来是一个斯里兰卡卖艺人边用手打着鼓边跟着旋律哼唱，四周的人也随着节奏轻轻摇摆着身体，有几个乘客还跟着卖艺人一起唱着。卖艺人一曲唱罢拿出一个小袋子，乘客们纷纷解囊向袋子里面投入钱币，卖艺人便换个曲调，再唱一首。一时间，车厢里的气氛很是热烈。

卖艺人唱了好几首歌曲之后往下一节车厢走去。乘客们意犹未尽，这时，车门处几个斯里兰卡嘻哈小子也拿出了非洲鼓和铃鼓，在这狭小的空间里表演起了年轻人特有的说唱音乐。一路上欢声笑语，打发了乘车的无聊。

我在科伦坡一下车就向YWCA奔去。Anusha仍然在接待处忙碌着，仍然对我各种挑剔和警告，我还是住在上次住的那个房间，只是这次同屋来了个澳洲室友Liz。Liz刚从印度学了6个月瑜伽过来，每天都在公共洗浴间的门框上系一条粗粗的绳子，然后把身体倒吊在绳子上练习瑜伽。Anusha看到之后常常问我：她还正常吧？我告诉Anusha，她这是在练习瑜伽，Anusha又发出"shhh"的一声摇摇头离开了。

当天下午我就去了印度使馆，负责接待的工作人员看到是我，仍是一副很无奈的样子，告诉我签证还没有出来，让我改日再来问。从使馆出来，我很是沮丧，告诉父亲我可能为了印度签证要滞留斯里兰卡了。

科伦坡街头到处可见全副武装的大兵，流浪狗伏在士兵身旁，看上去温馨和谐的样子。我整天漫无目的地走着，经常不知不觉间就沿着一条条小巷子来到礁石遍布的西海岸。

科伦坡的天空多半是阴沉的，云层覆满了天空，闷闷的。偶尔云朵被风吹散，露出一块块碧蓝的天空，如梦似幻。随身的包里一直带着村上春树的《舞舞舞》，我常常坐在礁石上，一读就是一个下午。

"各种事件相继发生，各色人等陆续登场，场面不断变换。不久前我还漫无目的地漫步在雪花纷飞的札幌街头，而现在则躺在火奴鲁鲁海滨仰望长空。这便是所谓趋势。顺点画线，结果便成了这副样子；按拍起舞，便到了脚下这个地步。我跳得很精彩吗？我在头脑里对迄今事态的发展逐个观察，一一确认自己所相应采取的行动。还算可以，我想。也许不那么好，但并不坏。倘若再次处于同样的境遇，我多半仍将采取同样的行动。这也就是所谓思维体系。脚已经在动，已经踩上了舞点。"

脚踩在沙子上，看着海浪不厌其烦地冲刷着沙滩和礁石，我仿佛又听到了海的诉说。到底是在诉说什么呢？潮涨潮落，永无休止，永不疲惫，大概这也是某种意志？海水的存在就是为了拍打海岸、潮起潮落，循着某种节奏——如果海也有自我意识的话。唯其如此，海才得以成为海吧。

"跟上节奏，起舞即可。"

回到科伦坡的第四天，我又去了使馆，得到的回复仍然是还要再等等。我深感中国人在此申请印度签证真的不易，便也不多追问，放轻松，搭一班汽车再次上了路——汉班托特，总统的故乡，我的下一站。

汉班托特在斯里兰卡的东南沿海，离美蕊莎不远。我这次选择了公共汽车，以体验另一种旅行的乐趣。我喜欢毫无预设的旅行，面对毫不知情的未知，正如我喜欢深夜的地铁，大概是觉得穿行在城市地下，经由未知的空间抵达一个又一个地点很奇幻吧，偶尔会有村上春树笔下冷酷仙境的镜像，好像随时会出现洞穴怪兽什么的来。而那些从未曾到达过的地方，就好像怪老头的实验室，是一种神秘而诡异的存在，说不定还会有身着粉红西装套裙的胖女郎出现。

汽车行至科伦坡郊区的时候上来一位卖唱女郎，手持一只铃鼓，表情淡漠地演唱了几支南亚歌曲，旋律平静，却仍动听。乘客纷纷解囊，不管多少——似乎这是斯里兰卡的习俗。虽然职业女性越来越多地出现在斯里兰卡的社会机构，但女性地位仍得不到保障，大多没有正经营生，因此常在汽车或是火车上遇到卖艺女郎。

穿过叮叮当当的铁道路口，汽车驶上了海岸边的公路。与惬意的滨海铁路相比，乘坐公共汽车的旅行多了几分颠簸，几分乏闷，也多了几分惊险和激荡——南亚的司机剽悍着呢。疲累之际，倚着靠背，目送窗外那一抹斜去的残阳懒懒沉去，心中惦记着那位卖唱的"吉卜赛女郎"，回味着她的歌声、她的铃鼓打出的节奏，以及她下车回眸望向我时，我给她的一个发自内心的微笑。

没做任何攻略，从科伦坡抵达汉班托特已是深夜。在汽车站找了个突突车司机，谈好价钱让他直接载我去找住的地方。突突车经过一段七拐八绕的漆黑路程之后来到一个叫作 Charmee 的家庭旅馆。与其说是旅馆，还不如说是房主拿多余的几个房间供过路的旅人歇脚罢了，实在简陋得很。参观了所有的客房，我感觉这里到处散发着一种危险的气息，昏暗焦灼的灯光，斑驳潮湿的地板，整个旅馆没有一个旅客。旅馆伙计不知是羞涩还是心怀鬼胎的面容让我心里一直发毛。夜已深，我已没有选择。确定了旅馆老板娘和她的孩子就住在后院的两层建筑里，我最终决定在此投宿。

虽说地处赤道附近，但汉班托特的夜还是有些冷。没有热水，只好哆嗦着洗了个冷水澡。好在我有个本事就是在任何简陋陌生的环境中都可以立刻入睡。锁好门窗拉了桌椅抵在木门后面，一觉睡到天亮。相安无事。

第二日清早走出门，我被这院落里的景色迷住了，老板娘正在院子里劳作，房子后面有个大大的池塘，青蛙游弋，虫鸟鸣唱，夜里的担惊受怕此时早已烟消云散，心情被这阳光晒得开阔明媚。恰逢老板的朋友结婚，伙计们正布置了婚车停在院子里。走出大门，一只死去的蝴蝶落在路边，红黄相间的翅膀依然美丽。

汉班托特是大型港口城市，据说港口还是中国人帮建的，但游客甚少，民风十分淳朴，城市相对比较闭塞，甚至有些萧瑟的样子。当地人见到我这样的外国人仍然会好奇和羞涩。不过，这却让动物们成为最大受益者，海边随处可见各种鸟类，还有闭着眼睛吹着海风的牛儿。但是有些牛也很可怜，身上的皮毛被主人烙上名字以示区分，不过仍然可以在城里无忧无虑地四处走动。

我到汉班托特来并非因为这里是总统的故乡，而是想要去附近两个国家野生动物公园。非洲的行程取消后，我一直对错失非洲大草原而感到遗憾，后来在斯里兰卡旅行指南上看到汉班托特附近有两个野生动物公园，便动了去观赏的念头。

Bundala国家公园主要看各种鸟类，也有一些别的动物，比如野兔、猴子还有大象，大片的滩涂湿地里也有鳄鱼。到达Bundala时正值中午，酷热难当，公园的导游在休息，要下午3点以后才带人进去。等待的时间实在无聊，我便在河边的湿地上玩起了自拍，时不时有工作人员

Bundala 国家公园荒野归来

在远处叮嘱我要小心河里的鳄鱼。虽说我并未抵达津巴布韦或是肯尼亚，虽说这并非朝思暮想的非洲大草原，却有种似曾相识的亲切感，连远处的枯树都好有生命力，走在湿地上，我脑海中一直闪烁着四个字：荒野归来。

下午3点钟出发时，天空竟然配合地阴了下来，没多久还下起了雨，我们才没有被晒成猪头。虽然是在热带，但在海边淅淅沥沥下起雨来还是很冷的，我们只好拉起吉普车的顶棚窝在车内。路上只零星碰见一两个游客。

汽车在泥泞的路面上缓慢地行驶，路边成群的野牛在草地上悠闲地吃着草，各种奇怪的大鸟、孔雀和鹰，还有大花乌龟不时在草丛里出没，有时还可以看到kingfisher，也就是翠鸟，据说是从印度飞过来的，看上去好呆。导游是个英俊的斯里兰卡小伙儿，英文说得很好，每看到一种新物种都会给我详细地介绍。

一场后青春期的出走 /178

大象总是让人激动,这点从大家的反应便可一目了然。看到普通动物时导游总是语调平淡地说:

"看,翠鸟。"

"看,鳄鱼。"

"看,猴子。"

而看到大象时导游完全是惊喜和兴奋地说:"快看啊,是大象!"想必大象真的很让人兴奋又不太容易见到吧。

野生大象发起怒来还是很吓人的,所以尽管我希望近距离观察甚至最好能摸摸它,但还是被我的导游大笑着拒绝了——我这简直是找死!何况附近沼泽里可能还有鳄鱼出没。

车开到公园尽头海边的小山顶上,我和导游跳下车去,就在导游眺望的那个方向,我们又发现了一头大象。这次我强烈要求前往围观,于是,导游带着我顺着雨水冲刷出的一个陡坡走下悬崖,导游边走边计算我们与大象以及悬崖的距离并警告我说,"如果我喊 run,你务必转身就跑,越快越好。"

可我却不知天高地厚地一门心思想要跑到大象身边。后来导游死活把我叫住——不能再走近了!我这才恋恋不舍地看着大象踱着步子走进丛林。

离开公园回旅馆的路上,我竟然发现了一家中餐馆,门外招牌上用中文写着"闽榕餐厅"。餐馆老板娘是东北人,大家都叫她华姐,得知我一个人在外行走,她言辞恳切地邀请我一定要来这里过春节。华姐还告诉我,老板最近在科伦坡工作,因此我可以在除夕夜和她一起住。听说包间里有一桌在港口工作的河南劳工,我立刻冲进去打招呼。老乡见面分外激动,照着故乡的规矩喝过几杯,顿感豪情万丈。

在中餐馆吃过晚饭,我向河南老乡和华姐告别,华姐再一次邀请我一定要来过春节。我因为行程没有确定,便谢过了华姐的好意,告

七 美丽的斯里兰卡

诉她说如果时间合适的话就过来。

Yala 国家公园以大型猛兽比如老虎和花豹闻名。不知道为什么,在公园入口处,除了四处走动的野猪,还有手持枪械的士兵把守,看上去很严肃的样子。

不知道是不是因为下雨的缘故,这天连根老虎毛都没有看到。不过另有收获。

Yala 的导游是个腼腆的年轻人,话不多。因为没有找到老虎,大家情绪都有些低落。就在我闷闷不乐之际导游突然兴奋地叫我:"快看,是象群!"顿时,我和司机都来劲儿了。大概有 15 头大象的样子,导游说这是一个大象家族,由一头公象带领,其他还有几头母象和小象。估计象群的确是不太容易遇到吧,我们停下车兴致勃勃地看了半天。但是没想到,诡异的事情突然发生了。导游指着交配的大象淡定地对我说:"你真是超级幸运啊,不仅遇到象群,竟然还遇到它们交配。这种概率超低呢。"我心想,谁要千里迢迢跑来看大象交配啊!

离开了象群,车子继续向前行驶。不一会儿,我们又遇到了另一个象群,不过比刚才那个象群要小得多,只有五六头。象群在一处丛林旁边走来走去,不远处是一头大象的尸体。导游告诉我那头大象是衰老而死。看到自然死亡的同类,大象内心也当怀敬畏之情吧。

这时天空又飘起了雨丝,吉普车再一次拉起了顶棚。

车里实在太闷,我和司机还有导游都从车上跳了下来,在附近的草地上溜达着。我指着远处一只鸟自言自语:"6 只脚的呆鸟?"

"no no no!这是伟大的母爱,为翅膀下面护着的两只小鸟遮风挡雨呢。"导游赶紧解释。

几只猴子爬上吉普车的车顶,有一只还用爪子拉扯着车的顶棚试图开门,真是成精了。

异国他乡过春节

我本来计划在去过 Yala 公园之后便一路北上去往中部山地,但终是挡不住过年浓郁的节日思绪,也是对华姐和老乡们的期盼记挂在心,于是除夕这天到附近的镇子买了水果礼物去了中餐馆。华姐和厨师他们已做好了饺子在等我。我们边吃边看春晚,看着我们哈哈大笑,餐馆里的斯里兰卡伙计们对我们的笑点一点都不能理解,也呵呵傻笑着。

中餐馆的看门老人养了两只狗,黑狗是黄狗的女儿,老人视它们为宝贝。夜里,老人给它们铺上特意买来的席子,给它们盖上毯子,还在席子旁点上蚊香,他则坐在一旁看着两个宝贝守夜。实在是太有爱了。

第一次离家在外过春节,打了电话给爹妈,爹妈少不了对我的行踪好好询问一番。安抚好他们,挂掉电话,和华姐一起进屋睡觉。二月的南亚仍很热,开了一夜的风扇,说了半夜的话,言语间华姐流尽有家无处归的思乡之情。该是个有故事的女人,嗯。

一大早华姐就把我叫起来,说是今儿大年初一,我的河南老乡中午来这儿聚餐,我得帮忙给打下手。就这么着,继柬埔寨西哈努克市海边客串一回酒保之后,我又做了一回餐馆服务员。于是洗菜刷碗下单传菜忙得非常开心,菜上齐了又转身作为老乡们的朋友坐下一起开吃,真是难忘。

我相信离家寻生计的人离乡背井之初都是怀着雄心壮志的,希望挣到足够多的钱让亲人过上更好的日子,我的河南老乡也一样。但细问之下得知他们工作繁重收入不多,异乡的日子过得很苦,所以在这种地方遇到老乡,他们觉得格外亲切,也有很多感慨。

但是就在远离家乡的困苦之地，我从他们身上仍然可以感受到那种属于河南人的纯朴、实在以及真挚。都说河南人形象不好，但我想哪里都有好人，哪里都有不那么好的人，人们看到的不好毕竟只是少数，他们的好，人们没看到。那一刻，我很想给河南民工正名。河南人，你不差！

酒足饭饱，拥别老乡。看门老人正在院子里给两个宝贝搔痒痒。他说要去对面的水塘给狗洗澡，我也屁颠屁颠地跟着。到了水塘边，老人让我先回去，我大为不解，十分想看怎么给汪星人洗澡，但他跳进水里就是不动——原来这个有爱的老头子是要和狗一起洗！我只好捂着脸跑了。

惦记着后面的行程和印度签证，我觉得是时候离开了。我说明缘故，华姐再三挽留，但是相遇分离皆为缘分，天下没有不散的筵席，必须要出发了。我和狗狗、朋友们合了影，就此别过。

告别了华姐，中餐馆司机把我送到了汉班托特汽车站，我要从这里坐车去高山上的城镇 Ella。

到达汽车站的时候有辆汽车正在启动，我几乎是在开车的前一刻跳上了车。斯里兰卡的汽车也从来不关门，车上很拥挤，我只好手抓着栏杆站在大敞的后门处。后来实在太累，索性坐在车门台阶上，忍受着风吹日晒，疲惫不堪。

汽车最后一排坐着一位台湾女生，跟她聊了一会儿才知道，我坐错车了！我要去的是 Ella，司机听成 Galle 了，完全是南辕北辙。于是赶紧在下一站下车。就这样，我又误打误撞折回了 Matara。

下车打听了去 Ella 的汽车，最近一班也要到第二天早上了，我只好找地方住下来。由于完全没做攻略，就在车站对面的海滩上找了家酒店住下。

上次匆匆路过 Matara 只去了金岛，这次逛了逛夜幕下的市区，感受了下这个曾经被葡萄牙和荷兰殖民过的城市。Matara 民风很淳朴，路边的寺庙里有人在举行参拜仪式。后来我跟一个小伙子问路找超市，没想到他告诉我他可以直接用摩托车把我载到超市。我有些怀疑，心怀戒备地上了他的车。很快到了超市门口，小伙子让我下了车，对我笑了笑之后就要离开。我很是为自己刚才的怀疑感到汗颜，赶紧对他表示感谢。

从 Matara 坐汽车一路往北进入山区，气温骤然下降。正值阴雨天气，山间满眼的植物，一片青翠。路上有当地人用黑色的大罐子煮了玉米卖给过路的人吃。我在堵车的间隙买了一只充饥，顺便呼吸一下外面新鲜的空气。

我在去 Ella 的车子上，坐在最后一排。途中上来一个当地的中年男人，挨着我坐下，我立刻闻到他满身的酒味——原来斯里兰卡也有酒鬼，便嫌恶地往旁边挪了挪。可是没过一会儿，那名中年男子醉醺醺地跟我说起话来。他说着斯里兰卡语，偶尔夹杂着英文，听不懂他在说什么，我礼貌地要求他离我远一点。但最终我还是听明白了一些，结合一路走来的感悟，原来斯里兰卡民风保守，少有女性独自出门，这人竟然把我当成了妓女！他一直在说，他可以给我钱，要我陪他一晚。我在这样的境遇中惊呆了，同时对他说的话十分愤怒，便大声说"离我远点"！吼了几声之后，司机可能听到了，在路过一个车站的时候停下车，把那个醉鬼领下车，交给车站的保安人员。我一个劲儿地对司机说着谢谢，对他解救我于水深火热之中感激涕零。

车子到了 Ella 时已是下午。下了车，我投宿在一家家庭旅馆里。旅馆接待处在半山腰的一座民宅，我所住的房间在山顶的几间平房里。安顿下来之后，我下到接待处去吃晚餐。过了没多久，又有一男两女三个房客下来吃饭,听他们的言谈不像是一起出来旅行的。其中一个女孩上身穿着厚厚的运动衫,下面穿着短裤,皮肤白皙,长得古灵精怪,像极了暗黑城堡里的邪恶精灵。另一个中年女子满头卷曲的黑发,倒是有些像亚洲女子,不过她的口音表明了她是一个欧洲人。中年男子静静地吃着晚餐,偶尔和女孩交谈两句。

几个人都很沉默,中年女子时不时看向我,对我眨着眼睛。我不知她是什么意思,不动声色地吃着我的食物。中年女子见我没有反应,拉过椅子向我身边靠了靠,和我攀谈起来,问我食物的味道,和谁一起旅行住宿等问题,言语间颇有些暧昧,仍旧不时向我挤着眼睛。我心下大惊,心想莫非她是女同性恋?虽说我对此并无偏见,但也许是我对汽车上那一幕仍有阴影,现下的遭遇仍使我感觉尴尬,于是匆匆吃完晚餐,借口不舒服赶紧独自回了房间。后来我又觉得是不是自己想多了,也许她只是想和我住一间房间共同承担房费也说不定。但是不管怎样都不是我想要的结果,便不再去想它,带上地图出了门。

下山时路过旅馆接待处,三个外国人已经不见了踪影,我暗自呼出一口气,遂在葱翠的山间散起步来。打开地图,我发现离这里不远一个叫 Ohiya 的地方,有个霍顿国家公园,那里被称作"World's End",也叫世界尽头。我顿时来了兴致,想要看一看那个同样被叫作世界尽头的地方是什么样子。第二天吃过早饭,我便告别老板一家人,坐上了开往 Ohiya 的火车。

斯里兰卡有两条风景独特的铁路,一条是科伦坡到高尔城的滨海铁路,另一条就是从 Ella 到 Nuwara Eliya 的高山上的铁路,蜿蜒曲折的铁轨盘旋在高山上的茶园间,又别有一番秀美景象。Ohiya 正是在这条铁路线上。

另一个世界尽头——霍顿国家公园

Ohiya 很冷，抵达的时候正淅淅沥沥下着小雨。问了当地的突突车司机，霍顿国家公园离 Ohiya 还有一个多小时的车程。我找了辆突突车，朝霍顿国家公园山脚下驶去。

山脚下有个小小的家庭旅馆，条件十分简陋，只有两间客房，房间阴暗潮湿，女主人经营着一家小超市和餐馆。说是餐馆，其实不过是客厅里多摆了一张桌子而已。我卸下行李，吃过午饭便找了突突车准备上山。

山脚下，一群斯里兰卡大兵正从火车上下来，徒步往山上走，估计是去野地里拉练。车站站台处，一名身着制服的工作人员远远地从火车旁走过来，身板硬朗，步伐笔直，看上去简直像是从电影画面里走出来的一样。

电影《上帝也疯狂》中有个土著翻山越岭跋涉到悬崖边缘，终于无路可走，无路可寻，目光所及之处只有缥缈无边的云雾，他以为那里就是世界尽头，于是扔掉了那只罪恶的瓶子。霍顿国家公园，World's End，斯里兰卡另一个世界尽头，大抵就是这样的景致：长满蒿草的旷野，神秘悠远的迷雾森林，笼罩整个悬崖的云雾，一条铁轨穿过山脚下的小村庄蜿蜒盘旋在高山上的茶园之间。

从 World's End 回到旅馆，天渐渐黑了下来。我就着旅馆温暖的炉火，吃着晚饭，忽然感到有些孤单。饭桌上有个破旧的笔记本，里面是来来往往的背包客们留下的笔迹，我翻开一页，看到日本早稻田大学自行车协会会员的留言，后面还有协会的网址。我想，写下这些留言的人，一定是骑着单车翻山越岭，路过无数美好的风景，遇到无数各种各样的人，终于来到这样一处仙境般的所在，心中也一定有无数感慨吧。他也是一个人在旅行吗？也会如我这般想念家中的父母吗？想到这里，我突然意识到，我的孤单来自于对父母的思念。原来，有了牵挂的漂泊，便不再是流浪。

吃过晚饭，我回到房间。倦意袭来，挣扎的眼帘蒙眬了现实的世界。这睡意如此之深，以至于周遭的一切声音完全入不得耳内，霎时坠入无边的梦境，仿佛在《世界尽头与冷酷仙境》中游荡。独角兽的低鸣，高墙上的天空，飞鸟的翅膀，遥远的仿佛太古世纪。待那镇子上的号角声一把将我拉回到现实，已经是第二天了。

我收拾好行李，准备回科伦坡。旅馆门口就是车站，我买好了去科伦坡的车票上了火车。火车启动时，我看到旅馆女主人和她的小女儿站在门口，隔着远远的距离向火车上的我挥手道别。

火车在茶园间的迷雾森林中穿行，我挂在车门上吹着冷风，看着山谷中升腾的雾气，以及丝丝缕缕遍布其中的瀑布。车外的风景从森林和高山变作绿地，再由绿地变作城镇。

在科伦坡下车之后，我照旧往YWCA走去，可是这次却没那么幸运，YWCA里床位全满，我只得另寻别的住处。打开地图，我无意间发现，在科伦坡东北方向不远处有另外一家YWCA，我大喜过望，立刻坐突突车找了过去。到达目的地后才发现，原来这里是基督教男青年会，我把M看成了W了！难怪这里进进出出的都是男性年轻人，连接待处管事的都是男同志。但幸运的是，这里对女性也提供住宿，我要了一间三楼的客房住了进去。

YMCA的房间不大，但很干净，和YWCA里一样异常简陋。窗户外是竹竿搭起的脚手架，由于是中午，在墙外施工的工人可能是吃饭去了，脚手架上空无一人。我打开行李，找出换洗的衣服，在公共浴室洗了个澡，吃过午饭准备出去。在斯里兰卡的停留期眼看就要超过，我不得不到移民局去申请签证续期。

收到父亲的短信，问我人生中第一次看大象是在什么时候，是否还有印象？我顿时在人声鼎沸的移民局大厅里默默地哭起来。大象对我有着特殊的意义，我怎会不记得？小时候第一次看大象是和父母在武汉动物园，父亲给我们买了票就外出办事，母亲带着我逛遍整个动物园都没有找到大象馆，在大门口等到父亲之后他一把拉住我就又进了动物园，终于看到了大象，大象的粪便很臭。那天下着小雨，我们都没有伞，很冷，鞋子都湿透了。

我还记得初中的暑假，父亲在雨后的傍晚带我去兜风，乡村公路上，路两边的梧桐遮天蔽日，形成一个巨大的树洞，远处的山头上缭绕着白色的云雾。父亲开着车，经过车窗的凉风吹乱了他的头发。寒假的早晨，朝阳懒懒地照耀着大地，父亲扛着猎枪走在冬季的麦田里，我跟在他后面一起寻找野兔。还有某年深冬，父亲载我去省城看病，车子行驶在高速路上，外面是雪后凛冽的清晨，路边的田野是冬季特有的寂寥和苍茫，树木的枝丫上挂满了冰凌。

我还记得，我在桂林读大三那年，父亲有一天突然给我发短信，问我桂林的天气怎么样，有没有下雨，并且告诉我他邮寄了新鲜的桃子给我，第二天晚上就能送到。我突然有一种预感，父亲不久就会出现在我面前。第二天晚上，父亲给我发短信说物流公司送桃子的车已到，让我快快到宿舍门口签收。我心想这一定是父亲开的玩笑，他一定是亲自送来桃子，不过是想给我一个惊喜而已。果不其然，当我走到宿舍门口时，对面响起了一阵拍掌的声音，循着声音望去，父亲正和我的秦叔叔站在路对面，冲着我微笑。我心中一阵感动，但仍装作十分意外的样子跑了过去。父亲从车子后备厢拿出一袋冰镇的桃子对我说："我说是新鲜的桃子要给我女儿送来就一定会送过来。"原来父亲和秦叔叔从家乡一路自驾了一千多公里过来,就是为了给我送一袋桃子。生性内敛的我只是仍旧惊喜地微笑着,却从未对他说过感谢的话。

这些美好的回忆我统统记得,我又怎能忘记?时至今日我才明白,原来你才是我心中那堵永远都不会倒的城墙。虽然我与母亲看似更亲密,骨子里,我受父亲的影响更深,内心更倾向于听从父亲的意见,更在意他对我的态度。

此时,我真想马上飞回祖国,飞到父亲身边去。然而想到这次旅行的目标还未完全达成,我只是给父亲回了一条短信:"自由是我的底线,回归是我对你的承诺。"

我想,非洲是被我放弃的目的地,但是做志愿者的想法我并没有放弃,印度有个仁爱之家,去那里同样可以达到做义工的目的,我必须在达成这个愿望之后才能结束我的旅程。因此在拿到了斯里兰卡签证延期之后,我立马去了印度大使馆。只是使馆的工作人员仍然告诉我,签证还要再等一等。我问他究竟还要等多久,工作人员耸耸肩,无可奉告。

吃过晚饭疲惫地回到 YMCA,我突然发现我的冲锋衣不见了,那可是我遮风挡雨的最佳装备啊!看着窗外,我猜测冲锋衣一定是被施工的工人偷走了。不过还好只是丢了衣服,电脑和其他贵重物品都还在。

我下楼打算找 YMCA 管事的 Jaya 投诉,可是正赶上 YMCA 做礼拜,Jaya 和神父在一楼的小教堂里正在做弥撒。我在他们祷告的间隙把衣服丢了这件事告诉了 Jaya,谁知那位神父却把手放在我的头上用英语说:"愿主能够帮助你,主与你同在。"而 Jaya 也附和着在身上画着十字。然后,神父又叽里咕噜说了一大通,估计是在向我传道,只是我什么都没有听懂,心里一直挂念着我的冲锋衣。

就这样,冲锋衣是没希望了,我却在YMCA的小教堂里听了一个晚上的传教。虽然我并不相信主的存在,却也觉得是十分有趣的经历。

这天,我在前台交房费时碰见两个欧洲年轻男子结账准备离开,我看着他们两米多长的冲浪板说:"去希卡杜瓦冲浪吗?"

冲浪板主人:"是呀,海浪怎么样?"

"非常棒!"

"Girls?"其中一个男子问。

"什么?"我是真没听明白这个单词。

"Girls?"

我还是没有听懂,直到他用双手在胸前比了一下,我才明白他指的是姑娘们。

我哈哈大笑诚实以告:"我不知道呀。"

"什么,你不知道?你在那儿都没有看到姑娘吗?"

我冲他一笑:"我可不关心这个。"

另一个男子这时心领神会地微笑着说:"如果她是男人的话。"

目送着他们离去,我不禁笑出声来,他们脑袋里整日想的只有姑娘吗?

大象孤儿院

印度签证还没有拿到,我只好继续等待下去。

房间阳台对面就是著名的希尔顿饭店,两相对比之下,更显得YMCA残旧和破败。夕阳如血,热辣辣地照着西面的门窗,在房间地板上留下长长的影子,两只乌鸦在阳台护栏上蹦蹦跳跳寻找食物,不时歪着头看一看屋内。

斯里兰卡的乌鸦比人多,而且被奉为神鸟,无论是在大街上还是在海边,总是可以看到三三两两的乌鸦旁若无人地飞来飞去,它们有时在天空自由自在地翱翔,有时又在地上闲庭信步,大有"这里是我的地盘"的派头。

隔壁住着一对中国老夫妇,他们刚从历史古城康提回来,说那里是一个十分美丽的小城,若有时间不妨去看一看。康提曾是行政和宗教中心,以佛教圣地闻名于世,佛牙寺供奉着佛祖释迦牟尼的牙齿,是著名的历史建筑物,也是佛教徒的朝圣之地。我查阅了地图,发现康提离科伦坡并不是很远,就在等待签证的间隙去了一趟康提。

听说科伦坡到康提的公路交通十分拥堵,我选择了坐火车去。上次从Ohiya回科伦坡那趟火车其实是经过康提的,当时正是阴雨连绵的天气,而这次是山区这个季节难得一见的好天气,阳光照耀大地,和上次云缠雾绕的景致又完全不同。我是幸运的,两种不一样的景色都看到了,不过还是觉得云雾中的高山更好看。

火车上人奇多无比,虽然是二等车厢的票,但根本没有抢到座位,过道和车门处都挤得一塌糊涂,我不想在闷热的车厢里乏味地站上

3个半小时,就放好行李又跑到车厢连接处站在车门的台阶上。这次可没回科伦坡那天舒服了,三十多度的高温,车门又开在朝南的一面,晒得全身的皮肤都是疼的。好在山间的美景仍然吸引着我,还有兴致拍几张照片。

快到康提时我跟一个斯里兰卡人聊了几句,跟他打听住宿的事,正好他就是康提人,火车到站后帮我联系了一辆出租车,找到一家15美元的家庭旅馆,就在康提湖旁边。我原本以为这个价格在康提已经很便宜了,条件一定很差,但出乎意料的是,这是我住过的家庭旅馆中最正宗、性价比最高、最有品位的一家。虽然女主人态度冷淡,但丰盛可口的食物弥补了这点不足。

在斯里兰卡有很多家庭旅馆,都是把多余的房间拿来做客房,这里也不例外。这是个庭院式住宅,一走进白色铁质大门就有两只大狗迎了上来,热情地舔着我的手,旅馆守门人忙把它们叫了去,以免我被吓到。院落里满是青翠的植物,大门旁有个秋千,一条小路沿着两旁低矮的灌木丛延伸至住宿的平房。宽敞客厅里摆着古色古香的茶几和木椅,墙上的木格子上是精美的花瓶和铜器,屋内一角还有一架黑色钢琴,长餐桌和随桌的椅子上雕刻着繁复的花纹,厚重的落地窗帘被风吹得摇摇晃晃,颇有些贵族风范。我住的房间后面有个后花园,成群的猴子在窗户上打闹嬉戏,并不怕人。

下午从佛牙寺回来,我想出去买些水果补充维生素,我看旅行书上说康提湖在傍晚时分有过抢劫事件发生,就在市中心买完水果赶紧去找突突车回去。这时天已经开始黑了,我刚走到一个貌似突突车集散地的地方就有一群男人围过来,也不知道是突突车司机想拉生意还是看我是外国游客好奇,我坐上突突车,他们蜂拥着把手伸进来要和我握手,我开始还以为是当地人热情好客,但后来发现不是么回事,总之握着握着手就想占我便宜，我气愤地抽身离去并大声斥责了他们，那些小混蛋们才作鸟兽散。

回到旅馆，我意外地发现餐厅里坐着一位亚洲男子，看到我，他很自然地用中文问我是哪里人，我拿出水果和食物，坐下和他攀谈起来。男子叫 Corey，广东人，到斯里兰卡主要是为了摄影而来，从科伦坡一路过来拍了很多照片，还去了北部的锡吉里耶古城，后面打算南下去高尔城。而我正好相反，我下一个目的地是岩石上的宫殿——锡吉里耶古城。

第二天早上，我被后窗上肆虐的猴子给吵醒，推开房间的门，Corey 已经离去，我也收拾好行李，坐上了去往锡吉里耶古城的汽车。

锡吉里耶古城建于公元 5 世纪，当时僧伽罗族王子卡西雅伯弑父篡位，因为害怕有人报复，也为了树立权威，他建造了这座宫殿。宫殿建立在一块两百多米高的巨大岩石上，远远看去，就像平原上一块巨大的砖头，有种君临天下的庄严。古老的宫殿现在已经损毁，只能看到一些地基的遗址。我沿着巨岩边缘的铁质楼梯盘旋而上直到岩顶，走过一千多年前的历史，感受着王朝的更迭和历史的沧桑，感叹命运的无常。

巨石上的宫殿——锡吉里耶古城

在回科伦坡的路上，有个叫 Kegalla 的镇子，在镇子的西北方向是一个叫 Pinnawala 的地方，那里有一个大象孤儿院，收养着上百头大象，主要收养无家可归的、在陷阱里受重伤、脱离群体迷途、因战火负伤及患病的幼象。出于对大象的偏爱，这样的地方我当然不会错过。下午到达 Pinnawala 找好旅馆后，我出去四处溜达。

旅馆后门通往一条河流，顺着小路走下来，我看见河里面有一团黑乎乎的东西，两个当地人正在洗刷着什么。走近之后才发现，原来那团黑乎乎的东西是一头大象，那两个当地人正在给它洗澡。驯象人看到我站在河边给大象拍照，主动热情地让大象从水中站起来，指挥着大象摆出各种姿势供我拍照。随着驯象人的口令不断变化，这只大象也做出相应的动作。其中一个驯象人拍了拍大象的右前腿，大象便听话地把腿抬起来，驯象人踩着大象弓起的脚背利索地爬到它的背上，用椰子壳给大象搓起背来，大象舒服地摇摇晃晃，真是可爱极了。

驯象人从大象身上爬下来，挥着手招呼我过去，我有些迟疑，害怕地摇了摇头，驯象人热情地说着英语，让我不用害怕，我小心翼翼

大象孤儿院

地蹚进水里，站到大象身旁，驯象人拍拍大象的肚子，大象就缓缓躺倒在河里面，驯象人把椰子壳交给我，让我在大象厚实的皮肤上搓起来。看着大象这么温顺，我内心的恐惧也消失得无影无踪，慢慢也就放开了，与大象和驯象人嬉闹起来。大象也很有趣，和我熟稔了之后竟然用鼻子把我卷着举了起来，惹得我哈哈大笑，另外一个驯象人赶紧接过我手中的相机，咔嚓咔嚓为我拍起照来。

第二天一大早，我一起来就直奔大象孤儿院，买了门票进去却并未见到成群结队的大象，只在一个大棚子里看到几头。棕榈叶搭成的棚子下，一头母象身下护着一头毛茸茸的小象，母子俩用厚厚的象脚劈着木材，劈成小块后用鼻子卷进嘴里吃。棚子另一端，几头大象用鼻子拖着木材帮助工人们干着活。

10点钟的时候，外面开始有三三两两的大象朝着门口的方向走去。干活的工人告诉我象群洗澡的时间到了，让我跟着大象去河流下游。大象越来越多，慢慢地有上百头大象聚在了一起，我跟着它们朝河里走去。

象群穿过大门外的街道，沿着一条小路走下河流，有的用鼻子喷着水洗澡，有的躺在河里的泥沙里打滚，还有的和游客玩耍，吃着游客手里的香蕉。有的大象脾气比较暴躁，为了避免大象发起狂来伤到游客，驯象人只好给它们戴上锁链。

有一头大象一条前腿受了伤被截肢，只剩下三条腿走路，另一只前腿因为长期承受身体的重量而变得有些畸形，一个驯象人专门在旁边照顾它，喂它吃刚摘下的香蕉。

我和别的游客一起站在河边，看着上百头大象在河中洗澡的壮观场面，心中是对大象孤儿院创建者深深的敬意。据说因为象粪里含有大量纤维，孤儿院还可以把大象的粪便做成绿色环保的纸张，1公斤象粪可造 60 至 66 张 A4 大小的纸张，一天可以处理两吨象粪。

参观大象孤儿院结束之后，我下午就回了科伦坡，住在海边一个叫阳光旅馆的地方。酒店对面的路边每天都停着一辆绿色突突车，司机是一个头发花白的中年男子，整日在那里嚼槟榔睡大觉并不着急挣钱，价格也出得非常低。

第二天一大早，我推开阳台的门，发现是个万里无云的大晴天，连对面的海洋翻滚的白色浪花都比平日更闪烁耀眼，似乎预示着诸事顺利。结果一到印度使馆，那个负责受理申请的印度工作人员就拿出我的护照放在桌面上，然后在护照上重重拍了拍并长叹一口气，我知道搞定了！不知道是我的坚持不懈感动了他，还是我的死缠烂打让他厌倦了，总之，我成功了。历时 44 天，12 次进出印度使馆，终于拿到了签证。虽然期限只有一个月，但要知道在斯里兰卡拿到印度签证本就属于不可能完成的任务，所以我也知足了。我谢过工作人员，临走时对使馆一干人等说了句"Welcome to China"，工作人员微笑着对我点了点头。

我迫不及待地订了去印度的机票。不管怎样，到了印度再试着申请延期吧，虽然也许又是一个不可能完成的任务。谁知道呢。

航班时间是早上 7:30，因为国际航班要提前三个小时办理登机手续，和在马来西亚一样，我选择在前一天晚上抵达机场。退掉房间，我乘突突车到港口附近的长途汽车站，坐上了去机场的中巴。

傍晚时分的科伦坡交通非常拥堵，从科伦坡去机场的路上也是走走停停不断有人上下车，但是那天的晚霞非常美，落日余晖中偶尔掠过佛塔和教堂的轮廓，天空飞翔着乌鸦，路边不时有牛经过，在拥挤嘈杂的马路上显得如此和谐和富有生气，这一切都让我在离开这个生活了近两个月的地方的那一刻无比留恋。

按照最开始的计划,我在斯里兰卡最多待签证上给的 30 天,但万万没想到,因为印度签证,我竟然在这颗印度洋的珍珠上待了这么久,都快成半个斯里兰卡人了。不过换个角度来说,我也成功晋级为"专业"旅行者,那就是像当地人一样去生活,而非一个匆匆而过的观光客。也就是在这里,我完成了一个转折,一个类似人生重建之后回归的隐喻。

自从斯里兰卡机场几年前被恐怖袭击之后这里就管理得非常严格,机场外面设有重兵把守,每辆车通过时还有持枪士兵上来检查和登记,然后一直随行到入口处。

10:30,机场还是人来人往,我找了个聚集着很多背包客的休息区,用密码锁把大背包锁在座椅上,牢牢抱紧挎在身上的随身小包睡了过去,一觉睡到早上 4 点钟。

7:30,飞机准时从科伦坡机场起飞,眼看着机窗外的海岸线变得越来越远越来越长,海洋上翻滚着的粼粼波涛和行驶的渔船留下的白色浪花慢慢消失不见,心里头有点感伤。再见了,斯里兰卡,再见了,佛祖的眼泪。也许有一天,我还会回来的。

八 | 印度，我来了！

印度初印象

听父亲说,斯里兰卡和印度之间的海上距离也就200多公里,才飞了一会儿就看见印度大陆的海岸线,早餐还没吃完广播就说要下降了,结果我剩下的食物被无情地拿走。

折腾了这么久终于到了印度,我心里却没有丝毫的兴奋和激动,也许是因为期待了太久感觉反倒变了味儿。印度的旅行攻略书看得也不多,再加上网上各种关于印度的传闻以及路上遇到的背包客们无一不对印度使用"疯狂"这个词,在接近陆地的那一刻我心中竟有些许恐惧——印度,儿时便如神话般存在于我记忆中的国度,你会怎么迎接我呢?

飞机降落在印度最南边的喀拉拉邦首府特里凡得琅。一下飞机我就直奔机场海关。说来好笑,这个签证如此难办的国家,入境倒是相当顺利!海关人员还很友好地问我是不是一个人旅行。

由于和斯里兰卡相距不远,两个国家文化相近,倒也没有什么视觉上的冲击。特里凡得琅往南20公里处有一个海边小渔村科瓦蓝,我乘出租车来到这里,打算稍作停留。

科瓦蓝到处是西方人,很少见东亚面孔。我在渔村的小巷子里到处转悠,忽然迎面碰上一个极其漂亮的女孩,女孩用法语和我打了招呼,并告诉我她环球旅行很久了,刚从欧洲过来。同为背包客,我很自然地和她聊了起来。

"我叫Julia,阿根廷人,你呢?"女孩首先做了自我介绍。

"DD,中国人。"

"什么,DD?"Julia好像很惊讶。

"是的，是 DD，怎么了？"我问。

"DD 在印度语中是姐姐的意思啊。哈！"

"原来是这样。"难怪在斯里兰卡时人们听到我的名字时表情都有些莫名其妙呢，僧伽罗语和印度语是有一些相像的。

Julia 就印度语和印度文化和我聊了一会儿，然后准备告别，只见她伸出双臂抱住我，俯下身在我脸颊上一吻，我愣了愣，Julia 仿佛什么都没有发生似的说：

"这是告别礼，是南美洲礼仪哟。"说完她忽闪着两只大眼睛微笑地看着我，仿佛在等待我的回应。

眼前的 Julia，目光柔和，表情坚定，好像并不觉得有什么不妥之处，倒是我杵在那里尴尬得很。

定了定神，我开口道："南美洲人果然很热情呢，我们亚洲人就只会说再见。所以，再见了。"

她也并不见外，再次给了我一个拥抱说："再见，祝你玩得开心，我要去游泳啦。"

告别了 Julia，走过院子外面长长的小路我不禁停下来回过头，正看见一个优美的曲线跃入泳池，随后便是欢快的水声在流动。真是个热情似火的姑娘。

第二天一早，我就收到父亲发给我的短信："今天是你的生日，找几个吉卜赛人给你唱歌跳舞庆祝庆祝。"

天啊，吉卜赛人，我去哪里找吉卜赛人啊？忽然，脑袋里灵光乍现，我想起小时候和父亲一起看的印度电影《大篷车》，苏妮塔就是在孟买附近遇到吉卜赛人的车队的。对，就去孟买。

孟买实在是个神奇的城市，它的神奇之处从飞机降落那一刻起就体现得淋漓尽致，那就是一边是富裕，一边是贫穷。

这天是个好天气。飞机在孟买机场上空盘旋着寻找跑道，从舷窗上望下去，阳光下的孟买高楼林立，很有国际都市的气派，然而在下降过程中，一大片贫民窟却出现在飞机的另一边——显而易见，这是个贫富分化巨大的城市。孟买国际机场就建在这个贫民窟旁边。

下了飞机，我拦了辆出租车，告诉司机我的目的地，谈好价钱朝着孟买的 YMCA 驶去。路遇堵车，有老妇人向前面轿车里的人行乞，车里人摇下车窗，拿了几张卢比给老妇人，老妇人双手合十谢过又走向下一辆。街头有人在理发，就在大路边，和二十年前的中国有些像。整个城市给我的感觉乱糟糟的。

YMCA 还有房间，我运气不错，住进一间临街的房间。

附近有人在玩杂技，竹竿搭起两个高高的架子，一人多高的位置系着一根绳子，一个脏兮兮的小女孩走在绳子上，手拿一根长长的竹竿来保持平衡，一位像她父亲样子的男子站在架子下看护着，一看就是出来卖艺的。只是小女孩年纪实在太小，估计还不到四岁的样子，各国游客站在架子旁边拍照，脸上表情各异，旁边经过一架花里胡哨的马车，更显出小女孩和父亲的落魄。

周围车水马龙，汽车的滴滴声不耐烦地此起彼伏，路边是卖各种吃食的生意人，装载各种食物的小车杂乱无章地摆在街边，显得整个街道嘈杂和无序。

卖甘蔗汁的老板跟我打着招呼，热情地推荐我来一杯试试，出于好奇，我答应了他。老板开始制作甘蔗汁，制作果汁的机器很简单，就是两个铁质的靠在一起的齿轮，甘蔗从这头被送进去，再从另一头拉出来，齿轮咬合的力量把甘蔗的汁液挤压出来，然后流进一个容器里。这么来回挤压几次之后，甘蔗就成了没有水分的纤维束。老板拿杯子盛了一杯给我，味道很不错。

孟买的建筑很奇怪,要么是欧洲古堡式的,要么就是简易的棚户区,对比强烈。3月的孟买满地落叶,有流浪者睡在街边,有的是独自一人,有的是一家人都住在大街上,生活用品也摆放在那里,行人若无其事地从他们身边走过——他们已经习以为常。

走到一片闹市区,我忽然就迷了路,拿出地图也分不清楚方向。没办法,我只好问一位路人,走近了发现他的肩膀上竟然坐着一只小白鼠。那位男子热情地给我指明了方向,之后并不走开,而是一路跟着我往YMCA走,边走边东拉西扯地和我聊着天。我有些纳闷,一路和他保持着距离,心里头有些发毛。突然,他问我:"你是同性恋吗?"我停下脚步,转向他,不知他何以问出这样的问题,于是郑重地告诉他:"不,我不是。"内心莫名其妙。男子抚着他的小白鼠,好奇地看着我,似乎觉得问这样的问题并没什么不妥,之后悻悻地转身走了。噢,上帝,为什么问我这样的问题?!难道没有理会他的热情就必须是蕾丝边吗?真是又好气又好笑啊!

因为走得太远,回去的时候我打了辆的士,这辆的士司机却很冷漠,言谈举止也很小心,大概是因为刚刚经历了恐怖袭击的缘故吧。

回到YMCA,我去了附近的超市。网上有人说,印度人右手吃饭左手擦屁股,上完厕所用水一冲了事,所以来印度千万记得带够卫生纸。结果我到超市一看,谁说印度没有卫生纸!我把这事说给父亲听,他立刻回我短信:等你回来后我要认真监督你,别学了印度人再给我拿馒头吃!

孟买到处是古堡般的建筑,让人仿佛觉得回到了欧洲中世纪一样,真是童话一样的城市,中世纪的街道,城堡般的学校,飘然而落的树叶,只是,这个童话有喜有悲,似乎被一分为二,童话这边是高楼大厦,是车水马龙,那边是望不到头的贫民窟,是流浪在街头的卖艺者。我猜那个玩杂技的小女孩就是以前的吉卜赛人吧。

背包客最后的天堂——果阿

果阿是印度联邦共和国面积最小的一个邦，有背包客最后的天堂之称。由于果阿没有引渡条例，很多西方人在这里逍遥，印度果阿不是最美的海滩，但一定是全世界最有传奇色彩的海滩之一。

果阿其实是在孟买南部，但是因为飞机航班的缘故，我只能先去孟买再到果阿。

飞机晚点3个小时到达果阿，我坐上突突车直奔西海岸。突突车行驶在乡间小路上，路两边是翠绿的田园和闲散的牛羊，一派诗意。最后，车子在海滩上的一个家庭旅馆把我放了下来。

旅馆前面有一个非常大的院子，种植着数不清的棕榈树和蔷薇花，后面的一排瓦房是客房，站在客房外就能看见远处翻腾的海浪。我的隔壁住着一对欧洲夫妇，可能已经住了很久了，门外摆满了各种花朵，外面土地上还种了一棵小树。我知道很多欧洲人来到果阿一住就是几个月。

也许是因为海滩很宽阔，也许是因为我来的这个海滩人不是很多，总之，出乎我的意料，果阿的海岸相当安静。海面上有人背着降落伞随着快艇在空中翱翔，一位西方小伙抱着女友在海中嬉戏，海滩上遍布着美丽的贝壳和钻进沙子里的螃蟹，还有孩子堆砌的沙雕，远处阿拉伯海在阳光的照耀下波光粼粼，美得让人心碎。充满生机，却不嘈杂，这就是我一直向往的地方。

夜幕降临，海边的灯火沿着海岸一直延伸到远方的天际，和漫天的星光混成一片。我在一家餐厅外的海滩上坐着，马上就有帅帅的餐厅老板过来，礼貌十足地问："美丽的小姐，需要点些什么？"我朝他笑了一下，点了一份西餐，还有一杯印度特有的果汁，目送老板往厨房走去。

隔壁餐厅的彩灯亮了起来，音箱里开始断断续续地播放印度歌曲。断断续续，是因为在试音响，还是没找到好听的歌曲？忽然，一段美妙的旋律响了起来，吉他伴着人声，在空旷的海滩上蔓延，沙滩小子们立刻跟上节奏欢快地起舞。印度人能歌善舞，那几个沙滩小子踩着鼓点载歌载舞，不时吹着口哨，释放着内心的激情和快乐。如果我有一架摄影机，那么这幅画面绝对可以直接拍成电影。

"好听吗？"是端来食物的餐厅老板。

"真是太棒了，你知道这首歌叫什么名字吗？"我赶紧问。

"pee loon，是去年流行整个印度的电影 *Once upon a time in Mumbaai* 的主题曲。需要我提供 MP3 吗？"老板笑着看着我。

"如果方便的话，那真是太好了。"我拿出 U 盘交给老板。

老板转身进了屋，不一会儿就拿着我的 U 盘走了过来："下载好了。"

"非常感谢。"谢过老板，我把 U 盘装好，"那部电影是讲什么的？"

"哦，那是一个非常感人的爱情故事。你真该去看看，如果你会印度语的话。"那部电影并没有被其他国家引进。

"如果可能，我会的。"我知道很多印度电影 DVD 是有英文字幕的。

"谢谢。"我再次感谢。

第二天，我在果阿的乡村公路上暴走了一整天，下午在一个集贸市场停了下来。市场里有琳琅满目的商品，有印度的各种饰品和服装，都很有特色。4 美元买了一串手镯，廉价又劣质，金属圆环随时可能断掉。但这个手镯的灰褐色呈现出一种特别的气质，深沉，内敛，让人无法忽略它的存在。

途中路过一个小小的印度寺庙，寺庙里空无一人，我按照印度教徒的规矩光脚走进去，对着寺庙里供奉的印度神像拜了拜，然后坐在门廊的地上稍事休息。门廊外，有商贩叫卖着水果和西红柿，一只身上涂满颜料的大象驮着几位西方游客，脖子上挂着铜铃丁零丁零地走过。偶尔有风从窗子外吹进来，穿堂而过，带来丝丝凉意。

我想起西哈努克市的莎莎舞之夜，Tasha 和 Tania 邀请我到 Full Moon 旅馆前看日落，想着他俩这会儿不知到了果阿没有。但是当我到了 Full Moon 旅馆，老板却告诉我并没有叫 Tasha 和 Tania 的人入住。我想也许他们已经旅行去了别的地方，内心有些许的失落。

我曾觉得那些风景胜地的旅馆服务员会很悲伤，每天看那么多背包客来来往往，绝大多数再无相见的可能，好伤感啊。不过大概也只有我这种蠢货才会这样悲春伤秋吧。这个年代我们有手机，有互联网可以联系，真想重聚也是坐上飞机分分钟的事，可是古人一别就真的是永别了，鸿雁传书都未必找得到。

第三天早上，结算过房费，我离开了海滩，坐车到了果阿邦首府帕那吉，在帕那吉的小巷里找寻着合适的旅馆。

清晨的巷子里弥漫着某种香甜的气息，像是童年时喝过的某种荔枝饮料。我不知道这香味从何而来，又止于何处，只是循着这香味，我依稀记起故乡小镇上的一位阿姨，这位阿姨是个售货员，由于与父母熟识，她每次见到我都会送我一袋零食或是一罐饮料，因为每次都是慷慨赠予，我那时竟给她起了个名字叫"不要钱的阿姨"，每当这样叫她时父母都会哈哈大笑。

童年的许多记忆都会随着时间而消逝，然而味道不会，它会被深深埋在大脑皮层的某个深处，等待着某天被你发现。循着这味道，我住进了一条彩色巷子里的一家小旅馆。旅馆布置简单而舒适，阳台上的白色落地窗纱在晨风中微微飘动，使得朝阳在朦胧的窗纱里若隐若现。一位法国装扮的女人，指尖夹着香烟，站在对街的门外眺望着远方，不知正看着什么。整个早晨静悄悄的。

晚上，躺下静静地感受周遭的一切。空气中弥漫着炊烟四起的气息，隐约有种灶台上馒头的芬芳。黑暗中传来车水马龙声，我与这喧嚣只隔一扇窗。暖春的夜风轻轻拂过，意识一下被拖拽至记忆深处，眼前浮现出那个从未曾仔细回望过的奔跑的少年，短发，球鞋，踢着小石子，间或吹两声口哨逗一逗路边的野狗。少年读书还算认真，但也贪玩，有关那个年代的记忆很多便定格在停电时写字台前的蜡烛，家属院的沙石堆，楼道里飘来的饭香，以及母亲催促少年回家的呼唤。少年总是在沙土里滚得一身脏回去，母亲佯装嗔怒抱怨一句，同时拍一巴掌在少年屁股上。父亲则常常哈哈大笑摸着少年的头大声说，我喜欢我的小女儿，从来不顾女儿的害羞和不好意思。他知我爱看蓝精灵，也常学我拖长了声音喊一声"阿兹猫~"，脸上做出夸张的表情。夏日炎炎，父亲在邻居们惊讶的目光中钻进垃圾箱为少年找寻遗失的邮票；凛凛冬日，少年走在郊外的乡间目视前方扛着猎枪寻找野兔的父亲……竟然都是满满的回忆。空气中氤氲的气息缠绕着我，升腾起强烈的泪欲。那个少年，你在哪里？今夜，风起的时候仍旧关上灯，让黑暗笼罩，让夜色侵袭，让身体处于宁静的孤寂。回不到过去，也能在过往的记忆中得到抚慰。于是心中莫名的安静与笃定。

在帕那吉待了两日，我收拾好行李，准备前往这次旅行中非常重要的一站——加尔各答，在那里，我将实现做义工的愿望。

修女之家做义工

由于印度地域广阔，在印度的大部分出行我都选择了飞机。到达加尔各答机场已经是傍晚了，夕阳烧红了半边天，更加让人觉得酷热难耐。天气好得不像话，万里无云，傍晚落日的天际十分好看，映出远处高层建筑上伊斯兰风格的圆形拱顶，以至于万分之一秒的刹那，我以为我回到了斯里兰卡。由于南方靠海，天气并不是很热，而加尔各答深入印度内陆，即使是3月，气温也常常在四十多度，一下飞机就迎面而来一股热浪。

从温度的角度来讲，印度倒不失为一个修行的好地方，印度人人生的最高境界基本就是在这酷热中把持住自我，清静无为，不让思想中暑——印度的热都受得了，还有什么苦吃不了呢。

我和飞机上遇到的德国人Michle一起拼车，来到背包客聚集地时已是晚上8点钟。Michle去了别的旅馆住多人间，我选了家旅馆的单人间。单人间非常狭小，最要命的是竟然没有窗子，不过还好有空调，才不至于热死在房间里。听说我来自中国，旅馆老板笑着叫我"Made in China（中国制造）"。

第二天，我走出房间，睡眼惺忪地站在楼梯拐角的窗户旁向外望去，看见一位印度妇女正面向太阳双手合十，嘴里念念有词，虔诚地祈祷。

这时Michle找到我，说是要吃到加尔各答的第一顿早餐。我跟着他来到一个狭窄的街道上，坐在路边的石阶上等早饭吃。石阶上已经坐了不少外国人，好像都是在等卖早餐的铺子开门，我心想，这里一定是有一家特别出名或者是有特色的早餐店。半个小时以后，有两个黑黑的印度年轻人走过来，把镶嵌在路对面墙壁上的橱窗打开，橱窗里是各种脏兮兮的食物和矿泉水，还挂着一串香蕉。两个年轻人就这样开始做起了路边早餐。这实在是我没有想到的，看着那些明显不符合卫生条件的食物，我很想离开，却又觉得和一群人在街边吃这种早餐也是不错的经历，就又坐了下来。大不了拉肚子呗。

面前走过来一个骨瘦如柴的残疾人，拄着拐杖，腿细如竹竿，就在面前走来走去，手里拿着一个铁盒子，里面放着几枚印度卢比，他不时晃一晃盒子，发出哐啷哐啷的声响。周围的人仿佛对此视而不见，似乎见惯了这样的场面。

因为排队的人实在太多，我不知道这个不起眼的小铺子何以在开门之前就招揽了这么多生意，只好饿着肚子耐心等待，看着那个小伙儿把炉火点着，把一个煎锅放在炉火上，然后麻利地在上面磕一个鸡蛋，待鸡蛋微熟以后把煎蛋夹进两片长方形的面包——一个简单的三明治就这样做好了。另一个小伙儿接过三明治，拿过一个铝制的小盘子，盘子里只有一张印满油墨的报纸，然后把三明治放在报纸上，再放上一盘咖喱酱，之后把这盘早餐端给了今天早上的第一位顾客。

不多会儿，我就等来了我的早餐。也许是出于对印度食物的好奇，也许是等待了太久，总之，这顿早餐出乎意料的好吃，尤其是那个咖喱酱，里面放了一种不知名的类似豆子的东西，好吃得让人想流泪。我边吃边告诉Michle，这是我吃过的最不卫生的早餐。Michle做了个鬼脸说："我也是。"

吃完早餐，我告别了Michle，向着远离旅馆的方向走去，准备逛一逛这个城市。路上垃圾遍地，牛羊满街走，有人头顶着一大箩筐的食物在贩卖，还有人在路边坐在类似黄包车的手拉车上面等生意，还有人骑着花哨的三轮车，车上坐着伊斯兰教的妇女，全身上下裹着黑袍，只露出两只眼睛。走着走着，竟然看见一群印度男人穿着衣服在路边的洗浴场洗澡洗衣服！居然在大街上洗澡？！

见识了各种不可思议的事情，我的眼睛渐渐适应了这个神奇的城市。走了不多会儿，我来到一个闹哄哄的集市，看见一个用竹竿和木板搭起来的肮脏的小棚子，棚子里卧着一只羊，不知道是什么品种，反正长得很奇特，浑身的毛是褐色的，布满了黑色的花纹。羊老板看到我走近小棚子，赶紧从旁边站起身，把羊从棚子里拉出来，搂着那只羊的脖子，微笑着说着我听不懂的印度语，好像是在炫耀他有一只好羊。这时我才发现那只羊脖子上戴着五彩缤纷的项链。

羊老板放开手，那羊便走回了棚子重新卧下，接着，他对着羊叫了一声名字，那只羊便听话地起身走到老板身边，随着羊老板的口令做着各种动作，很是通人性。羊老板还有两个孩子，好奇地站在一边看着我。

之后，羊老板对我做着吃东西的动作，示意我可以买来饼干去喂他的羊。谁知我买来饼干后，羊老板拿出两块饼干喂羊，然后直接把剩下的饼干给了他的两个孩子。我也不生气，笑着看老板和孩子们吃着饼干，觉得这也很好玩。

不得不说，加尔各答是一个包容各种文化的地方，这座城市看上去十分混乱，混乱中却又以一种有序的状态运行着。仅仅逛了一个上午，我就见到了基督教堂、印度寺庙和伊斯兰清真寺，而大街上的人们更是各种装扮，有穿印度莎丽的，有穿西装T恤的，也有很多印度男子直接围一块布来当作裤子，有人开着私家车，有人睡在大马路上。

走了那么多地方，在这样一座城市，更深刻地认识到我国公民的优越性，看看加尔各答这个印度第二大城市，数以万计无家可归的人们都睡地上！

中午的时候我回到旅馆附近的一家餐馆吃饭，旁边坐着的一位欧洲大叔也在点食物。

"一份香蕉馅饼。"他对伙计说。

不一会儿，伙计就端上来一个盘子，盘子里装着香蕉馅饼。

欧洲大叔用叉子翻了翻馅饼，发现所谓香蕉馅饼，不过是把香蕉切片摆在一张面饼下。欧洲大叔很是不满意，对店伙计说："这……可是香蕉馅饼？"

伙计："没错！"

欧洲大叔："我可不这么认为。"

伙计抓过桌上的报纸说："看，这是 newspaper，news and paper。同理，香蕉和馅饼：香蕉馅饼。"

这时我已经笑得快不行了，在一旁接口："But the news is 'on' the paper！"

欧洲大叔马上转过头来对我说："说得非常对！"

我拍拍欧洲大叔的手臂说："放轻松点，这里可是印度，一切皆有可能。"

于是欧洲大叔摇摇头，无奈地吃起了他的"香蕉馅饼"。

是的，在印度就是这样，一切皆有可能。

修女之家也叫仁爱之家，每星期一、三、五下午在儿童之家有面试，这天是星期五，下午我早早去了修女之家，准备先去参观一下这个闻名世界的慈善组织。从我住的 Sudder 街到修女之家，步行只有二三十分钟路程，我和几个做义工的外国人一起，很快来到一个很不起眼的小巷子。从巷子口进去大概二十米，就看见一栋水泥建筑，房门旁写着"54A Mother Teresa，M.C."，我知道，这里就是修女之家了，心里有种终于找到组织的感觉。

修女之家内部比我想象的要宽敞一些，门口院子的一角供着圣女的神像和特雷莎修女的铜像，我进去的时候正好看见一位修女在圣象面前祈祷。院子里是一座小楼，一楼的玻璃橱窗里是特雷莎修女照顾婴儿的雕像，栩栩如生。这里是修女们的办公机构，平时照顾老人和儿童的机构分布在加尔各答的各个地方，离修女之家有着不同的距离。

从修女之家出来大概走五分钟就到了儿童之家，在这里由老义工给我们发信息卡，我们按照护照上的信息填好信息卡，告诉老义工要去哪个 home 做义工。然后有一个小小的面试，修女会给我们发一张注册卡，写明你是属于哪个 home 的。工作时间是星期一到星期五，除了星期四，因为星期四是所有义工的休息日。

修女之家有很多分支机构，有儿童之家、垂死之家、Daya Dam、Prem dam、Shanti Dan 和 Nabon Jibon，也有甘地救济所、麻风病院等好多机构，都是用来收留无家可归的老人、妇女和孩子的。我思考了一下要去哪个 home，最终选择了垂死之家，因为我觉得那里最接近死亡，最接近人最终的归属，所以想要和那里的人共度一段最后的时光，在那样一个地方，我才有机会思索怎样面对自己最后的归宿。当然，垂死之家也有大病痊愈后依然健康生活的老人。

Sudder 街上住着很多日本人，在修女之家做义工的也大多是日本人。这天刚一回到 Sudder 街就听到很多日本人在说日本地震了，地震引发的海啸导致了惨重伤亡。一时间，街头巷尾人们到处都在议论这件事。

日本地震也再次提醒我你准备好了吗？如果真的到了世界末日，你有没有什么感到遗憾的？我想我没什么好怕的，如今走到这一步，我没有对不起自己的内心，我的人生无憾。

星期一早上，我们 7 点钟到达修女之家，然后听修女安排这一天的工作。之后，我和其他义工一起步行来到垂死之家。工作时间是上午8点到12点，下午3点到5点。

垂死之家有个挺大的院子，分男病区和女病区，义工们在一个房间里穿好围裙，根据性别去不同的病区。这里的工作内容其实很简单，就是给病人喂饭、洗碗、洗衣服，唯一需要的就是耐心。但是有些病人也需要喂药和专业的伤口处理。

早上喂她们吃完饭，收拾了碗盘之后我们会给病人们擦拭身体、涂抹身体乳和按摩。这里有很多病人是残疾的，有些上厕所也需要有人搀扶。有时扶着她们如厕时我不禁想，如果是我老年变成这个样子，我会如何看待自己，又或者，如果我的父母是这样，我有没有足够的耐心去给他们力所能及的帮助，就像现在这样。

特蕾莎修女曾说："爱不是赞助，因此别只是给钱，而是要伸出你的手。"我想，我选择做义工，并不是因为自己有多么高尚，也不仅仅是为了培养责任感，而是内心有着在更高层面上释放善意的深层需求。

上午10:30是休息时间，义工们会聚集在院子里的一个大棚子下吃吃饼干，喝点茶。在那里我认识了不少日本朋友，还有一个中国来的男孩Leo。

一位有过严重烧伤经历的女人给了我很大震撼。我之前是很害怕看到残疾人的，特别是受到严重创伤的躯体我根本无法直视，但是当我看到这个女人惨不忍睹的面孔，只剩下少许骨肉的鼻梁，我突然意识到为什么我那么无法面对了。本质上我还是无法接受生命中的不完美，或者说，也许我无法接受这样的事情发生在自己身上。我们对美化自己有着太高的期待，却鲜少思考灾难的发生其实真的是随机的，如果这样的不幸真的发生在我们身上，我们将会怎样看待自己，又将会如何看待生命？想到这些之后，我与这个面目全非的女人相处了一段时间，渐渐开始醒悟，开始慢慢接受生命中的种种不完美，也开始接受丑陋。

但我的力量远远不够，修女之家还有另外一位正处于烧伤煎熬中的女人，整个下半身布满了触目惊心的瘢痕，并且散发出奇怪的气味，流着恐怖的液体，我仍不敢靠近。几个欧洲来的义工在照顾那个女人，每天为她细致地换上药物和纱布，有些创口需要精细护理，那个义工的脸几乎是趴在那女人的身上。我当时便觉察到自己与她们的差距，顿感羞愧难当。我必须承认自己的虚弱和逃避，我还没有力量面对。我深深佩服那几个欧洲来的义工。那是我未完成的功课。

星期三下午，做完了义工工作，我和一群日本义工还有其他的义工一起回到修女之家，在几位修女的组织下来到一个像是祷告室一样的地方，神父也来了，为了日本的大地震。房间里弥漫着悲伤的气氛，修女在祷告台上奉上鸡蛋花，然后和我们一起祷告，祝愿逝去的人安息，处于灾难中的人们以新的希望面对生活。

我告诉父亲，我在修女之家做义工，每天不计回报的付出让我觉得非常快乐，父亲却哈哈大笑，觉得这样的我十分可笑，我很是生气，后来父亲又说，他是觉得我很天真可爱，所以才笑的。我索性又不理他了。

日子就这样过去了一天又一天。在垂死之家，我并没有学到多少技能上的东西，却常常有许多心灵上的感悟。

3月19日是洒红节，洒红节是印度传统节日，也是印度的传统新年，每年这个时候，为了庆祝节日和祝福别人，印度人会向别人身上抛洒五颜六色的颜料和水球，以此迎接新春的到来。18号这天，我找到Leo的旅馆多人间，在二楼的阳台上看到好多外国人在制作水球和颜料，准备迎接第二天的洒红节。与此同时，两个韩国人竟然席地而坐制作起了泡菜。

这天晚上，Sudder街头架起了高高的木头，9点一到就点起了熊熊篝火开始庆祝了。街上住的印度人都跑出来了，围着篝火又唱又跳，有些人已经开始拿着颜料向别人抛洒，好不热闹。

第二天，各种庆祝活动更加盛大，街上每个人都一身油彩，看上去像从某个原始部落跑出来的一样，我也被抹了个大花脸，身上的衣服也难逃厄运，一件白色的T恤已经变成彩色的了。不过印度人还算有礼貌，如果你不想被浑身洒满颜料，只要对他们说"No"就可以了，他们不会强行向你洒颜料的。

由于签证很快要到期，我到签证申请处申请签证延期，结果被明确告知不可以。我只好结束在修女之家的工作，准备离开加尔各答。离开之前，我又申请到一天在儿童之家的义工工作。相对垂死之家，儿童之家的工作要轻松简单得多，就是陪那些无家可归的儿童们玩耍和学习。那天儿童之家的义工很少，几乎只有我一个，我一个人陪着一群小孩子玩了一个下午，因为孩子们的英语还不是很好，所以我们很少语言上的沟通，就只是和他们一起做游戏他们就很开心了。

我在旅馆结账离开时店伙计不无伤感地说："Made in China，我们会想念你的。"

神话般的瓦拉纳西

加尔各答火车站依旧乱哄哄的,我买了夜间到瓦拉纳西去的卧铺车票,第二天早上就可以到了。印度火车也不关车门,由于拥挤,普通车厢还是有很多人挂在火车门上吹风,火车像个巨大的笼子一样,运送着一厢厢的人们朝着瓦拉纳西驶去。

第二天一早,我在闷热中醒过来,问了对铺的一个欧洲年轻人什么时候到瓦拉纳西,然而他却告诉我火车晚点了,我问为什么,结果年轻人说,在印度不要问为什么,要问为什么不。我笑着点了点头,又好气又好笑地对火车晚点表示了释然,遂坐在车厢连接处,看起了门外的风景。

清晨的阳光洒在广阔的田野上,乡村景色真美,最能让我感受到勃勃生机。田野上那些肆意生长的树木,有种蓬勃向上的生命力,远处的树林里窜出几匹野马奔驰而过,更显得这一切生机盎然。这是一幅多么自由而清晰的图像啊!

下午一点的时候,火车终于到了瓦拉纳西车站。我在车站找了突突车,向恒河边的背包客聚集地驶去。我背着大背包在七拐八绕的小巷子里找着旅馆,巷子里垃圾遍地,牛羊到处走,似乎这些就是印度的标志。

我找的旅馆在恒河的拐弯处,天台上是个改建的餐厅,从旅馆天台望过去,恒河拐了一个大大的弯,河这边是一片参差不齐的房屋,河对岸是一大片沙土地,除了远处的树林外空无一物。

瓦拉纳西是印度恒河沿岸最大的历史名城。恒河在瓦拉纳西这一段有很多石阶，石阶上有一个大广场，每天的 Puja 拜神仪式都在广场上举行。印度教徒会用各种舞蹈和仪式来请神、问神，给神洗浴、喝水，然后用衣服之类的装饰品来装扮神像，给神洒上香料，献上花环，之后，印度教徒会在神像面前烧香，点燃阿拉提油灯并在神像面前展示。还会为神仙提供各种食物，如米饭、水果、清奶油、糖果甜品、槟榔叶等。最后，礼拜者对神像鞠躬或跪拜以表示尊敬，然后再把神送走。

广场的前面坐着参加拜神仪式的印度教徒，后面则是来自五湖四海的游客，黑压压地坐在各个能看到仪式的石阶上，还有荷枪实弹的警察在维持治安，每天如此。我很震惊这样庞大的拜神仪式每天都要举行，但也许，这就是信仰的力量。

洒红节在不同的地方庆祝的期限也不同，瓦拉纳西的洒红节还没有结束，这里的人们仍旧彻夜狂欢着。在恒河旁的小巷子里，年轻人们拉出音箱放着震耳欲聋的印度音乐，手里边洒着颜料边疯狂地跳着舞，惹得每一个路过的人都一身五颜六色，使得炎热的瓦拉纳西显得更加热火朝天。

但是回旅馆的路上，我遇见了一件颇让人不痛快的事。我在巷子里正走着，突然周围出现几个印度小青年，都是二十来岁的样子，他们走在我旁边想要跟我要钱，被我礼貌地拒绝了，可是他们还没有离去的意思，有一个甚至还上来拉扯我的胳膊，我立刻大声叫起来："离我远点儿！"不知是被我的吼声吓到了，还是不希望我的叫声引来更多的人，小青年们转而堆着笑脸一直对我说着对不起，一边给我让出一条路来。我生气地走掉了。这件事让我对神圣的瓦拉纳西的印象大打折扣。

第二天，我又在巷子里走东串西，忽然发现了一家卖各种鼓的店铺，我敲敲门走进去，店老板正坐在地上的一块毯子上，在一种不知名的乐器上用布打磨着。

"嗨！"我一边打着招呼，一边环视着店铺。

"你好，请问你想买什么乐器呢？"店老板很是友好。

"有非洲鼓吗？"我想起了在香蕉海滩时Udesh教我打的非洲鼓来，但是环视一圈，并没有发现有非洲鼓卖。

"非洲鼓？什么样子的？我这里没有吗？"

我坐下来，用笔在纸上画了一个非洲鼓的形状："这样的。"

"噢，你说的是'塔布拉'么？"老板说。

"什么塔布拉？"我莫名其妙。

"就是你画的那个鼓啊，我们叫'塔布拉'。"说着，店老板站起身从墙上取下一大一小两只鼓来，"是这个吗？"老板敲敲鼓皮。

"哦，不是，我想你弄错了。我说的非洲鼓只有一个，而且比这个大得多。"

"嗯，让我想想。"老板在店里面踱着步，然后走到店铺后面的小房间里拿出一个大袋子，从里面掏出了一只非洲鼓来："你说的是'Djembe'吧？"

"呃，对，就是这个！叫……'奖杯'是吧？"

"是的，'奖杯'。"说着，店老板随手在'奖杯'上打起一段节奏来。

"多少钱？"

"三千二百卢比。"

"这么贵？两千卢比？"

"女士，你还想让我开店吗？"老板笑着说，"给你两千八百卢比。"

"两千五百卢比，多一个子儿我都不要。"我下定决心。

"你会打么？"老板突然问。

这下还真把我问住了，"不会。"我诚实以告。

"这样吧，两千六百卢比，送你一天免费的课程。"

我想了想，觉得这个提议可以接受，"好，就两千六百卢比！"

店老板放下手中的活计，又从小房间里取出一只'奖杯'来，我学着他的样子盘腿坐在地上，把'奖杯'放在两腿之间。

"先教你最简单的节奏……"店老板在一个本子上写下一段鼓点递给我，"鼓的中央用手掌拍，鼓的边缘部分用大拇指关节敲，右手掌是DI，左手掌是KA，右手拇指是DA，像这样……"说着，老板照着本子上写的节奏在鼓上示范了起来，示范完了他叫我照样学着做一遍。我很轻松地就完成了。

"很好，现在教你第二段。"老板又在本子上写下一堆字母，我又是很轻松地完成。

"我说，你以前学过乐器吧？"老板有些好奇我学得这么快。

"喔，那是很早以前的事了，那时我还在上小学，学的手风琴，不过现在可都忘光光了，只剩下了节奏感。"

"我说呢，你对节奏掌握得这么好。下面再教你一段复杂的……"

就这样，我跟着乐器店老板学了一上午的非洲鼓，中午回旅馆吃了饭，下午过来继续学习，直到太阳落山。

晚上回到旅馆天台，天台的一角正坐着两个艺人，一个边弹着西塔琴边唱着歌，一个用手敲着塔布拉鼓作为伴奏。从音色上来说，塔布拉鼓的声音要比非洲鼓好听。那人演奏着塔布拉鼓，就像一颗不大不小的浑圆石子投入山中一潭深泓中触及底部所激起的回声，石子一颗接一颗投入水中，回声也一波跟着一波幽幽地传入耳中，根据石子投入的频率及力道不同，这回声也或急或缓，或轻或重，并伴着一圈圈涟漪逐渐融为一体又一同向远处荡漾开去，直至消散不见。但那水声却仿佛附有某种魔力般并未完全消失，而是久久萦绕在山谷间，似低吟，似召唤，于是我大脑的记忆库中便深深烙下了这样一种声音。

我相信，在未来的某个时候，我一定会从大脑中回忆起这样一种声音，这种回忆像什么呢？嗯，跟安徒生童话对我的影响差不多吧，那些梦中的城堡和花园依然是那些连环画上的形状，很多故事和名字都已模糊不清，却记得被送到乡下的公主透过叶子的小孔看太阳，伤心的丑小鸭一摇一摆地走出农夫的家，小美人鱼在冉冉升起的太阳下化为泡沫，被恶毒的王后弄丑的公主为了拯救变成野天鹅的王子们而在深夜的荨麻地里编织衣物，拇指姑娘坐在用枯黄的树叶搭就的帐篷中瑟瑟发抖，我甚至记得一些画面中雨丝的形状。

啊，真好听啊，我听得入了迷。直到侍应生过来问我要点些什么，我才从那段旋律中回过神来。我指着菜单上一种叫 momo 的东西问伙计，这是什么？伙计给我形容了一下，我一想，不就是中国的蒸饺么？果断点了一份。可是端上来之后我才知道，这种印度蒸饺真是跟中国的差远了，不过已经很久没有吃过中国菜了，就凑合吃吧。

第三天，我吃过早饭来到恒河边上，听从了旅馆老板的建议，坐小船到河对岸看日出。从对岸望过去才知道，原来瓦拉纳西是建立在恒河河畔的岩石之上的圣城，整个瓦拉纳西像是一块巨大的岩石，而河岸上五颜六色的建筑就像是在岩石上雕刻出来的一样。太阳出来，黄色的金辉洒在岩石之上，像是走进了神话的世界，瓦拉纳西人就生活在这样一种神话的时代余韵中。而神话这边，是一片一无所有却又生机盎然的沙土地。远处有印度妇女穿着传统莎丽，头顶着金属罐子到河边取水，像是从原始部落里远远走来。

瓦拉纳西

早上的瓦拉纳西有些冷,但还是有很多教徒在河里面洗澡,还有人盘膝而坐在恒河边上冥想,有人虔诚地祈祷,远处的烧尸场上,人们正焚烧着尸体,堆起的木头上冒着滚滚黑烟。一切都是那么安宁,一切都安住于当下的时刻。

下午吃过午饭,我不知不觉又走到了烧尸场,这很奇怪,因为在此之前,我是一个对死亡和骷髅有着莫名恐惧的人,2009年表姐去世给我带来的伤痛至今犹记,时至今日,我仍记得那个传来噩耗的手机铃声以及母亲接起电话前那声充满了不祥预感的叹息。而现在,我却坐在恒河的台阶上,看着人们架起木头,把死去的人用白色的布一层层包裹,然后把尸体放在木头堆上,点火,焚烧,火苗吞噬了整具尸体,直到烧没了白布,烧焦了尸体。我亲眼看着整具尸体变成黑色的炭条,最后变成一堆残骸,再由焚烧者把那堆残骸倒进恒河,仿佛他们正在做的是一件再平常不过的事。

他们认为那是印度教徒们最后的归宿。是归宿,也是轮回。

在这一刻,我才明白村上春树的那句话:"死并非生的对立面,而作为生的一部分永存。"

我想起美国作家布莱恩·魏斯在那本《前世今生》里写到的：

"人生是无尽的，我们不曾死去，也从未出生。我们只是度过不同的阶段，没有终点。人有许多阶段，时间不是我们所看的时间，而是一节节待学的课。""耐心和适当的时机……每件事在该来的时候就会来。人生是急不得的，不能像许多人希望的时间表一样。"

这些信徒有着发自内心深层次的快乐之道，就像恒河边上的印度人，日出而浴，日落拜神，连烧尸场的葬礼上都没有一个人哭泣，一切信仰和行为都是自然而然，水到渠成。在这里，我感受到了信仰的力量，这种力量给了我直面死亡和当下的勇气。连这个宇宙都在膨胀着走向毁灭，我们又怎好不珍惜每一寸时光呢。所谓当下，大抵如此。

离开瓦拉纳西之前，我又去了恒河河岸，想象着炎夏的瓦拉纳西，恒河之水渐渐开始回流，灌溉滋润着沙土地之外的远方。

剩下的几天时间，我走马观花地去了阿格拉和斋普尔，参观了阿格拉堡和泰姬陵，还有风之宫殿，然后坐汽车去了印度首都新德里，住在一个不起眼的小旅馆里。

泰姬陵

正值印度、孟加拉国和斯里兰卡共同主办板球世界杯,印度刚赢了一场球,结果旅馆外那帮印度人疯了一个晚上,又鬼叫又放鞭炮地狂欢,吵得我也一整夜没合眼。这边的人什么都要狂欢:洒红节狂欢,拜神要狂欢,赢球了也要狂欢,洒颜料,喷油彩,放鞭炮,路边随便搞个扩音器就可以立刻载歌载舞!

不管怎样,终于还是到了要离开的时刻。对一些人来讲,这里是地狱,对另一些人来讲,这里是天堂。而我,我想我是后者吧。印度是我想要多次重游的地方,就像我在签证申请信中写的那样,也许多年以后,我还会踏上那片泰戈尔和克里希那穆提生活过的土地,以一种更为精神层面的方式。

在新德里机场,过安检,出海关,按以往经验照做即可,只需向工作人员出示护照、机票、出境卡,程序一成不变,不同的只是工作人员和乘客。即使多次在同一地点乘坐同一航班的同一名乘客,每次也都是不一样的心情吧。

办妥手续,按登机牌所示到23号登机口坐定,等待登机。有个两三岁的白人小朋友坐在椅子上对我笑,正是最可爱的年龄,略微懂事又不至于太调皮,总是和你玩着玩着就跑去一边自己玩了,玩着玩着就径自倒在地上睡过去了。旁边他妈妈模样的人也不管他,只是面带微笑地看着他玩累了睡倒在机场大厅的地毯上。真是有趣的母子。

我不禁把目光转向妈妈,忍不住观察她:眼角有明显的鱼尾纹,少说也有35岁了,目光柔和坚定,散发出一种淡定自如的气场。旁边是中型登山包,虽然比我的小一号,但她一人独自带着完全未经世事的小孩出来旅行也绝非易事。不知道这些是否就是她的全部行李。

在登机前的闲暇时光里,我打开电脑给东东写了一封信,感谢他的《迟到的间隔年》,以及他带给我的鼓励和勇气,我对《迟到的间隔年》从阅读到理解、从仰视到体会，其间经历了一段绝妙的人生体验。重温这个名字，重见路上的人，心里总是有种满满的归属感。我想当初如果没有他，如果没有《迟到的间隔年》，我也不会有开始，亦无旅程。人生的道路上到处都有先行者，勇敢的人总能看到奇异的风景，而那些先于我们开拓世界的人，他们更是真正的勇士。

上了飞机，我才发现座位居然紧挨着那对母子，彼此报以默契而友好的笑容。不知是不是之前的旅程太辛苦，母子俩不久便各自睡了过去，我则打开机载电视看起了宝来坞的电影。

故事讲的是一对协议恋人在互相约定的时间内假扮情侣，其间难免发生许多爱恨情仇，剧本有些老套，但两人开车穿越拉斯维加斯那场戏却颇有看头，尤其是女主角下车撒尿而导致丢车，两人更是在荒野里打了起来，很有印度女人那种泼辣的性感。但仍摆脱不了老套的情节，甚至有个印有"在死亡到来之前你想要做什么？"的卡车特写也显得毫无新意，简直就是和电影《一周》一样的桥段。虽不及《一周》的十分之一好看，我却一瞬间有落泪的冲动——在死亡到来之前你想要做什么？我想，那大概就是我现在正在做的事吧。以前这只是一个遥不可及的梦，如今梦想成真，心中多少掺杂着一种复杂的心绪，一种万水千山之后的豁然开朗和看尽世间美景之后的怅然若失。但是不管怎样我都不后悔当初做了那样一个选择，即便现在飞机失事葬身荒野，我也此生无憾了。当然，我也会觉得愧对父母。这就是此时，在我离开印度去尼泊尔的飞机上，内心的真实感受。

九 | 与想象中不一样的尼泊尔

加德满都短暂停留

一阵剧烈的颠簸将我从短暂的失神中拉回到现实,飞机在下降过程中遇到喜马拉雅山麓的强劲气流,机舱广播正提醒乘客系紧安全带。但这似乎毫无用处,飞机仍在一个劲地往下掉,伴随着强烈的失重和一片惊呼。小朋友醒过来开始哭闹,我抓紧座椅扶手头抵靠背,对抗着阵阵眩晕,虽说飞斯里兰卡那次已经足够惊险刺激,但恐怕这次又要打破纪录,第一次晕机,第一次对坐飞机产生恐慌,第一次没有在飞机上睡着。

在经过了一拨紧似一拨的急速下降之后,飞机终于开始平稳了,周围的乘客也都如释重负般呼出一口气。机舱外已经看得见灰蒙蒙的群山。

阴天。我暗自咒骂一声,心情并不是很好,但出了机舱才发现外面一片烟雨迷蒙。

在机场移民局办妥了落地签,25美元,20分钟就入得关内。步出机场回头看,破旧矮小的候机大厅和眼前拥挤残败的道路,无论如何无法和我想象中的尼泊尔搭上线。印象中的尼泊尔清新富饶,哪是眼下这等模样?仅就目前情况而言,我难以想象那些以徒步为目的的背包客要如何度过签证上申请的3个月。

冷风吹来,我扯了扯抓绒衣的领子,该死的小偷,让我在这种鬼地方没有冲锋衣穿,但心里面却怀念起斯里兰卡来。过惯了酷暑,还真是讨厌这种让人缩成一团的天气。背着我的大背包和"奖杯",走在泥泞的路面上,冰冻的心再一次收紧。

无论如何已经到了尼泊尔,眼下还是先找地方住下才好。没做任何攻略,抱着消极以对的心理坐进路边的出租车,索性把找旅馆的任务交给计程车司机,我不想再浪费任何力气。并且一旦沮丧,便再无任何力气可供浪费。

计程车在交通状况同样糟糕的加德满都大街上行驶,30分钟之后转入一条七拐八绕的小路,又行进了五六分钟,终于在泰米尔区一家看上去挺干净的旅馆前停了下来。

运气不错,房间整洁,价格公道,3楼,虽说有股久置不用的霉味,但这霉味却并未使人产生任何不快,甚至有一些熟悉,还有一些好闻,脑袋里有根神经仿佛突然跳动了一下,搭上了某个时间,某个地点,但究竟是在何时,又在何地,却未能及时忆起。总之,我当即决定在此投宿,若是觉得不够舒爽,翌日再另寻住处也来得及。

我寻思着,登记,付款,到房间后洗了个彻彻底底的热水澡,之后倒头便睡。

醒来,窗外已是黄昏般的景致,屋内昏暗一片,伸手去够壁灯的按钮,却无任何光明到来——停电。我决定起来找点东西吃,毕竟今天只正经吃了一顿饭,飞机上那点东西根本不足以填饱肚皮,更何况从那时起我已经6个小时没吃东西了。

下到一楼小餐厅,翻了翻菜单,发现也有momo,就点了一份坐下来。联想到在瓦拉纳西吃momo的经历,我并未对这道中餐抱太大希望,等到端上来咬下一口,果不其然,无论是外皮还是内馅都很奇怪,甚至还不如在瓦拉纳西那次吃的口感好,而且配以一种我从未吃过的咖喱蘸酱,味道更是不伦不类。但总好过千篇一律的咖喱,虽说咖喱也很对我胃口,但我从斯里兰卡开始一路吃着咖喱到了尼泊尔,吃了3个月,味蕾已经奋起反抗,所以无论如何都必须换种风格。

吃饱喝足，身上又有了力气，但外面已漆黑一片，加之停电，整个街道显得有些寂寥，便也打消了出去散步的念头，径自走上楼梯打算继续睡觉。开锁，推门，熟悉的气体再次钻进鼻腔，神经再次跳动，搭上某时某地，这次的感觉更加强烈。我深深吸了几口气，试图将记忆打开，结果仍一无所获。究竟是什么呢？是什么时间，又是在哪里，开始了对这种味道的记忆呢？

我若有所思地走到窗前，拉开窗帘，一道月光倏地钻进房间，隔断了我的追思。雨后的月亮皎洁清新，明晃晃地悬在窗子左上方，给房间里的每一件物体都镀上一层暗淡柔和的银白色，就像给它们镀上了一层发出微弱光芒的光膜，而光影投射的效果又使得每一件物体都显得孤立而与众不同，好像宇宙里亘古不变的恒星。眼前的光景竟有种说不出的伤感，一时之间让我有些难以招架。在椅子上呆坐了一会儿，遂脱去衣服上床钻进被窝，呼吸着百思不得其解的发霉的空气，寻思着那一根搭错的神经，不一会儿便沉沉睡去。

一夜无梦。本以为会在梦中寻到答案，没想到却是这个结果，多少让我有些恼火，加上一些起床气，我气呼呼地翻身下床去找衣服穿，把背包翻了个底朝天，仿佛在跟谁赌气，又好像誓要把答案给翻出来。当然，最后一无所获，而发霉的空气仍萦绕四周。算了，反正死活想不出什么来，索性打开窗户和电风扇，让这困扰我的气体赶紧消失不见。

捂着被子吹了一阵子冷风，直到心里觉得舒畅了才去刷牙洗脸，等吃完早饭回到房间，气味已经淡去很多，虽不至于完全消失，但也不会再神经跳动了。我心满意足。

我住的旅馆处于加德满都的背包客聚集处，这里到处是售卖各种工艺品的商店，还有随处可见的中国面孔。我带着地图坐车到著名的

尼泊尔杜巴广场

杜巴广场转了一圈,坐在高高的庙台上。阳光投射在门廊前,房檐下,我知道,那就是时光。

晚上回到旅馆,又遇上停电,百无聊赖,听说尼泊尔的赌场很出名,我就去了赌场找乐子。换了大概一百元人民币的筹码,我加入了玩二十一点的一桌,放了五个筹码。荷官发过牌说:"要牌,停牌,还是加倍?"

我手里一张明牌是 J,暗牌是 4,加起来是 14 点,庄家手里的名牌是 7,我又要了一张。是 2。

庄家摊牌,23 点,爆掉了。我赢了,筹码归我。

旁边不知道哪桌有人拿到了黑杰克而发出一阵欢呼。

这时,一直站在旁边观看的一个中国男孩凑了过来跟我打招呼,我俩就着牌桌聊了起来。

男孩叫 Sam，是自由摄影师和投资人，来尼泊尔为了摄影。

得知我路上的经历，Sam 笑着说我是一个热爱冒险的人。我告诉他说我喜欢冒险只是因为我想找到自我。因为克尔恺郭尔曾经说过："冒险导致焦虑,但不去冒险则将丧失人的自我……在最高的意义上，冒险恰恰是为了意识到人的自我。"

"你不怕吗？"Sam 问。

我把面前的筹码全部推了过去，示意荷官继续发牌，然后对 Sam 说："我总把风险控制在自己可控的范围之内，就像赌牌，就算我 show hand，那也只有一百多元人民币。"

Sam 笑了笑，没有作声。

赌了几局，我输输赢赢，不过总体还是赢的。

时间已不早，我告别 Sam，转身出了赌场。

回到旅馆时已经来电了，我打开笔记本，又看了一遍电影《爱情梦幻号》。我想我为什么那么喜欢《爱情梦幻号》这样一部当年借《泰坦尼克号》的风头炒作的商业片，可能原因在于我被那样一个随遇而安的女子所吸引。石田光，一个常被我误以为是吴小莉的日本演员，身上偶尔散发的中性气场让我晕眩。我向来都是那么容易着迷于某种淡定从容和宠辱不惊的气质，得势的时候不飞扬跋扈，落魄时也依旧坦然，就像她演绎的红叶这个角色，即使得知破产，依然享受人生最本质的快乐。权势，金钱，地位，没有什么放不下的吧。

费瓦湖——我的瓦尔登湖

这天一大早，我便收拾了行李坐车去了博克拉。博克拉虽是尼泊尔最有盛名的风景地，但跟加德满都比起来，这里要恬静得多，比起完全商业化的加德满都，博克拉更有田园特色。

加德满都到博克拉的路上常常堵车，很多车的车顶上也坐满了人，使得路上看起来更加拥挤。

到达博克拉已经是中午了，我随便找了家旅馆住下，倒头睡了一会儿，出去找了家中餐馆坐下吃饭。餐馆里有几个中国人，其中两个中年妇女旁若无人地用笔记本大声放着中国流行歌曲，全然不顾餐馆里其他的食客和轻柔的背景音乐。我皱了皱眉，转过脸来继续用餐。

正吃着，门外进来一对中国夫妇，在我隔壁的餐桌旁坐下。那位先生一身休闲装扮，胸前挂着一个单反相机，太太一身鲜红的外衣，一看就是受过良好教育的人，我不由得对他们产生了好感，便上前搭讪。先生姓蒋，太太姓陈，夫妇两人到尼泊尔游玩来了，陈太太一脸幸福的样子。闲聊之间相谈甚欢，看着那两个大声放音乐的大姐，我不禁庆幸在异国他乡遇到了这对话很投机的夫妇。

傍晚的时候，我租了辆单车，顺着费瓦湖东边的小路向北岸骑去。旅馆附近是许多手工艺品店，和世界各地的外国人聚集地一样，商店里售卖着各种尼泊尔服饰和饰品。再往北走是一片餐馆和酒吧，出了这片区域，费瓦湖便在左手边显现出来。中国游客喜欢住在 center point 一带，因为热闹，吃的玩的也多。其实沿着费瓦湖一直往里面走又是另一番风情。这里是背包客的隐蔽之地，也是融入当地人生活的绝佳场所。

湖面很平静，只有一两只小船静静地漂浮在湖面上，湖边是一片片的草坪和零星散布的餐厅，有栋石头房子坐落在费瓦湖北岸，三层结构的小楼看上去很有特色，我停下车前去询问，原来也是家庭旅馆，从二楼阳台上望出去就能够看见费瓦湖。第二天，我就搬到了这里住，过起了半瓦尔登湖式的田园生活。

这一天，我6点多就醒了，一早起来去徒步，然后像只土驴一样从河岸边的土坡爬上公路，惊煞路人，活像在拍荒野求生。结果一回来就看到屋顶露台上有个洋妞掰着大长腿练瑜伽，看得我胆战心惊！

之后我绕过石头房子向后面的山丘爬去，想去山顶看雪山。无奈爬上山顶远处还有一座山挡住了雪山。有滑翔伞在头顶盘旋，我张开手臂向天空挥舞，滑翔伞盘旋了片刻才离去，应该看到我向他们打招呼了吧。天空中掠过头顶的伞棚五彩缤纷，滑翔伞投射的黑影像一只大鸟，徐徐掠过山坡上的灌木丛。

再翻一座山，远处仍然有另一座遮挡着雪山，直到精疲力竭我还是没看到雪山。倒是山顶上一根树桩，树冠已被砍去，只剩下几根干枯的细枝向四周伸出，颇像老式的衣帽架，细枝顶部居然有嫩芽冒出，让我不得不感叹自然界的生命力。

山上有些地方住着当地的农人，穿着简单的布衣安宁地耕地、种田；山下，远处的背包客聚集地时不时传来几声娱乐的喧嚣。我朝着山下走去，一路上感受着海拔不同所带来的不同的景色和气氛。山上安然宁静，山下歌舞升平，山上是怡然自得的自然之美，山下却是迈向全球一体化的世界，不过是海拔和地势略微不同，人的性格和习性却迥然各异。城里的当地年轻人也穿起了牛仔裤，姑娘们露出大腿，小伙们刺青傍身,夜幕降临,城镇中心的酒吧里更是响起震耳欲聋的西方摇滚乐,俨然发出急欲与世界融为一体的咆哮。而我就是那种有路不走偏要寻小径,结果几个小时都走不出山,最后发现瀑布看到彩虹浑身淋个湿透还优哉游哉喝山泉的人。

下午的时候下了一场暴雨,我坐在旅馆的阳台上愣愣地看着狂暴的雨滴,忽然看见有个外国游客从远处走来,没有打伞,也没有任何遮蔽物,就那样在雨中闲庭信步,似乎这雨根本没有下在他的世界里一样。我目送着那名游客慢慢走远,心中满是感慨。既然到处都在下雨,无处躲避,不如享受在雨中漫步的心情好了。

暴雨下了一会儿,天空又突然下起冰雹来,噼里啪啦像玻璃球一样砸将下来,我不禁为那名在雨中行走的游客担心起来。好在冰雹很快结束,不一会儿天空便放晴了。

暴雨过后找辆单车来骑实在是舒爽,我飞驰在山边的小路上,心情好到飞起。回来的路上,我遇到了一个俄罗斯的摄影师 Timon,下车边走边和他聊了起来。Timon 也是辞职旅行,回国后打算成立野生公园摄影公司,专门制作野生动物的电影和视频。Timon 还是滑翔伞高手,每次滑翔都可以在天上待好几个小时,这也便于他从天空的视角去拍摄地上的人和动物。

告别了 Timon,我来到费瓦湖边的滑翔伞基地,看远处的滑翔伞在空中飞舞。突然,有滑翔伞从山腰处呈螺旋状急速坠落,我不禁惊呼一声——那伞像是狂风中飘摇不定的落叶,眼看要落入湖中,又一个飘逸的起身向上冲去一段距离,接着以平稳但疾风般的速度越过湖面,最后在湖对岸的小山后隐去。原来是高手,吓得我还惊起了一身冷汗。

白天有滑翔伞的地方到了夜里则灯光点点。天上的星星,山上的灯火、野地里的萤火虫，组成了一幅清朗而又迷幻的完美画面。

旅馆对面有一片洼地，洼地上有人搭起了一个小棚子做餐厅，常有背包客在那里用餐，我也常常光顾。这天傍晚，我坐在餐厅外面的棚子下边吃晚餐边看着对面的费瓦湖。暮色四合，雨也开始下得有一搭没一搭，对岸的群山逐渐显现出清晰的轮廓。

湖面波光粼粼，点缀着几叶偏舟，静谧地等待夜色降临。草地上隐约看得见萤火虫的踪迹，白天在城中四处闲逛的牛，此时也成群结队往家走。草地尽头道路拐角处有辆白色厢型货车，停了有些时候了，从我坐下时就在那里，不知是抛锚了还是什么情况，总之理直气壮地置于弯道内侧，纹丝不动，好像那不是汽车，而是某种大型玩具放置路边供人观赏，但又并无任何突兀之处，仿佛那块拐角处的平地就是为这玩具而存在的一样，和谐得莫名其妙。草地上的萤火虫越来越多，交织成一片星星点点的海洋，偶有几只飘散到路边，遂循着道路的方向飞去远方。

静谧的费瓦湖

起身告别了餐馆老板一家人，我穿过草地走上大路，一个尼泊尔小男孩正捉了一只萤火虫往路边一只黄毛狗身上扔，没想到那萤火虫竟钻进了狗的毛皮中，就在黄色的狗毛中闪烁起来，黄毛狗察觉到情况异常，当即在路中间打起滚来，滚了两三下，萤火虫便从毛皮中飞将出去，一下就飞不见了。我和路人们都忍不住哈哈大笑起来，有个年轻白人还上前去拍了拍那狗的脑袋，表情相当逗趣，好像是在对狗说，你这家伙，也太搞笑了吧。

　　走回旅馆，仍然没有电，我在屋外的阳台上坐下来，对着湖对岸的点点灯光陷入沉思。没过多久，思考被迫中断，因为从北面的湖岸上传来一阵鼓声，像是尼泊尔手鼓，婉转悠扬，节奏掌握得恰到好处，让人无法充耳不闻。循着声音望去，正是白色厢型货车所在的方向，车厢里的白炽灯发出耀眼的光，穿过浓浓的暮色直达眼前，隐约看见两三个人在货车尾部晃动着身体，像是跟着节奏在跳舞。仔细辨认，的确是三个人，另外车厢中部还有一人，正像摇滚乐队的吉他手一样双手摆弄某件乐器并甩着脑袋，那鼓声正是出自他手。

费瓦湖边的房车

几个人都相当忘我，全然不顾来往的车辆和路人，集体沉浸在欢快的旋律当中。那货车也显得相当有趣，尾部有门窗的形状，灯光正是穿过它们抵达眼前。应该是辆房车吧，我真是庆幸自己找了这样一个好住处，隔三岔五就有房车在附近宿营。上次那辆写满国家名字的房车走得太急，我甚至都没想起来要拍照，明天一定要去这部房车探个仔细。想到这里，我立刻进屋准备睡觉，并把闹钟调至早上6点钟，一心希望他们不要一大早走了才好。

第二天闹钟一响，我赶紧爬起来扒上窗台往湖边看去，天色尚早，路上一个行人也没有，白色厢型货车纹丝不动，一如昨天下午看到它时那样。想来车里的人们也没那么早醒来吧。我打了个寒噤，转身上床又睡了过去。

一觉醒来，心里大叫不好，又一个翻身冲到窗前，唯恐货车消失不见。车仍在那里，纹丝不动。松了口气，看看时间，7点多钟，我准备起床去湖边吃早餐，说不定在那里还能碰到车里的神秘人物。走到湖滨草地旁的小餐馆，点了一份尼泊尔早餐坐下，举起相机对着房车咔嚓咔嚓拍了几张照。正吃着饭，房车后面出来一个人，一头小辫儿，脸晒得黝黑，看不清楚模样，上身一件黑色T恤，下面一条橄榄色军装裤，黑色登山靴，胳膊上看不清楚是满身刺青还是衣服袖子，总之硬朗健硕拉风至极，活像传奇电影中的传奇人物。接着，他在草地上伸了几个懒腰，开始猛拍车门，看样子是在叫同伴起床。之后爬上驾驶室，发动汽车试了试油门，然后又熄火了，我想这个鳄鱼邓肯一样的人物一定是这部车的"船长"吧。

不一会儿，另外两个女人还有一个男人就从车尾跳了下来，还有两只大狗。其中一个女人穿着黑色忍者靴，另外一个活像吉卜赛人，还有另外那个男人，颇有些海盗强尼戴普的气质。我赶紧下楼冲过去，生怕他们会消失不见。

到了跟前才发现那个像吉卜赛人一样的女人缺了两颗门牙,脸上全是穿孔,眉心处有某种图腾状刺青,脖子上缠绕着各种挂饰,一只手臂满是镯子,两只脚上全是叮当作响的铃铛,烟不离手。

我走上前去跟船长搭讪:"请问你们的房间多少钱一晚?"我开玩笑说。

"屋里500卢比,屋顶800卢比,你想住哪儿,小姐?"强尼戴普抢先一步假装认真地说。

"什么?这也太贵了!你知道,我的湖滨小屋才400卢比,还有漂亮的阳台和独立卫生间。"我争辩道。

"这是我们的价格——法国价格。"船长笑着回应。

"好吧,那么为什么房顶比屋里还要贵?我可不想因为露水和凉风而感冒。"

"但你可以看星星——非常非常美丽的星空。"船长露出一个迷人的微笑。

"你说的没错!哈哈。"我再也装不下去了,哈哈笑了起来。

"想参观500卢比的房间吗?"船长站在车尾的铁板上慷慨地伸出手。

"当然!"我握住船长的手跃上房车。

车里挺拥挤,但还是能住下四个人两只狗,车内的墙上到处贴着地图和各种图片,车窗旁边有一个小型写字台,角落里甚至还有个火箭筒模样的壁炉。

"你们一路走了不少地方吧?"我问。

"对,从法国一路走来,土耳其、以色列、伊朗、巴基斯坦、印度等,太多了。"船长自豪地说。

"Wow！"我发出由衷的赞叹。

"如果有机会一定要去伊朗，哦，老天，那可太美了！那里的人们又好。"船长似乎还沉浸在伊朗的美丽景色里。

"嗯，我会的。"

其实如果不是因为父亲的短信，这一次我也能一路走到伊朗了。

晚上，我躺在床上静静地回想着近日的一切。夜风，虫鸣，质朴的湖边生活让我莫名欢喜，每日徜徉在青山绿水间，内心异常和谐宁静。

有天下午，我在城里的工艺品店转悠时遇见了中国女孩Lydia，Lydia是大连人，刚从拉萨过来旅行，没想到在这里遇见我，聊了几句很是投机。Lydia邀请我一起吃晚饭，我们刚在一家餐馆坐定就进来两个男孩，一个是Fanco，一个是大黄，都是和Lydia一起到尼泊尔来的朋友。虽然尼泊尔有很多中国游客，但能在异国他乡遇见几个能聊到一起的朋友还是很高兴的。

当天夜里，他们几个来到我的湖边小屋，在附近买了比萨和啤酒，在阳台上开起了party，隔壁住着的两个加拿大人也加入了我们。远处不知名的酒吧播放着Regee（一种音乐），节奏正high，音乐突然停止，这个时候居然停电！只听见一阵惊呼，随即起哄般的咒骂和口哨声连成一片。目光所及之处，漆黑一团，只有萤火虫在黑暗中悠然起舞，对酒吧里的骚动全然不知。尴尬的场面僵持了没多久，Regee再次响起，想来是没有尽兴的人们逼迫老板搬出了蓄电池。总之音乐继续，party继续，人们的狂欢继续。但好景不长，大功率音响设备很快耗费了蓄电池里的最后一毫安电量，音乐再次停止，人们再次咒骂，然而这次却没有等来Regee的再次响起，只有萤火虫仍在悠然起舞，对这一切毫无兴致。

由于签证到期，Lydia 他们很快回了西藏，只剩我一人在费瓦湖。

那天晚上房车四人组在附近餐厅开完 party，我看着他们进车关门，以为都准备睡觉了，结果半夜听见发动机响，我居然阴差阳错起来开门往外看，结果就看到他们驾着房车驶向远方，路尽头拐个弯，消失不见。怅然若失一整夜。

几天后，我回到了加德满都。住的还是老地方，还是熟悉的味道，我又想起了 sam 的话。我想，我喜欢拍照可能纯粹是因为我是一个对世界常常有镜头感的人。过度的美化和虚焦都不代表真实的景色和当下的感受，最多只是用镜头记录了那时那地的心境吧。至于文字，我更乐于沉淀之后的写作，微博和 Facebook 上那些随时随地写下的文字总给我一种快速消费的倾向，而在时代的消费这类事上我向来是慢性子，急不得。

我想我是时候回家了，父母还在等着我，我没理由继续流浪下去。流浪了半年，看过了那么多美景，遇到了那么多人，我已不是半年前那个我。现在的我，理应回归日常的生活，履行我应尽的责任了。我买了去拉萨的机票，两天后坐上了回祖国的飞机。飞机起飞前，我发短信告诉父亲，我马上要回拉萨了。

尾声

父亲在拉萨等着我

这天，我正考虑着什么时候回家，忽然收到父亲的短信："你在哪里？"

我告诉他我在拉萨的一个青年旅社，两分钟后父亲又发来短信："我也在拉萨！"我又惊又喜，以为父亲在和我开玩笑，赶紧打了电话过去。

"爸，你在……拉萨？"我迟疑着问。

"对，在八廓街。"父亲的声音有些沧桑。

经过一个半小时的飞行，飞机在拉萨贡嘎机场降落。我知道，我的旅行终于结束了。

下了飞机，我坐上机场大巴直奔东措青年旅社，打算在那里度过在拉萨的最后几天。刚到拉萨时我有点高原反应，天旋地转地倒在东措多人间的床位上睡了两天。

第三天晚上，我去了拉萨最有名的念酒吧。酒吧里坐着几桌人，闹哄哄的。我刚刚结束长途旅行，疲惫不堪，一个人坐在一张大木桌的一角喝啤酒。坐同一桌的还有一伙人,听上去好像是北京的出版商人和记者,拜把子四兄弟,来西藏旅行兼解压,顺便找找灵感看是否能够酝酿出可供出版的文字。我一边听他们闲聊一边暗自神伤,沉浸在旅行的狂喜过后接踵而来的失落中。

我旁边坐着S小姐,也是一个人,喝着啤酒。我总觉得我和她能聊点什么。我们是同类,这我能感觉到。我们就是这样认识的。S小姐是一名导演,作品拿过几个国内外的奖,刚刚结束一段刻骨铭心的恋情,跑到西藏来散心。那天以后我和S小姐偶尔一起喝茶聊天。

我没想到在东措竟遇到了Fanco。Fanco从尼泊尔回来后并没有离去,而是在拉萨继续旅行。时值西藏和平解放60周年,闲极无聊的我和Fanco买来了烟花准备庆祝庆祝。这天晚上,我俩一起来到布达拉宫广场,在一处无人的小树林里放起了烟花,可没多会儿,远处就有两名警察打着手电向我们走来,我和Fanco赶紧落荒而逃,才没有被警察叔叔抓走。

这天,我正考虑着什么时候回家,忽然收到父亲的短信:"你在哪里?"

我告诉他我在拉萨的一个青年旅社,两分钟后父亲又发来短信:"我也在拉萨!"我又惊又喜,以为父亲在和我开玩笑,赶紧打了电话过去。

"爸,你在……拉萨?"我迟疑着问。

"对，在八廓街。"父亲的声音有些沧桑。

"我……我离八廓街不远，你在那里别动，我马上过去。"

"嗯。"

挂掉电话，我赶紧下楼朝八廓街走去，心里头想着该怎样面对父亲。到了指定的地方，远远的，我看见父亲站在阳光下的街道口，整个人沧桑了许多，好像一下子老了。我慢慢走过去，不敢看父亲的眼睛。

父亲看到我，似乎想说什么，却又什么都没说。过了一会儿，他终于先开了口："晒黑了。"

我抬起头偷看了他一眼，他接着说："胆子还真大！"

我无言以对，以为他又要对我进行批判式教育，没想到他什么都没再说，只说了一句："走。"

"去哪儿？"我有些惊讶。

"回家啊。"父亲佯装生气地说。

我知道，父亲在心里已经原谅我的出走了。

回家的路上，过往的一幕幕浮上心头，儿时的过往，路上的风景，心中是满满的感动。我看着父亲，阳光在他的脸上镀上一层金辉，他是真的已不再那么年轻。

后来我才知道，母亲生病住院了，刚刚出院。我突然就那么呆住了。我的母亲是世界上最傻的母亲。她住院手术，我居然现在才得知，原因居然是为了让我有个完整的旅程而不愿影响我！这种事情只有母亲才做得出吧。我赶紧打了电话询问母亲的状况。

一个电话会让我喉头哽住,看过足够多的风景,人生已无憾,生死也早已是置之度外的事,可能唯一觉得愧对的,就是父母吧,没有结婚生子让他们安心,需要的时候不在身边。我特别感谢他们的理解,我妈妈用近乎放任的"不牵挂"来成就这个不听话的女儿的自我,因为她了解和理解我。

不管怎样,脚已经踩上了舞步,余下的事情,便是起舞,一刻不停,不管舞曲是哪支,都要跳得起劲,还要跳得好看。

"跟上节奏,起舞即可。"

后记

如果后记只写一句话,那么我会写:"谨以此书献给我的父亲。"从某种意义上讲,如果不是父亲,我也不会有这次旅行,更不会有本书的落成。

写作的确是个力气活,最后一章写完之后,我有很长一段时间都没再写过文字,似乎有种完全被掏空了的疲惫。其实,我还是很怀念那些忙碌工作之余、在深夜的台灯下写出密密麻麻的文字的日子。

一直以来都很喜欢写东西,无论是博客还是微博,都可以在一个有限的圈子里分享。朋友们知道我、了解我,我无须解释,也无须迎合,可以想怎么写就怎么写,完全彻底地自然流露。然而,公开发行一本书,却是第一次。刚开始动笔的时候,我也在犹豫该怎么写,也怀疑自己写不写得下去,是否有足够的勇气坦白深藏于内心的那些细枝末节的感触。最终,我决定跟随自己的内心一路写下去,就像旅行一样,重温一遍走过的路。现在,读着一页页的文字,熟悉的人和熟悉的故事,好像读着流逝的时光,那些笑容和眼泪、欢乐和美好,终被揉乱,打碎,重组,呈现,并打上个人的烙印,成为过往的回忆。

记得村上春树在《世界尽头与冷酷仙境》里写过一段话："人这东西本身就具有导向能力，那才成其为自己。要相信自己的力量，否则你就将随波逐流地置身于莫名其妙的场所。"我很庆幸自己有勇气踏上这样一段旅程，去经历生命之路上必不可少的成长，定义一段特殊的人生。也更庆幸自己终在路上找到了真实的自我，明白了现实人生的真谛。

　　也许是青春期过得实在不透彻，我与这个世界的连接似乎总不够强烈，不能很好地打成一片，但这一切都在旅行之后发生了改变，至少我看到自己现在的样子，我会觉得跟以前完全不一样了。不敢说自己内心已变得非常强大，但是那些变化，那些成长，那些坚定，自己是能看得到的。这种变化来自于自己心态的开放，来自于对现实世界的接纳，更来自于对这个世界更多的理解。它们让我更加客观和真实地看待这个世界，也给了我无穷的勇气和动力，去经历我所不敢经历的一切。

　　文字并不代表太多，这些不是全部的我，却是真实的我。我特别赞同西蒙·波伏娃的一段话："女人从孤独和隔绝之中领悟出她的生活含义。她对于过去、死亡和时间的流逝比男人的感受更为深切。她对心灵、肉体和思想的冒险有着无比的兴趣，因为她明白这就是她在人间所获得的全部。"

　　我要感谢父母给了我生命，养育了我这么多年。旅行之后我和父亲也聊过很多，60岁的父亲看起来还是活力四射，只是头上的白发让我心酸。父爱如山，我对这爱的理解却来得这么迟，实在是很对不起他。这么多年来原来我们一直在以自己的逻辑和想法解读对方，猜疑对方，以至于产生了那么多的误解和抱怨。现在看来，我们是用错了方式，太缺少沟通了。人年纪大了也会越来越缺少安全感吧，担心被社会抛弃，被生命抛弃，对子女的情感需求反倒会越来越强烈。以前，我没有意识到这一点，做得也很差劲，从现在开始，我要努力改变。

回来以后陪母亲住过一次院。医院病房是一个"人间炼狱"的场所，在这种地方我才知道自己有多软弱。这里还是个让人立刻丧失自尊的地方，无论身居高位还是腰缠万贯，在手术刀下都不过是一具肉身而已。

所以你问我人生的意义是什么？我会回答，外在的世界并没有内在的意义，是我们把意义灌注在生命里头，意义是自己设计的。亲情和责任就是其中一种。在人生的长河里，总有很多温暖和感动，有爱着我们的人，有跟爱有关的回忆，有亲友对我们的支持和帮助，还有哪怕是一棵小树的昂然生机带给我们的触动。这些温暖和感动，正是在苦难的时候可以摸一摸自己的心告诉自己的，总有东西在支撑着你。这种爱，不矫情。

最后，感谢蒋鹏飞先生和陈小翠女士，感谢所有帮助和鼓励过我的人，没有你们，便没有本书。

翻开日记本，我第二次去尼泊尔时在费瓦湖畔写下这样一段文字：

我的瓦尔登,你还在这里。那梭罗可好?那阳光可明媚?那宁静的心是否还灵动不已?那些狂风暴雨还会再来,电闪雷鸣却已消失不见,冰雹砸起的扬尘也已落定。拍一拍身上的灰尘,然后,上路。

策划编辑：陈凤玲
责任编辑：贾东丽

图书在版编目（CIP）数据

一场后青春期的出走 / 臧书第著. ——北京：旅游教育出版社，2016.1

ISBN 978-7-5637-3298-2

Ⅰ.①一… Ⅱ.①臧… Ⅲ.①游记—作品集—中国—当代 Ⅳ.① I267.4

中国版本图书馆CIP数据核字（2015）第312794号

一场后青春期的出走

臧书第 著

出版单位	旅游教育出版社
地　　址	北京市朝阳区定福庄南里1号
邮　　编	100024
发行电话	（010）65778403　65728372　65767462（传真）
本社网址	www.tepcb.com
E-mail	tepfx@163.com
印刷单位	北京京华虎彩印刷有限公司
经销单位	新华书店
开　　本	880毫米×1230毫米　1/32
印　　张	8
字　　数	159千字
版　　次	2016年1月第1版
印　　次	2016年1月第1次印刷
定　　价	32.00元

（图书如有装订差错请与发行部联系）